3,–

GOLDMANNS WELTRAUM TASCHENBÜCHER
BAND 0140

—

Bob Shaw. Menschen im Null-Raum

Von Bob Shaw
sind bisher erschienen:

Die blendendweiße Sonne. 0124
Menschen im Null-Raum. 0140
Qualen der Unsterblichkeit. 0137
Die Zweizeitmenschen. 0128

BOB SHAW

Menschen im Null-Raum

NIGHT WALK

Utopisch-technischer Roman

WILHELM GOLDMANN VERLAG

MÜNCHEN

Ungekürzte Ausgabe · Made in Germany
 Aus dem Amerikanischen übertragen von Tony Westermayr. Herausgegeben unter wissenschaftlicher Beratung von Dr. Herbert W. Franke. Umschlagentwurf von Eyke Volkmer. Gesetzt aus der Linotype-Garamond-Antiqua. Druck: Presse-Druck Augsburg. WTB 0140. Sch/Ell/Le
ISBN 3-442-23140-X

I

Eine Winternacht, scharf und eisig, war über Neu-Wittenburg niedergesunken; sie lastete schwer auf den Straßen und legte unregelmäßige Frostschwaden auf die Betonwüste des Raumflughafens.

Tallon lehnte am Fenster seines Zimmers und schaute hinaus. Die langen Stunden der Nacht standen bevor, und er fragte sich, wie er durchkommen sollte. Nicht einmal die Möglichkeit, durch die achtzigtausend zur Erde führenden Portale zu gelangen, linderte seine Depression. Er hatte einige Stunden auf dem zerwühlten Bett gedöst, und während dieser Zeit schien die Welt gestorben zu sein. Das Hotel wirkte leer.

Er zündete sich eine Zigarette an. Würden sie ihn holen? Die Frage war wie ein dumpfer Schmerz, der an ihm nagte, seit er vor einer Woche den Kontakt hergestellt hatte.

Normalerweise wäre die Wahrscheinlichkeit für einen Erfolg groß gewesen, aber diesmal gab es Dinge, die Tallon nicht gefielen. Er sog den zu Kopf steigenden Rauch so heftig ein, daß die Zigarette knisterte. Es war unglaubliches Pech gewesen, daß McNulty gerade zu dieser Zeit einen Herzanfall erlitten hatte, aber es war auch ein Fehler von irgend jemandem zu Hause im Block. Was dachte man sich eigentlich dabei, einen Mann in den Einsatz zu schicken, ohne absolute Gewißheit zu haben, daß er nicht erkranken konnte? McNulty war nach seinem Anfall in Panik geraten und hatte einen unorthodoxen Transfer unternommen, der Tallon immer wieder entsetzte, sooft er an seine Plumpheit dachte. Er zertrat die Zigarette mit dem Absatz und schwor sich, jemanden für den Fehler zur Verantwortung zu ziehen, sobald er zum Block zurückkam. Falls er es schaffte.

Mit einer Willensanstrengung versagte er sich die nächste Zigarette. Das Zimmer schien im Lauf der Woche kleiner geworden zu sein. Die Hotels auf Emm Luther standen, was Komfort und Annehmlichkeiten betraf, auf der untersten Stufe. Sein Zimmer war nicht billig, enthielt aber nichts als ein Bett mit fleckigem Kopfbrett und ein paar schäbige Möbelstücke. Am Warmluftschacht flatterte verloren ein Spinnengewebe. Die Wände waren in einem schmutzigen Grün gehalten – der Farbe der Verzweiflung.

Tallon kehrte zum Fenster zurück und preßte die Stirn an das kalte Glas. Er schaute hinaus auf die pulsierenden Lichter der fremden Großstadt, nahm die Auswirkungen der größeren Schwerkraft in der Architektur der Türme und Giebel wahr – ein Hinweis darauf, daß er weit fort von zu Hause war.

Achtzigtausend Portale lagen zwischen hier und der Erde und stellten unzählige Millionen Lichtjahre dar; Wände von Sternsystemen, Schicht auf Schicht, machten es unmöglich, auch nur den lockeren Sternhaufen zu erkennen, zu dem Sol gehörte. Zu weit; viel zu weit. Über solche Entfernungen wurde die Loyalität allzu dünn gedehnt. Die Erde, der Bedarf an neuen Portalen, der Block – was bedeutete dies alles auf solche Entfernung?

Tallon entdeckte plötzlich, daß er Hunger hatte. Er knipste eine Lampe an und betrachtete sich im Spiegel. Sein glattes, schwarzes Haar war ein wenig in Unordnung geraten. Das lange, ernste Gesicht – es hätte einem Bücherrevisor oder einem Jazzmusiker mit theoretischen Neigungen gehören können – war von Bartstoppeln beschattet, aber er fand, daß es kaum Aufmerksamkeit erregen würde. Für den Augenblick dachte er voll kindlicher Freude ans Essen, fuhr sich mit einem Kamm durch die Haare, schaltete die Lampe aus und öffnete die Tür.

Er trat in den Flur hinaus, als er die Gefahr zum erstenmal wahrnahm. Im Hotel war alles still. Und wenn er jetzt darüber nachdachte, so war in der ganzen Zeit, als er am Fenster gestanden hatte, kein einziges Fahrzeug durch die sonst belebte Straße gefahren.

Tallon kehrte ins Zimmer zurück und öffnete das Fenster einen Spalt. Das ungleichmäßige Murmeln des Verkehrs drang mit der kalten Luft in das Zimmer, und trotzdem bewegte sich auf der Durchgangsstraße unter ihm nichts. Würden sie sich so viel Mühe machen? Er drückte den Unterkiefer zur Seite, dachte stirnrunzelnd nach und begriff, daß er sich durch gespielte Zweifel selbst täuschte. Für das, was er in seinem Gedächtnis trug, würden sie die Stadt, den Kontinent, den ganzen Planeten Emm Luther absperren.

Es geschieht mit mir, dachte er, aber die hochflutende Gereiztheit unterdrückte seine Furcht. Warum mußten sich alle so sorgfältig an die Regeln halten? Woran lag es, daß, sobald auf der eigenen Seite jemand einen Fehler beging, die andere dich dafür erledigte? Gedachten sie keine Ausnahme zu machen, nicht einmal bei Sam Tallon, dem Mittelpunkt des Universums?

Mit fieberhafter Geschwindigkeit sperrte er die Tür ab und zerrte seinen Koffer aus dem Schrank. Es gab etwas, was schon viel früher hätte getan werden müssen, und seine Stirn prickelte bei dem Gedanken an das Risiko, das er durch sein langes Zögern auf sich genommen hatte. Er nahm sein altmodisches Transistorradio aus dem Koffer, entfernte die Batterie und trat vor den Spiegel. Er senkte den Kopf ein wenig, teilte die Haare an der linken Schläfe und tastete sich hindurch, bis er zwei silberne Fäden freigelegt hatte. Er hob die Batterie an die Stirn und preßte nach kurzem Zögern die schimmernden Fäden an ihre Pole.

Die Augen vor Schmerz getrübt, ein wenig schwankend, sprach Tallon langsam und deutlich die Information. Er brauchte nur einige Sekunden, um die vier Zahlengruppen herzusagen. Als er fertig war, polte er die Batterie um und stellte nach längerem Zögern den Anschluß erneut her. Diesmal tat es wirklich weh, als sich die erbsengroße, in sein Gehirn eingepflanzte Kapsel schlagartig schloß und ein Fragment des lebenden Gewebes gefangenhielt.

Er schob die Batterie wieder in das Radiogerät, fand erneut die Metallfäden und riß sie aus der Kopfhaut. Tallon lächelte schief. Es war einfacher gewesen als erwartet. Die Lutheraner vermieden es gewöhnlich, Menschen zu töten, zum Teil, weil das der offiziellen Haltung der planetarischen Regierung entsprach, hauptsächlich aber deshalb, weil ihre Kenntnisse über Hypnosetechniken so fortgeschritten waren, daß es sich als unnötig erwies. Wenn man ihn faßte, würde man als erstes einen Gehirn-Löscher bei ihm ansetzen, um zu beseitigen, was er in Erfahrung gebracht hatte. Aber nun mußte das mißlingen. Selbst wenn er getötet wurde, konnte der Block einen trauernden Angehörigen finden, der die Rückgabe seiner Leiche an die Erde beantragte, und das erbsengroße Stückchen Gehirn würde in seinem großartig konstruierten Kokon noch immer am Leben sein. Der Block würde ihm entnehmen können, was er wissen wollte.

Tallon fragte sich kühl, ob trotz aller gegenteiligen Versicherungen ein winziger, angstvoller Schatten seiner eigenen Persönlichkeit in dieser dunklen, kleinen Zelle vorhanden sein würde – lebendig und schreiend, sobald die Elektroden sich blind herantasteten. Ich werde zu pessimistisch, dachte er. Das muß ein Berufsleiden sein. Wer sagt, daß ich sterben muß?

Er zog die flache Hochgeschwindigkeitspistole aus der Tasche und wog sie in der Hand. Der Block erwartete von ihm, daß er sie gebrauchte, auch wenn Erde und Emm Luther nicht offiziell Krieg miteinander führten. Als die Kapsel in seinen Kopf eingepflanzt worden war, hatte es im Vertrag eine ungeschriebene, unausgesprochene Klausel gegeben. Sobald die Information fest verankert war, konserviert unabhängig von seinem Leben, zog es der Block vor, daß er getötet und heimbefördert wurde, statt in einem ausbruchssicheren Gefängnis eingesperrt zu werden. Niemand hatte von der Klausel auch nur eine Andeutung verlauten lassen – er wäre sonst sofort von seinem Auftrag zurückgetreten; aber vorhanden war sie. Und die beste Methode, getötet zu werden, bestand darin, auf Angehörige der E. L. S. P. zu schießen. Tallon entlud die Pistole, warf sie in eine Schublade und ließ das Magazin in den Papierkorb fallen.

Die Ziffernreihen, die er auswendig gelernt hatte, waren die Koordinaten des neuen Portals, sowie die Sprung-Position und das positive Sprung-Differential, die damit zusammenhingen und durch das Glück der galaktischen Lotterie Emm Luther statt der Erde zugefallen waren. Sie bedeuteten nichts Geringeres als einen nagelneuen Planeten vom Typ Erde. Er, Sam Tallon, war im Besitz des vielleicht wichtigsten Geheimnisses im Universum. Aber er gedachte nicht, dafür zu sterben – für nichts und niemanden. Alles, was er dem Block schuldete, war ein annehmbarer Fluchtversuch. Er zündete sich eine Zigarette an und setzte sich auf die Bettkante.

Irgendwo in Neu-Wittenburg gab es einen Spezialisten, dessen Namen und Adresse Tallon nicht kannte. Der Spezialist würde sich mit ihm in Verbindung setzen, sobald es ungefährlich war. Er hatte die Aufgabe, das Drogen-Paket zu verabreichen, die Behandlung, die mit physischen und psychosomatischen Mitteln Tallons Äußeres so weit verändern würde, daß er die Kontrollstellen im Raumflughafen passieren konnte. Haut, Haar und Augenpigmentierung würden verändert werden, die Fingerabdruck-Strukturen, sogar seine Bertillon-Maße – durch Drogen, die Straffungen und Zusammenziehungen in der Muskulatur und im Bindegewebe des Körpers hervorriefen.

Tallon hatte sich dieser Behandlung noch nie unterzogen und war unglücklich über ihr Bevorstehen, aber sie war nötig. Der Spezialist würde ihn finden, wenn es ihm nur gelang, das Hotel zu verlassen und in Freiheit zu bleiben. Das Problem war, wie er heraus gelangen sollte.

Mit vollständiger Ausrüstung hätte es sechs verschiedene Möglichkeiten gegeben, das Zimmer zu verlassen – Tür und Fenster, die beiden anderen Wände, Boden und Decke – aber dank McNulty war er gezwungen gewesen, ohne Gerät zu reisen. Die E.L.S.P. wußte das aber nicht, weshalb man sich die Mühe gemacht hatte, ihn zu umzingeln. Er vermutete, daß man in diesem Augenblick die Straße unten, den Flur und die Zimmer darüber und auf beiden Seiten überwachte und besetzt hielt.

Abgesehen von der nutzlosen Pistole besaß er nichts als ein Paar Rückstoß-Schuhe in zweifelhaftem Zustand. Wenn er unterstellte, daß die anderen wirklich da draußen lauerten und nicht nur ein Produkt seiner Nerven waren, dann war die Lage so hoffnungslos, wie sie es nur sein konnte. Der einzige Weg, der überhaupt Hoffnung bot, war der, so ruhig wie möglich zum Restaurant zu gehen. Ein Fenster am Ende des Flurs ging auf eine andere Straße hinaus. Konnte er es erreichen, so mochte eine geringe Chance bestehen.

Aber diesmal ging die Tür zum Korridor nicht mehr auf.

Tallon drehte gewaltsam die Klinke und zerrte mit aller Kraft daran, aber dann fiel ihm ein, daß er vom Block gewarnt worden war, sich kurz nach der Auslösung der Kapsel allzusehr anzustrengen. Er beruhigte sich und wich von der Tür zurück. Er war gefangen. Als einzige Frage blieb noch, welcher von den drei Direktoren des E.L.S.P.-Netzes das Unternehmen leitete. Das Verbot offener Liquidierung, von der starren Semi-Theokratie auf Emm Luther verfügt, hatte sie dazu veranlaßt, ganz persönliche Methoden zur Behandlung politisch gefährlicher Gefangener zu entwickeln. Die Kartei in Tallons Gedächtnis lieferte unaufgefordert ihre Namen und eine Zusammenfassung dessen, was ihm ›ungewollt bei Widerstand gegen die Festnahme‹ zustoßen mochte.

Da war Kreuger, der seine Gefangenen gerne bewegungsunfähig machte, indem er ihnen die Achillessehnen durchschnitt; Cherkassky, der sie so mit Psychoneuro-Drogen vollspritzte, daß sie nie mehr ruhigen Schlaf fanden; und schließlich Zepperitz. Zepperitz und seine Methoden ließen die beiden anderen Männer nahezu gutmütig erscheinen.

Plötzlich war Tallon über seine eigene Dummheit entsetzt, sich je auf das Geheimdienstgeschäft eingelassen zu haben; er zog einen Stuhl in die Mitte des Zimmers und setzte sich. Er verschränkte die Hände hinter dem Rücken – ein säuberliches, passives Bündel – und wartete. Die Vernichtung Tallons als politisches Wesen, die begonnen hatte, als er das erstemal kein vertrautes Sternbild am Nachthimmel über Emm Luther hatte finden können, war komplett.

Er fühlte sich kalt, ängstlich und unvorstellbar krank.

2

Zwischen Emm Luther und der Erde gibt es annähernd achtzigtausend Portale. Um die Heimreise zu bewältigen, muß man sie alle durchschreiten, ohne Rücksicht darauf, wieviel Angst man hat, ohne Rücksicht darauf, wie weit man den Körper während der Flacker-Transfers durch die fernen Weiten des Raums sich von der Seele entfernen fühlte.

Das Raumschiff erreicht das erste Portal, indem es fast fünf

Tage lang die galaktische Drift diagonal durchschneidet. Das Portal ist zur Zeit Emm Luther relativ nah, aber sie entfernen sich voneinander mit einer Geschwindigkeit von etwa sechseinhalb Kilometern in der Sekunde. Das kommt daher, weil der Planet und seine Muttersonne mit der galaktischen Flut schwimmen, während das Portal ein imaginärer Kreis ist, an einem Punkt in der unveränderlichen Topographie des Null-Raums verankert.

Wenn das Raumschiff sehr gute Astrogations-Geräte besitzt, kann es mit hoher Geschwindigkeit in das Portal einfliegen; sollten die Computer jedoch auch nur die leisesten Zweifel über den genauen Standort haben, so bringen sie oft Tage damit zu, die Beschleunigung zu verringern und das Schiff an den richtigen Standort zu manövrieren. Sie wissen – und man selbst, in seiner G-Zelle schwitzend, weiß es auch –, daß die Insassen des Raumschiffs nie mehr die linde, dicke Luft der Erde atmen werden, wenn das Schiff nicht sicher innerhalb des Portals ist, sobald der Sprung stattfindet. Die fremdartige Geometrie des Null-Raums wird dafür sorgen.

Während man mit trockener Kehle und eiskalter Stirn auf das Einschalten der Relais wartet, betet man, daß irgendein verrückter Zufall Schiff und Insassen nicht unzählige, hoffnungslose Lichtjahre von der Heimat entfernt auftauchen lassen möge. Aber hier sind menschliche Empfindungen am Werk.

Der Null-Raum ist unfaßbar, aber nicht irrational. Vorausgesetzt, daß alle gläsernen und metallenen Organe im Bauch des Raumschiffs richtig funktionieren, könnte man ohne den geringsten Zwischenfall eine Million Sprünge durch den Null-Raum von A nach B machen. Schwierigkeiten ergeben sich deshalb, weil der Null-Raum nicht umkehrbar ist. Hat man B erreicht, so führt einen derselbe Sprung in umgekehrter Richtung nicht nach A zurück; vielmehr bringt er einen zu jedem beliebigen Punkt im Universum, außer nach A. Sobald das geschehen ist, bleibt nichts anderes übrig, als weitere und immer mehr wahllose Sprünge zu machen. Wenn man das lange genug treibt und außerordentliches Glück hat, taucht man vielleicht in Reichweite einer bewohnbaren Welt auf, aber die Aussichten sind nicht groß.

Im ersten Jahrhundert der interstellaren Erforschung schickte allein die Erde an die vierzig Millionen Robotersonden hinaus, von denen weniger als zweihundert den Weg zurückfanden. Aus dieser Zahl hatten genau acht brauchbare Planetensysteme entdeckt. Nicht eines der Handvoll bemannter Raumschiffe, die zufällig offene Sprünge machten, tauchte je wieder auf – jedenfalls nicht auf der Erde. Manche von ihnen sind vielleicht noch immer unterwegs, mit den Nachkommen der ersten Mannschaften, Fliegende Holländer des Kosmos, nur von verständnislosen Sternen erblickt.

Die acht erfolgreichen Sonden jenes ersten Jahrhunderts etablierten im Zickzack verlaufende Handelswege, an die die später kommenden bemannten Schiffe sich sklavisch zu halten versuchten. Das ist der andere Aspekt der Null-Raumfahrt, der einen bedrückt, während man auf die Reaktion der Relais wartet. Obwohl es eine logische Folgerung aus dem Fehlen der Umkehrbarkeit im Null-Raum war, entdeckten einige Pioniere auf peinliche Weise, daß der Absprung von einem Punkt in der Nähe von A einen nicht zu einem entsprechenden Punkt in der Nähe von B führt. Wenn man sich mehr als ungefähr zwei Lichtsekunden vom festgesetzten Absprungpunkt, dem sogenannten Portal, entfernte, war man unterwegs zu seinem eigenen wahllosen Pilgerzug nach dem fernen Ufer der Ewigkeit.

Aus diesem Grund betet und schwitzt man während der letzten, langsam verrinnenden Sekunden, wenn man in seiner G-Zelle schwebt und die nach Gummi riechende Luft einatmet.

Das war auch der Grund, warum der Planet Emm Luther, ehemals Erdkolonie, jetzt autonom, die kurzen Ziffernreihen in Sam Tallons Gehirn eifersüchtig bewachte. Emm Luther besaß nur einen einzigen Kontinent, und das verzehrende Bedürfnis nach neuem Raum zum Atmen kam dem der Erde gleich. Der Planet hatte mit einer Sonde, die einen grünen Planeten nur vierhundert Portale auf dem Hin- und zweitausend Portale auf dem Rückweg entfernt fand, unglaubliches Glück gehabt.

Er brauchte nun lediglich noch Zeit, seinen Griff dort zu festigen, bevor die großen Raumschiffe den neuen und fruchtbaren Schoß stürmen konnten.

3

Tallon brauchte nicht lange zu warten.

Seine Erkenntnis, daß er angegriffen wurde, kam, als er sich mit Myra tanzen spürte, einem Mädchen, das zwölf Jahre zuvor zu Hause auf der Erde gestorben war.

Nein, flüsterte er, *das will ich nicht.* Aber sie lag in seinen Armen, während sie sich langsam im vielfarbigen Halbdunkel des ›Sternstaub‹-Dachgartens drehten. Er versuchte den harten Druck des Stuhls in dem schäbigen Hotelzimmer auf Emm Luther zu fühlen, aber die Anstrengung erschien sinnlos, denn das war Teil einer noch weit entfernten Zukunft.

Plötzlich war er viel jünger, arbeitete noch an seinem Diplom in Elektronik und hielt Myra in den Armen. Es war alles *wirklich.* Seine Augen nahmen dankbar den Anblick ihres kastanienbraunen Haarhelms, ihrer whiskyfarbenen Augen in sich auf. Sie tanzten langsam und versunken zur Musik, Myra wie immer eine Spur hinter dem Rhythmus. Sie tanzt nicht besonders gut, dachte er wohlig, aber damit können wir uns noch genug beschäftigen, sobald wir verheiratet sind. Inzwischen genügte es, durch pastellene Schleier und sterndurchwirktes Zwielicht zu schweben.

Der Ballsaal kippte schwerfällig davon. Eine andere Zeit, ein anderer Ort. Er saß in der gemütlichen alten Bar des ›Berkeley-Hotels‹ und wartete auf sie. Oasen orangefarbenen Lichts spiegelten sich auf der satten, dunklen Täfelung der Wände. Sie brauchte viel zu lange, und er wurde zornig. Myra wußte, wo er wartete, also konnte sie ihn wenigstens anrufen, wenn sie die Verabredung nicht einhalten konnte. Wahrscheinlich war ihr vieles schon zu selbstverständlich geworden, und sie erwartete, daß er bis zu ihr hinausfuhr, um zu sehen, was dazwischengekommen war. Nun, er gedachte ihr eine Lehre zu erteilen. Er begann entschlossen, rachsüchtig zu trinken – und das Entsetzen wuchs, breitete sich aus wie ein dunkler Fleck, trotz seiner verzweifelten Bemühungen, es aufzuhalten.

Der nächste Morgen. Die schläfrige Stille des Eichamt-Labors. Die auf der brandfleckigen Bank ausgebreitete Zeitung, und, unfaßlich, Myras Gesicht auf der ersten Seite. Ihr Vater, ein trauriger, lallender Riese, den Myras Mutter vor Jahren verlassen hatte, hatte Myra mit einem Kissen erstickt und sich dann mit einer tragbaren Kreissäge die Pulsadern aufgeschnitten.

Zerfließende Farben, die forschenden Fluten des Leids, wieder die Musik, und sie tanzten; aber diesmal hinkte Myra weit hinter dem langsamen Rhythmus her. Sie war schlaff und schwer. Er mühte sich, sie aufrecht zu halten, und ihr Atem schluchzte und gurgelte in seinem Ohr...

Tallon schrie auf und krallte die Finger um die schmierigen Armlehnen des Stuhls.

»Da kommt er«, sagte eine Stimme. »Romantischer kleiner Kerl, nicht? Man sieht es ihnen nie an.« Jemand lachte leise.

Tallon öffnete die Augen. Das Zimmer war voller Männer im grauen Whipcord der E.L.S.P., des zivilen Sicherheitsdienstes. Sie trugen Handfeuerwaffen, die meisten mit den fächerförmigen Mündungen von Hornissen-Pistolen, aber er bemerkte auch mehrere kreisrunde Mündungen, die zu einem traditionelleren Waffentyp gehörten. Ihre Gesichter wirkten belustigt, spöttisch, manche waren noch von den rötlichen Spuren der Masken gezeichnet, die sie vor dem Psychoneuro-Gas geschützt hatten.

Sein Magen drehte sich bei jedem Atemzug um, aber Tallon fand die körperliche Übelkeit bedeutungslos gegenüber dem Gefühlstumult, der noch immer seine Stimme überwältigte. Der psychische Schock war vermischt mit einem unerträglichen Gefühl des Greuels, so als sei man in ihn eingedrungen, habe ihn aufgeschlitzt und wie ein Versuchstier im Labor an ein Sezierbrett genagelt. *Myra, mein Liebes . . . es tut mir so leid.* Oh, ihr Verbrecher, ihr grinsenden, stinkenden –

Er spannte die Muskeln an, um aufzuspringen, dann begriff er, daß er sich genauso verhielt, wie man es erwartete. Deshalb hatte man ein LSD-Derivat verwendet anstelle eines einfachen Betäubungsgases. Tallon zwang sich zur Ruhe; er konnte alles ertragen, was Kreuger, Cherkassky oder Zepperitz auszuteilen vermochten, und er würde es beweisen. Er würde weiterleben.

»Sehr gut, Tallon«, sagte eine Stimme. »In Ihrem Beruf ist Selbstbeherrschung ja so wichtig.« Der Sprecher trat in Tallons Sehbereich. Er war ein dürrer Mann mit schmalem Gesicht und trug den schwarzen Talar und das weiße Kollar der Regierungsbeamten auf Emm Luther. Tallon erkannte das hagere Gesicht und das unangemessen üppige, gewellte Haar von Lorin Cherkassky, Nummer zwei in der Hierarchie des Sicherheitsdienstes.

Tallon nickte gleichmütig.

»Guten Abend. Ich habe mir überlegt –«

»Klappe«, unterbrach ihn ein untersetzter, blonder Mann mit den Armwinkeln eines Sergeanten.

»Schon gut, Sergeant.« Cherkassky winkte ab. »Wir dürfen Mr. Tallon nicht entmutigen, mitteilsam zu sein. In den nächsten Tagen erwartet man vielleicht von ihm, daß er uns allerhand erzählt.«

»Ich sage Ihnen selbstverständlich gerne alles, was ich weiß«, erwiderte Tallon schnell. »Was hat es für einen Sinn, etwas für sich behalten zu wollen?«

»Genau.« Cherkasskys Stimme glich einem aufgeregten Jaulen und erinnerte Tallon an die notorische Labilität des kleinen Mannes. »Was hat es für einen Sinn! Freut mich, daß Sie es so sehen. Also, Mr. Tallon, würden Sie gleich jetzt eine Frage beantworten?«

»Welche denn? Ja.«

Cherkassky ging zur Kommode und nahm die leere Pistole heraus.

»Wo ist die Munition für diese Waffe?«

»Dort. Ich habe sie in den Papierkorb geworfen.«

»Aha«, sagte Cherkassky, während er sich bückte, um das Magazin herauszunehmen. »Sie haben sie im Papierkorb versteckt.«

Tallon bewegte sich unruhig auf seinem Stuhl. Das war zu kindisch, um wahr zu sein.

»Ich habe sie in den Papierkorb geworfen. Ich wollte sie nicht haben. Ich wollte keinen Ärger.« Er sprach leise und tonlos.

Cherkassky nickte mitfühlend.

»Das würde ich in Ihrer Lage auch sagen. Ja, das ist wohl das Beste, was Sie sagen können.« Er steckte das Magazin in die Pistole und gab sie dem Sergeanten. »Nicht verlieren, Sergeant. Das ist Beweismaterial.«

Tallon öffnete den Mund, um etwas zu sagen, schloß ihn aber

wieder. Die kindische Art der Verhöre war ein wichtiger Bestandteil der Techniken. Es gibt nichts Ärgerlicheres, nichts Quälenderes, als gezwungen zu sein, sich wie ein Erwachsener zu benehmen, während sich die ganze Umgebung wie eine Bande bösartiger Kinder aufführt. Aber er gedachte alles hinzunehmen, ohne zu zerbrechen.

Es blieb lange Zeit still, während Cherkassky ihn eindringlich betrachtete. Tallon blieb völlig regungslos sitzen und versuchte gelegentliche Schwalle greller Erinnerungsfetzen zu unterdrücken. Er wurde sich bewußt, daß die Stuhlkante in seine Schenkel einschnitt, und fragte sich, ob die geringste Bewegung von seiner Seite den vielfachen Einschlag einer Hornissen-Pistole hervorrufen würde. Die meisten Behörden stuften sie als humane Waffe ein, aber Tallon war einmal zufällig in eine volle Ladung der winzigen, drogengefüllten Pfeile geraten, und die nachfolgende Lähmung hatte dreißig Minuten Agonie hervorgerufen.

Als sich die Stille über Minuten dehnte, ohne daß man Vorbereitungen dafür traf, ihn aus dem Hotel fortzuschaffen, begann sich Tallon Sorgen zu machen. Er schaute sich im Zimmer um und versuchte einen Hinweis zu entdecken, aber die Gesichter der E.L.S.P.-Leute blieben ausdruckslos. Cherkassky kramte zufrieden herum, lächelte und wich an die Wand zurück, sooft er Tallons Blick begegnete.

Tallon nahm eine seltsame Empfindung an der Haut von Stirn und Wangen wahr, ein eisiges Gefühl, verbunden mit Wellen von Nadelstichen, die über die einzelnen Poren hinwegfluteten. Ich habe es geschafft, dachte er; mein erster kalter Angstschweiß.

Sekunden später wurde die Tür aufgestoßen, und ein uniformierter Mann trug einen schweren Kasten aus grauem Metall herein. Er stellte ihn auf einen Stuhl, warf Tallon einen Blick zu und ging. Cherkassky schnippte mit den Fingern, und der blonde Sergeant öffnete den Kasten. Der Blick auf eine Schalttafel und auf ein Kabel wurde frei. In einer flachen Schale schimmerten die zehn kreisrunden Anschlüsse einer Gehirn-Löscher-Kopfspange wie wertloser Schmuck.

»So, Tallon – es ist Zeit für ein wenig Redigieren.« Cherkasskys bepudertes Gesicht war sachlich geworden.

»Hier? Im Hotel?«

»Warum nicht? Je länger Sie die Information in Ihrem Kopf tragen, desto größer ist die Aussicht, daß Sie sie an eine andere Person weitergeben.«

»Aber es bedarf eines geschulten Psychologen, eine bestimmte Gedankenfolge zu isolieren«, protestierte Tallon. »Sie riskieren, ganze Bereiche in meinem Gedächtnis zu löschen, die nichts zu tun haben mit –« Er verstummte und verfluchte sich innerlich. Er hatte vorgehabt, alles wortlos hinzunehmen, alles auszuhalten, was sie mit ihm machen würden – aber noch bevor sie ihn überhaupt anrührten, begann er schon zu winseln. Er preßte die Lippen zusammen und sah starr geradeaus, während Cherkassky die miteinander verbundenen Anschlüsse an seinem Kopf befestigte. Der Sergeant gab ein Signal, und die umschließende Mauer aus grauen Uniformen zog sich in den Korridor zurück, so daß das Zimmer plötzlich größer und kälter war.

Cherkassky stand neben dem Stuhl mit dem grauen Kasten und bückte sich ein wenig, um an den Reglern zu drehen. Er ließ den Blick über die Skalen laufen und sah Tallon ins Gesicht.

»Haben Sie gewußt, Tallon, daß Ihr Grundwiderstand abnorm niedrig ist? Vielleicht schwitzen Sie leicht, das setzt den Hautwiderstand immer herab. Sie sind doch kein verschwitzter Mensch, oder?« Cherkasskys Nase verzog sich angewidert, und der Sergeant lachte in sich hinein.

Tallon starrte finster an ihm vorbei zum Fenster. Es hatte sich während der Zeit, als das Zimmer überfüllt gewesen war, beschlagen, und die wenigen Lichter der Stadt, die noch sichtbar waren, glichen leuchtenden Wattebäuschen. Er sehnte sich danach, im Freien zu sein und die scharfe Sternenluft einzuatmen. Myra war in Frostnächten gern spazierengegangen.

»Mr. Tallon möchte, daß wir aufhören, Zeit zu vergeuden«, sagte Cherkassky streng. »Er hat natürlich recht. Kommen wir zur Sache. Also, Tallon, damit es auf beiden Seiten keinerlei Mißverständnisse geben kann – Sie befinden sich derzeit in einer unangenehmen Lage, weil Sie zu einem Geheimdienst gehören, der durch puren Zufall Einzelheiten über Portal-Koordinaten, Sprung-Position und positives Sprung-Differential des Planeten Ha Mühlenburg, einer territorialen Erwerbung der ehrwürdigen Regierung von Emm Luther, in Erfahrung gebracht hat. Die Information wurde Ihnen übermittelt, und Sie haben sie Ihrem Gedächtnis anvertraut. Stimmt das?«

Tallon nickte willfährig und fragte sich, ob der Gehirn-Löscher auch so unangenehm sein würde wie die Kapsel. Cherkassky griff nach der Fernbedienung und legte den Daumen auf den roten Knopf. Es dämmerte Tallon, daß das bei ihm verwendete Gerät ein Standardmodell war, das gleiche, wie es auch die weniger angesehenen Psychiater gebrauchten. Er begann sich zu fragen, wie inoffiziell seine jetzige Behandlung eigentlich war. Auf Emm Luther, das von einer einzigen Weltregierung beherrscht wurde, hatte sich nie die Notwendigkeit ergeben, die riesigen, durchorganisierten Geheimdienst- und Abwehrinstitutionen einzurichten, wie sie auf der Erde immer noch blühten. Aus diesem Grund hatten die drei lutheranischen Geheimdienst-Direktoren nahezu freie Hand, wie gewöhnliche Vertragspartner bei normalen Staatsaufträgen, aber sie waren dem Weltlichen Moderator, dem hiesigen Äquivalent eines Präsidenten, verantwortlich. Die Frage war, wie weit man bereit war zuzulassen, daß ein Mann wie Cherkassky seinen persönlichen Eigenheiten frönte.

»Nun gut«, sagte Cherkassky. »Wir möchten, daß Sie sich auf die Information konzentrieren. Versuchen Sie, sie klar und deutlich herauszuschälen. Und bemühen Sie sich nicht, uns täuschen zu wollen, indem Sie an etwas anderes denken; wir prüfen das nach. Ich hebe die Hand, sobald ich zu löschen beginne.«

Tallon strengte sich an, die Zahlenreihen zur Verfügung zu halten, schlagartig in verzweifelter Angst, seinen eigenen Namen zu verlieren. Cherkasskys Hand machte eine vorbereitende Bewegung, und Tallon kämpfte seine Panik nieder, als die Ziffern nicht richtig fließen wollten, selbst bei seinem blocktrainierten Gedächtnis nicht, dann . . . nichts. Die Zahlen, die der Erde eine ganze neue Welt verschafft hätten, waren verschwunden. Es hatte keinen Schmerz, kein Geräusch, keinerlei Empfindung gegeben, aber das entscheidende Wissensbruchstück gehörte ihm nicht mehr. Als die Schmerzerwartung nachließ, atmete Tallon ein wenig auf.

»Das war doch gar nicht so schlimm, oder?« Cherkassky glättete den dichten, glänzenden Haarschopf, der wie ein Schmarotzer auf Kosten seines zerbrechlichen, ausgetrockneten Körpers zu gedeihen schien. »Völlig schmerzlos, wie ich höre.«

»Ich habe nichts gespürt«, gab Tallon zu.

»Aber die Information ist gelöscht?«

»Ja. Sie ist fort.«

»Erstaunlich!« Cherkasskys Stimme wurde freundlicher. »Es erstaunt mich immer wieder, was diese kleine Trickkiste alles fertigbringt. Sie macht Bibliotheken unnötig, wissen Sie. Man braucht nur ein Buch zu nehmen, das einem wirklich gefällt, dann kann man sein ganzes Leben lang lesen, löschen, lesen und löschen.«

»Das ist ein Gedanke«, meinte Tallon argwöhnisch. »Darf ich das Ding jetzt abnehmen?«

»Sie zucken nicht mal mit den Zehen, bis Mr. Cherkassky es erlaubt.« Der blonde Sergeant klopfte Tallon mit seiner Hornissen-Pistole auf die Schulter.

»Aber nein, wissen Sie, Sergeant«, protestierte Cherkassky liebenswürdig. »Sie dürfen nicht so streng zu ihm sein. Schließlich ist er doch sehr mitteilsam gewesen. Ganz und gar zur Mitarbeit bereit. Denken Sie nur daran, wieviel er vorhin von dem Mädchen erzählt hat, das er auf der Erde kannte. Die meisten Männer behalten solche Dinge für sich. Wie hieß sie gleich, Tallon? Ah, ich weiß – Mary.«

»Myra«, verbesserte Tallon automatisch, dann fiel ihm auf, wie das Lächeln auf dem Gesicht des Sergeanten breiter wurde.

Cherkasskys Daumen hatte den roten Knopf gedrückt.

Tallon starrte in sein hageres, triumphierendes Gesicht. Irgend etwas, ein Teil von ihm, war dahin. Aber was? Er versuchte sein Inneres zu erforschen, suchte nach dunklen Lücken in seiner Erinnerung. Da war nichts als ein anhaltendes Gefühl des Verlustes.

Zorn schoß in ihm hoch, rein und klar. Tallon spürte, wie er jede Vorsicht und allen gesunden Menschenverstand wegbrannte, und war dankbar dafür.

»Sie sind Dreck, Cherkassky«, sagte er leise. »Sie sind eine Pest.«

Die Mündung der Hornissen-Pistole traf hart seine Schulter,

und gleichzeitig sah er Cherkasskys Daumen wieder nach dem Knopf zucken. Tallon versuchte einen unerwünschten Gedankenfetzen in den Vordergrund seines Denkens zu reißen, bevor der Kontakt hergestellt war. *Der Seestern ist ein Meerestier, verwandt mit* – Leere!

Cherkassky wich vor Tallon zurück, mit zuckendem Mund, den Daumen über dem Knopf. Das kann die ganze Nacht so gehen, dachte Tallon. Bis zum Morgen bin ich so gut wie tot, weil Sam Tallon die Summe all seiner erinnerten Erfahrungen ist und Cherkassky sie wegschnippeln wird, bis nichts mehr da ist.

»Los, Lorie«, sagte der Sergeant. »Geben Sie ihm noch eine Ladung. Machen Sie ihn fertig.«

»Das werde ich, Sergeant, das werde ich, aber man muß systematisch vorgehen.« Cherkassky war fast bis zum Fenster zurückgewichen, so weit das Kabel reichte. Die Straße, erinnerte sich Tallon, liegt sechs Stockwerke darunter. Nicht sehr tief, aber tief genug.

Er schnellte vom Stuhl, während seine plötzlich geschärften Sinne deutlich das Krachen des umfallenden Stuhls registrierten, das befriedigende Knirschen, als sein Kopf gegen Cherkasskys Gesicht prallte, das zornige Heulen der Hornissen-Pistole, den splitternden Knall, als das Fenster zerbrach . . . dann waren sie in der kalten, schwarzen Luft, und unter ihnen blühten die Lichter der Straße auf.

Cherkasskys Körper erstarrte in Tallons Armen, und er schrie auf, als sie hinabstürzten. Tallon kämpfte um eine aufrechte Haltung, aber die höhere Schwerkraft von Emm Luther ließ ihm sehr wenig Zeit. Er ließ Cherkassky los, aber Cherkasskys Arme waren wie Stahlbänder um Tallons Brustkorb gepreßt. Vor panischer Angst aufstöhnend, wand sich Tallon, bis er die Beine unter sich hatte. Die Rückstoß-Schuhe, durch die Nähe des Bodens automatisch in Betrieb gesetzt, reagierten kraftvoll. Als seine Knie unter der Verzögerung einknickten, spürte Tallon, wie Cherkasskys Griff losgerissen wurde, und der kleine Mann flog weiter. Tallon hörte den Aufprall seines Körpers auf dem Gehweg.

Er landete neben Cherkasskys schlaffem Körper auf dem Beton, als sich die Wirkung der Anti-Schwerkraft-Sohlen bis zum

Augenblick der Berührung im umgekehrten Quadrat steigerte. Cherkassky lebte noch; in dieser Beziehung war der Plan nicht erfolgreich gewesen. Aber wenigstens war Tallon wieder im Freien. Er fuhr herum und wollte zu laufen anfangen, als er das Kabel des Gehirnlöschers von der Kopfspange baumeln sah, die noch immer an seiner Kopfhaut befestigt war.

Als er sie abreißen wollte, nahm er die Bewegung grauer Uniformen in den Eingängen des Einkaufszentrums auf der anderen Seite der leeren Straße wahr. An beiden Endpunkten der Straße ertönten schrille Pfiffe. Den Bruchteil einer Sekunde später hörte er die Hornissen-Pistolen feuern, dann war er in einer heulenden Wolke von Pfeilen gefangen, die mit blitzartigem Sst-Sst-Sst die Kleidung an seinem Körper festnagelten.

Tallon taumelte und stürzte hilflos zu Boden.

Er lag gelähmt auf dem Rücken und fand einen Augenblick lang auf seltsame Art Frieden. Die E.L.S.P.-Männer feuerten noch immer diensteifrig mit ihren Hornissen-Waffen, aber im Liegen bot er für ihre horizontalen Pfeilschwärme ein schlechtes Ziel, und sie erreichten ihn nicht. Die Sterne sahen sogar in ihren fremdartigen Konstellationen gut aus. Dort oben waren andere Männer, die frei dahinziehen konnten, vorausgesetzt, daß sie den Mut hatten, das wahllos waltende, galaxisweite Muster von Flakker-Übergängen zu ertragen, mit dem ihre Seelen hauchdünn im Universum ausgebreitet wurden.

Die Hornissen-Pistolen hörten abrupt zu schießen auf. Tallon lauschte auf heranstürmende Schritte, hörte aber statt dessen Geräusche in unerwarteter Nähe.

Eine Gestalt gelangte in seinen Sehbereich. Es war, so unfaßbar es auch erschien, Cherkassky. Sein Gesicht war eine Dämonenmaske aus zerfetzter Haut und Blut, ein Arm hing schlaff und verdreht herab. Er schob die unverletzte Hand mühsam vor, und Tallon sah, daß sie eine Hornissen-Pistole umklammerte.

»Keiner«, flüsterte Cherkassky, »keiner hat jemals –« Er drückte aus nächster Nähe ab.

Hornissen-Pistolen wurden als humane Waffen angesehen, und gewöhnlich verursachten sie keinen dauernden Schaden, aber

Cherkassky war ein Professioneller. Tallon, von den Drogen völlig gelähmt, konnte nicht einmal blinzeln, als die Pfeile brutal in seine Augen fetzten und ihn für immer des Lichts, der Schönheit und der Sterne beraubten.

4

Für Tallon gab es keinen Schmerz; der würde erst auftreten, sobald sein Körper die Lähmungsdroge zu verarbeiten begann. Zunächst wußte er nicht einmal genau, was geschehen war, denn die Dunkelheit breitete sich nicht sofort aus. Statt dessen wurde der verzerrte Anblick Cherkasskys und der schwankenden Pistolenmündung durch ein zusammenhangloses Universum aus Licht ersetzt – splitternde Blitze, marschierende geometrische Farbmuster, Nadelbaumformen aus Amethyst und Rosarot. Aber den Abläufen der Logik war nicht zu entrinnen. Eine Hornissen-Pistolenladung aus einer Entfernung von dreißig Zentimetern ...

Meine Augen müssen zerstört sein!

Tallon hatte Zeit für einen Augenblick unerträglicher Qual, dann schrumpfte sein ganzes Bewußtsein auf die Konfrontation mit einem neuen Phänomen zusammen: Er konnte nicht mehr atmen. Da alle physischen Empfindungen von der Droge betäubt waren, konnte er nicht erkennen, warum ihm der Atem abgeschnitten war, aber es ließ sich unschwer erraten. Ihn zu blenden war nur die erste Rate gewesen; Cherkassky war dabei, ein Ende zu machen. Tallon entdeckte, daß er, bedachte man, was sich abspielte, nicht übermäßig Angst hatte. Hätte er nur mit einem Fußtritt Cherkasskys Schädel zerschmettert, solange Gelegenheit dazu gewesen war.

Schritte stürmten heran, dann wurden Stimmen laut.

»Korporal! Heben Sie Mr. Cherkassky in den Wagen. Er scheint schwer verletzt zu sein.«

»Jawohl, Sergeant.«

Der zweiten Stimme folgte das Geräusch scharrender Stiefel auf dem Beton, und Tallon pumpte plötzlich Luft in sich hinein.

Cherkassky mußte das Bewußtsein verloren haben und auf ihn gestürzt sein. Dann hörte er wieder Stimmen.

»Sergeant! Sehen Sie sich die Augen von dem da an. *Das* bringt eine Hornissen-Pistole fertig?«

»Soll ich es Ihnen zeigen? Bringen Sie Mr. Cherkassky in den Wagen und schieben Sie den anderen in den Tender.«

Undeutliche Verschiebungen in seinem Gleichgewicht verrieten Tallon, daß die Befehle ausgeführt wurden. Pfiffe ertönten; Turbinen heulten auf. Unbestimmbare Zeit verging; danach begann Tallon Schmerzen zu spüren . . .

Weniger als vierundzwanzig Stunden waren vergangen, aber schon glaubte Tallon die Steigerung der anderen Sinne zu fühlen, die den Verlust des Augenlichts begleitet.

In der Polizeizentrale von Neu-Wittenburg hatte ihm jemand eine Injektionsspritze in den Hals gestoßen, und er war ins Bewußtsein zurückgekehrt. Man hatte ihm etwas Heißes zu trinken gegeben und ihn zu einem Bett geführt – alles ohne ein Wort –, wo er wie durch ein Wunder eingeschlafen war. Während des Schlafes hatte ihm jemand die Schuhe ausgezogen und sie durch dünnsohlige Stiefel ersetzt, die ihm einige Nummern zu groß waren.

Jetzt wurde er in einem anderen Fahrzeug transportiert, begleitet von drei oder vier anonymen E.L.S.P.-Beamten, die sich durch gelegentliche Stöße und Rempler mit ihm verständigten. Tallon war zu hilflos, um sich darum zu bemühen, daß sie mit ihm redeten. Sein Verstand war unfähig, etwas anderes zu erfassen als die Tatsache, daß er nichts mehr sehen konnte.

Das Fahrzeug wurde langsamer, schwankte zweimal, als es um Ecken bog, dann hielt es. Als man Tallon hinaushalf, wußte er mit Bestimmtheit, daß er sich auf einem Flugplatz befand. Er spürte das Wechselspiel von Luftströmungen, das nur im Freien stattfinden konnte, erschnupperte den Geruch von Flugbenzin; dann hörte er, wie zur Bestätigung, in der Nähe das Heulen gewaltiger Turbinen.

Tallon empfand eine winzige Spur von Interesse. Auf Emm Luther war er nie geflogen, weil es teuer war und er in diesem

Verkehrsmittel zu sehr aufgefallen wäre. Die zivilen Flugzeuge waren groß, beförderten jedoch aufgrund staatlicher Konstruktionsvorschriften verhältnismäßig wenig Nutzlast. Die Flugzeugrümpfe waren stark gepanzert, die Tragflächen nach den Maßstäben auf der Erde unzulänglich, weil sie die gesamten Antriebs-, Treibstoff- und Steuersysteme beherbergten. Bei einer Notlandung wurden die Tragflächen mit ihrer tödlichen Treibstoffladung durch Sprengbolzen weggesprengt. Die Planetenregierung hatte das Fliegen auf Emm Luther ohne Rücksicht auf wirtschaftliche Belange zu einer sicheren Sache gemacht und sich in dieser Hinsicht Tallons widerwillig gezollte Anerkennung erworben. Er hätte sich gewünscht, daß der Weltliche Moderator auch bei der personellen Besetzung von Staatsbehörden so viel Vernunft bewiesen hätte.

Ungesehene Hände halfen ihm die Stufen hinauf in das warme, nach Kunststoff riechende Innere des Flugzeugs und zu einem Sitz. Andere Hände schlossen die Sicherheitsgurte, und plötzlich ließ man ihn allein. Tallon lauschte angestrengt und gebrauchte dabei seinen neuentdeckten Trick, bewußt verschiedene Tonfrequenzen zu suchen, aber die einzigen Stimmen, die er wahrnahm, waren die der flüsternd miteinander sprechenden E.L.S.P.-Leute. Offenbar hatte man für ihn eine Sondermaschine eingesetzt. Tallon fröstelte und rutschte tiefer in seinen Sitz.

Seine Augen schmerzten nicht mehr, aber die gereizten Nerven riefen noch immer Pseudobilder hervor, von denen manche schmerzhaft grelle Farbblitze waren. Tallon fragte sich, wie lange es dauern würde, bis man ihm die richtige medizinische Behandlung zuteil werden ließ. Erst als er das dumpfe ›Wumm‹ der sich schließenden Tür hörte, dachte er darüber nach, wohin man ihn wohl bringen würde. Es gab eigentlich nur eine Möglichkeit: den Pavillon.

Das für politische Gegner Emm Luthers reservierte Gefängnis befand sich an der äußersten Südspitze des einzigen Kontinents. Es war ursprünglich die Winterresidenz des ersten Weltlichen Moderators gewesen, der vorgehabt hatte, das Sumpfgebiet, das die kleine Insel mit dem Festland verband, auffüllen zu lassen. Er hatte es sich dann jedoch anders überlegt und war statt dessen nach Norden umgezogen. In dieser Frühzeit der Kolonisation, als Baumaterial noch knapp gewesen war, hatte ein unbekannter Beamter die Möglichkeiten des Pavillons als ausbruchssicheres Gefängnis erkannt. Mehrere Sprengladungen hatten das Rückgrat der kleinen Halbinsel gebrochen und das warme Wasser des Erfurt-Meers eindringen lassen. Innerhalb von wenigen Jahren war das einstmalige Moorgebiet zu einem Supersumpf geworden, der nur in der Luft zu überqueren war.

Der Pavillon beherbergte jetzt weniger Gefangene als in den Jahren des Aufstiegs der heutigen politischen Herren zur Macht. Und die weise Voraussicht des Beamten war bestätigt worden: Noch niemals war dort jemand entkommen.

Nach einem außerordentlich glatten Start und kurzem Steigflug setzte sich die Maschine auf Kurs, mit nahezu lautlosen Motoren; nur ein gelegentliches Gefühl des Durchsackens verriet Tallon, daß er sich durch die Luft bewegte. Er lauschte dem Wispern der Luft, dann fiel er in unruhigen Schlaf.

Er erwachte durch hochtourigen Motorenlärm. Die großen Düsen hämmerten heftige Vibrationen durch das Gefüge des Flugzeugs. Tallon umklammerte die Armlehnen seines Sitzes. In seiner privaten Nacht-Welt vergingen einige qualvolle Sekunden, bevor er begriff, was sich abspielte: Die große Maschine setzte zu einer Senkrechtlandung an. Bei der Schwerkraft auf Emm Luther erforderte dieses Manöver einen solchen Treibstoffaufwand, daß es entweder nur im Notfall oder bei einer Landung durchgeführt wurde, wo kein Platz auch nur für einen primitiven Landeplatz war. Tallon sagte sich, daß sie am Pavillon angekommen waren.

Als er von der Kabinentür die Treppe hinunterschritt, war Tallons erster Eindruck, daß es hier ungewöhnlich warm war. Er hatte vergessen, daß ihn der Tausend-Meilen-Flug in die Nähe der tropischen Zone des Planeten befördern würde. Während man ihn über gerippten Beton führte, wo die Hitze durch die dünnen Stiefelsohlen drang, spürte Tallon mit einem plötzlichen Stich der Qual die Nähe des Meeres. Er hatte immer gern aufs Meer geblickt. Man führte ihn durch einen Eingang, eine Reihe hallender Korridore entlang und schließlich in ein stilles Zimmer, wo man ihn in einen Sessel drückte. Die Stiefelschritte verklangen. Tallon fragte sich, ob er allein war, und drehte hilflos den Kopf hin und her.

»Tja, Tallon, das ist wohl die Endstation für Sie. Sie werden sich bestimmt eine Weile ausruhen wollen.« Die Stimme klang tief und voll. Tallon stellte sich ihren Besitzer als massigen Mann um die Fünfzig vor. Das Entscheidende war, daß er persönlich und nicht unfreundlich angesprochen worden war. Er öffnete den Mund, um zu antworten, aber seine Kehle war wie zugeschnürt. Er nickte und kam sich wie ein Schuljunge vor.

»Keine Sorge, Tallon. Die Reaktion setzt jetzt erst ein. Ich sorge dafür, daß Sie etwas bekommen, was Ihnen über die nächsten Tage hinweghilft. Ich bin Doktor Muller, Leiter der dem Gefängnis angegliederten psychologischen Abteilung. Ich führe eine Routineprüfung durch, um sicherzustellen, daß Sie-wissen-schon-Was endgültig aus Ihrer Erinnerung gelöscht ist, dann übergebe ich Sie meinem Kollegen, Doktor Heck, der sehen wird, was sich mit Ihren Augen tun läßt.«

»Meine Augen!« Tallon durchzuckte irrationale Hoffnung. »Meinen Sie –?«

»Das ist nicht mein Fachgebiet, Tallon. Doktor Heck wird Sie untersuchen, sobald ich fertig bin, und ich weiß, daß er alles tun wird, was möglich ist.«

Ganz in Anspruch genommen von dem Gedanken, daß seine Augen vielleicht doch nicht so schwer geschädigt waren, wie er angenommen hatte, ließ Tallon geduldig die Testverfahren über sich ergehen, die fast eine Stunde dauerten. Das Programm beinhaltete über ein Dutzend winziger Injektionen, von denen manche starke Übelkeits- und Schwindelanfälle hervorriefen. Unaufhörlich wurde er mit Fragen bombardiert, oft durch Frauenstimmen, obwohl er niemanden hatte ins Zimmer kommen hören. Manchmal schien die fragende Stimme unmittelbar in seinem Kopf zu entstehen - überredend, lockend oder schreckend und stets unwiderstehlich. Tallon hörte seine eigene Stimme wirre Antworten stammeln. Schließlich spürte er, daß die Anschlüsse von Kopf und Körper gestreift wurden.

»Das scheint wohl alles zu sein, Tallon«, sagte Dr. Muller. »Soweit es mich angeht, sind Sie sauber. Ich stufe Sie als normales

Sicherheitsrisiko Klasse drei ein, was heißt, daß Sie zu den anderen Häftlingen kommen und die üblichen Vorrechte genießen. In gewisser Beziehung haben Sie Glück.«

»Ich vermute, daß Sie das Wort in seinem weitesten Sinn gebrauchen, Doktor.« Tallon befühlte den Verband um seine Augen. »Oder meinen Sie ›Glück‹ im Vergleich zu manchen anderen Leuten, die Cherkassky hierhergebracht hat?«

»Ich meine, angesichts der Information, über die Sie verfügten, hätte jede andere Regierung im Universum, einschließlich der auf der Erde, Sie augenblicklich hinrichten lassen.«

»Cherkassky versuchte, mein Ich zu exekutieren. Wissen Sie, daß er immer wieder den roten Knopf an diesem - «

»Genug!« Mullers Stimme verlor ihre Freundlichkeit. »Das ist nicht mein Gebiet.«

»Mein Fehler, Doktor. Ich dachte, Sie hätten sich als Leiter der psychologischen Abteilung bezeichnet. Oder liegt es daran, daß Sie nicht zuviel über die Männer nachdenken wollen, für die Sie arbeiten?«

Es blieb lange still. Als Muller wieder das Wort ergriff, hatte er seine professionelle Herzlichkeit wiedergewonnen.

»Ich verschreibe Ihnen etwas für die Reaktionszeit, Tallon. Ich bin überzeugt davon, Sie werden sich hier gut einfügen. Jetzt befaßt sich Doktor Heck mit Ihnen.«

Muller mußte irgendein Signal gegeben haben, da sich leise eine Tür öffnete und Tallon eine Hand an seinem Arm spürte. Er wurde hinaus- und wieder durch eine Reihe von Korridoren geführt. Der medizinische Block, wenn es sich um einen solchen handelte, schien viel größer zu sein, als Tallon vermutet hatte. Obwohl Emm Luther auf vielen Forschungsgebieten hinter der Erde herhinkte, bestand die Möglichkeit, daß man in der Chirurgie fortgeschrittener war.

Bis er in einen Raum geführt wurde, wo es nach Desinfektionsmitteln roch, war Tallon in Schweiß gebadet und von einem unkontrollierbaren Zittern befallen. Jemand führte ihn zu einem hohen Sofa und veranlaßte ihn, sich hinzulegen. Ein Gefühl der Wärme an Stirn und Lippen verriet ihm, daß starke Lampen sein Gesicht beschienen. Es gab eine kurze Pause, in der er leise Schritte und das Rascheln von Kleidung in seiner Nähe hörte. Er bemühte sich, das Zittern zu unterdrücken, aber es war unmöglich; der winzige Hoffnungsstrahl hatte seine ganze Selbstbeherrschung zerstört.

»Tja, hm, Mr. Tallon.« Die Stimme des Mannes besaß den schwachen deutschen, auf Emm Luther gängigen Akzent. »Sie sind nervös, wie ich sehe. Doktor Muller sagte schon, daß Sie Medikamente brauchen. Ich glaube, wir geben Ihnen ein paar Kubikzentimeter einer unserer Mixturen destillierter Gemütsruhe.«

»Die brauche ich nicht«, sagte Tallon entschieden. »Wenn es Ihnen nichts ausmacht, möchte ich weitermachen mit der – mit der –«

»Ich verstehe. Wollen mal sehen.«

Tallon fühlte, wie der Verband um seine Augen vorsichtig abgeschnitten wurde, dann begann Dr. Heck, so unfaßbar es war, durch die Zähne zu pfeifen.

»O ja, ich sehe – ich sehe. Ein bedauernswerter Unfall, versteht sich, aber es hätte schlimmer kommen können, Mr. Tallon. Ich denke, wir können das für Sie ohne allzugroße Schwierigkeiten beheben. Es wird ungefähr eine Woche dauern, aber wir können Sie durchaus zusammenflicken.«

»Ist das Ihr Ernst?« Tallon sog bebend den Atem ein. »Heißt das wirklich, daß Sie für meine Augen etwas tun können?«

»Gewiß. Wir beginnen morgen mit den Lidern – das ist das Schwierigste – dann befassen wir uns mit dem Nasensteg und tun etwas für die Brauen.«

»Aber meine Augen – was ist mit meinen Augen?«

»Kein Problem. Was für eine Farbe möchten Sie?«

»Farbe?« Tallon spürte einen eiskalten Schauer der Angst.

»Ja«, sagte Heck heiter. »Ein schwacher Trost für das Blindsein, aber wir können Ihnen ein wirklich schönes Paar brauner Plastikaugen geben. Sie können auch Blau haben – aber bei Ihrer Tönung würde ich das nicht empfehlen.«

Tallon erwiderte nichts. Eine eisige Ewigkeit verging, bevor er die willkommene Kanüle in seinen Arm gleiten fühlte.

5

Der Tagesablauf im Pavillon war, wie er Tallon erläutert wurde, von einfacher Art – einfacher für ihn als für die anderen Häftlinge, weil er allen Aktivitäten außer den drei täglichen Gebetsversammlungen enthoben war. Soweit er es beurteilen konnte, glich der Pavillon eher einem Militär-Ausbildungslager als einem Gefängnis. Die Insassen arbeiteten sieben Stunden am Tag, in einer Vielzahl handwerklicher Berufe, bei einem Mindestmaß an Kontrolle, und hatten eine Bibliothek und Sportanlagen zur Verfügung. In gewisser Weise war es ein ganz erträglicher Ort, außer, daß es hier nur ein Strafmaß gab – lebenslänglich.

Am ersten Tag nach seiner Entlassung aus dem medizinischen Block wurde Tallon auf den Hof geführt und setzte sich mit dem Rücken an eine sonnenwarme Mauer auf den Boden. Es war ein stiller Vormittag, fast ohne Wind. Tallon lehnte den Kopf an die warmen Steine und versuchte, es sich bequem zu machen.

»Sie sind jetzt auf dem Weg, Tallon«, sagte der Aufseher. »Die anderen werden Ihnen zeigen, wo alles ist. Viel Spaß.«

»Wie kann mir etwas entgehen?«

Der Aufseher lachte spöttisch und entfernte sich. Seine Schritte waren kaum verklungen, als Tallon etwas sein ausgestrecktes Bein streifen spürte. Er erstarrte und versuchte sich zu erinnern, ob es im südlichen Teil des Kontinents irgendwelche besonders unangenehmen Insektenarten gab.

»Verzeihen Sie, Sir. Sie sind Mr. Sam Tallon?« Die Stimme trug das Bild eines weißhaarigen, rotbackigen Provinzpolitikers.

»Ja.« Tallon fuhr unsicher über sein Bein, fühlte aber nichts Ungewöhnliches. »Sam Tallon.«

»Eine große Freude, Sie kennenzulernen, Sam.« Der Neuankömmling setzte sich neben Tallon und brummte schwerfällig. »Ich bin Logan Winfield. Hier im Pavillon sind Sie ein großer Held, wissen Sie.«

»Das wußte ich nicht.«

»Oh, doch. Niemand von uns hier empfindet für Mr. Lorin Cherkassky große Wertschätzung«, sagte Winfield dröhnend,

»aber wir besaßen auch nicht den Wagemut, ihn auf längere Zeit in ein Krankenhaus zu schicken.«

»Ich wollte ihn nicht ins Krankenhaus schicken, sondern umbringen.«

»Ein lobenswerter Ehrgeiz, mein Sohn. Wie schade, daß Sie keinen Erfolg hatten. Ihr Bemühen hat aber jeden Mann im Gefängnis zu Ihrem Freund auf Lebenszeit gemacht; solange wird man Sie hier wohl einsperren wollen, nehme ich an.«

»Ich vermute.«

»Sie vermuten richtig, mein Sohn. Da wir uns durch unsere eigenen Handlungen fröhlich zur ewigen Qual im Jenseits verurteilt haben, so lautet die Theorie, wird uns eine sterbliche Lebenszeit im Gefängnis kaum noch auffallen.«

»Hübsche Theorie. Weshalb sitzen Sie?« fragte Tallon aus Höflichkeit, aber eigentlich wollte er nichts als in der Sonne sitzen und dösen. Er hatte entdeckt, daß er noch immer träumen konnte, und in den Träumen waren seine braunen Plastikaugen soviel wert wie echte Augen.

»Ich bin Arzt. Ich bin aus Louisiana hergekommen, als der Planet erstmals angeflogen wurde. Damals hieß er natürlich noch nicht Emm Luther. Ich habe ein Leben voll harter Arbeit in diese Welt gesteckt und liebe sie. Als sie dann aus der Föderation ausschied, bemühte ich mich, sie zu ihrer wahren Bestimmung zurückzuführen.«

Tallon schnaubte in bitterer Enttäuschung.

»Wenn Sie zu den praktischen Einzelheiten der Bemühung gelangen, eine Welt zu ihrer wahren Bestimmung zurückzuführen, gehört wohl auch dazu, daß man Politiker mit anderer Meinung beseitigt, oder?«

»Tja, mein Sohn, zu Hause hatten wir ein Sprichwort, daß man jemanden nichts lehren kann, was er nicht lernen will. Deshalb –«

»Also sitzen Sie für etwas lebenslänglich im Gefängnis, was Ihnen unter jedem anderen politischen Regime dieselbe Strafe oder Schlimmeres eingetragen hätte.« Tallon sagte es zornig, und es war lange still, nachdem er verstummt war.

»Es wundert mich, Sie so reden zu hören, mein Sohn. Ich dachte, wir hätten gemeinsame Interessen, aber ich fürchte, ich bin lästig gefallen. Ich gehe.«

Tallon nickte und lauschte, als Winfield sich mühsam aufrichtete. Wieder streifte etwas sein Bein. Diesmal griff er danach und merkte, daß er das Ende eines Stocks in der Hand hielt.

»Verzeihung«, sagte Winfield. »Der Stock ist ein uraltes Requisit unserer Bruderschaft, aber unbestreitbar nützlich. Ohne ihn wäre ich über Ihre Beine gefallen und hätte beide Seiten in Verlegenheiten gebracht.«

Einige Sekunden vergingen, bevor Tallon den vollen Sinn der umständlichen, rollenden Sätze des anderen erfaßte.

»Augenblick. Soll das heißen, daß Sie –?«

»›Blind‹ heißt das Wort, mein Sohn. Nach einigen Jahren gewöhnt man sich daran, es auszusprechen.«

»Warum haben Sie mir das nicht gleich gesagt? Ich wußte es nicht. Bitte, setzen Sie sich wieder.« Tallons Hand fand den Arm des Mannes und hielt ihn fest. Winfield schien den Vorschlag zu überdenken, dann setzte er sich unter heftigen Brummlauten wieder. Tallon vermutete, daß er sehr dick und gänzlich außer Kondition war. Winfields Gespreiztheit irritierte ihn, vor allem die Anrede ›Sohn‹, aber hier war ein Mann, der den von Tallon zu beschreitenden Weg schon gegangen war. Sie saßen eine Weile schweigend nebeneinander und lauschten dem rhythmischen Knirschen, als die übrigen Häftlinge in einem anderen Teil des Hofes ihre Runden drehten.

»Sie fragen sich vermutlich, ob ich mein Augenlicht auf ähnliche Weise verloren habe wie Sie«, sagte Winfield schließlich.

»Hm, ja.«

»Nein, mein Sohn. Ganz so dramatisch war es nicht. Vor acht Jahren versuchte ich hier zu entfliehen, mit dem Ziel, zur Erde zurückzugelangen. Ich kam bis zum Sumpf. Das ist das leichteste Stück, versteht sich; jeder kann bis zum Sumpf kommen. Was zählt, ist, die andere Seite zu erreichen. Es gibt da eine besonders widerliche Art von Parasitenmilben. Die befruchteten Weibchen haben es auf die Augen abgesehen. Als mich die Aufseher in den Pavillon zurückbrachten, war ich schon so weit, daß in beiden Augen ein ganzes Nest der scheußlichen Wesen brütete. Doktor

Heck hatte alle Mühe, zu verhindern, daß sie sich bis ins Gehirn durchfraßen. Er war fast eine Woche lang unendlich glücklich und pfiff die ganze Zeit Operettenmelodien.«

Tallon war entsetzt.

»Aber was erhofften Sie sich, selbst wenn es Ihnen gelungen wäre, durch den Sumpf zu gelangen? Der Raumflughafen in Neu-Wittenburg ist tausend Meilen von hier entfernt, und selbst wenn es nur tausend Meter gewesen wären, hätten Sie nie durch die Kontrollstellen kommen können.«

»Mein Sohn«, meinte Winfield mit trauriger Stimme, »Sie denken zuviel an Einzelheiten. Ich bewundere jeden Mann mit Sinn für das Detail, aber nicht, wenn er sich davon den Blick auf den Hauptplan verstellen läßt.«

»Plan! Was für ein Plan? Alles, was Sie hatten, war der verrückte Einfall, Sie könnten aufstehen und ein paar Lichtjahrhunderte zurück nach Louisiana gehen.«

»Der Fortschritt ist die Geschichte verrückter Einfälle, Sam. Der Überlichtgeschwindigkeits-Flug selbst war ein verrückter Einfall, bis jemand die Lösung fand. Ich kann nicht glauben, daß Sie sich damit abfinden wollen, hier für den Rest Ihres Lebens zu verrotten.«

»Ich mag es zwar nicht wollen, aber ich werde es tun.«

»Selbst wenn ich Ihnen anbiete, Sie beim nächstenmal mitzunehmen?« Winfields Stimme war zu einem Flüstern herabgesunken.

Tallon lachte zum erstenmal laut auf seit dem Morgen, als McNulty in sein Büro gehinkt war und ihm ein Stück Papier mit der kosmischen Adresse eines neuen Planeten gegeben hatte.

»Gehen Sie, alter Mann«, sagte er. »Für kurze Zeit hatten Sie mich schon am Gängelband. Aber jetzt möchte ich meine Ohren etwas ruhen lassen.«

Winfield sprach weiter.

»Beim nächstenmal wird es völlig anders sein. Ich war damals nicht auf den Sumpf vorbereitet, aber seit acht Jahren habe ich mich präpariert. Ich versichere Ihnen, ich *weiß*, wie man hindurchgelangt.«

»Aber Sie sind blind! Sie hätten es schon schwer, einen Kinderspielplatz zu überqueren.«

»Blind«, sagte Winfield geheimnisvoll, »aber nicht blind.«

»Reden«, erwiderte Tallon im gleichen Tonfall, »aber nichts sagen.«

»Hören Sie zu, mein Sohn.« Winfield rückte näher, er roch nach Brot und Butter. »Sie sind Elektronikfachmann. Sie wissen, daß zu Hause auf der Erde und auch auf den meisten anderen Welten ein Blinder viele Hilfsmittel bekommen kann.«

»Das ist aber doch ein anderer Fall, nicht wahr, Doc? Die Elektronik-Industrie auf Emm Luther ist wesentlicher Bestandteil des hiesigen Raumsonden-Programms. Jeder Elektronik-Spezialist auf dem Planeten arbeitet für das Programm oder für angeschlossene Vorrang-Projekte, oder er befindet sich auf dem neuen Planeten, den man entdeckt hat. Außerdem hat der Weltliche Moderator verfügt, es verstoße gegen den Glauben, von Menschenhand hergestellte Werkteile mit nach dem göttlichen Ebenbild geschaffenen Körpern zu verbinden. Die Geräte, von denen Sie sprechen, gibt es in diesem Teil der Galaxis überhaupt nicht.«

»Doch«, sagte Winfield triumphierend. »Oder beinahe. Ich baue im Rehabilitations-Zentrum der Anstalt eine primitive Sonar-Lampe. Das heißt, Ed Hogarth, der die Werkstätte leitet, baut sie unter meiner Anleitung. Ich kann die Arbeit nicht selbst machen.«

Tallon seufzte resigniert. Es hatte den Anschein, als bestünde Winfields Unterhaltung nur aus absurden Behauptungen und Hirngespinsten.

»Sie meinen, Sie werden dort nicht überwacht? Stört es denn nicht, daß gegen zwei der strengsten Anordnungen des Staates mit staatlichen Mitteln in einer staatlichen Institution verstoßen wird?«

Winfield erhob sich ächzend.

»Mein Sohn, Sie haben eine unerfreulich negative Einstellung, aber ich will unterstellen, daß Sie unter weniger mißlichen Umständen eines zivilisierten Verhaltens fähig sind. Kommen Sie mit.«

»Wohin?«

»In die Werkstatt. Auf Sie warten ein paar Überraschungen.«

Tallon hielt sich an Winfields dickem Arm fest und verließ mit ihm den Hof. Er war sich bewußt, daß seine Neugierde erregt war, und das in einem Maße, wie er es nie mehr erwartet hatte. Winfield schritt zuversichtlich und ziemlich schnell aus, wobei er in regelmäßigen Abständen mit dem Stock tastete. Unterwegs berührten ein paar Männer Tallons Arm in mitfühlender Begrüßung, und einer schob ihm eine Packung Zigaretten in die freie Hand. Er gab sich Mühe, aufrecht und mit festen Schritten zu gehen, aber es war beinahe unmöglich. Er spürte, wie sich das starre, um Nachsicht bittende Lächeln eines blicklosen Mannes auf seinem Gesicht eingrub.

Um die Werkstätte des Rehabilitations-Zentrums zu erreichen, mußten sie am Zellenbau vorbeigehen und zweihundert Meter bis zu einem Nebenblock zurücklegen. Während des Marsches erläuterte Winfield, daß seine Lampe einen schmalen Strahl unhörbarer Hochfrequenztöne erzeugte und einen Empfänger besaß, um die Echos aufzufangen; eine elektronische Apparatur kombinierte ausgesandte und zurückkehrende Signale. Die Idee bestand darin, daß der Tongenerator in jeder Sekunde mehrmals den Bereich zwischen etwa 80 und 40 Kilohertz durchstrich, so daß in jedem beliebigen Augenblick das ausgesandte Signal eine etwas niedrigere Frequenz besaß als jedes der Echos. Die beiden miteinander zu kombinieren mußte eine Taktfrequenz erzeugen, die der Entfernung jedes beliebigen Objekts im Strahl der Lampe proportional war und dadurch einem Blinden erlaubte, sich ein Bild seiner Umgebung zu verschaffen.

Winfield hatte die theoretischen Grundlagen zum Teil selbst erarbeitet, zum Teil hatte er früher einmal in alten techno-medizinischen Zeitschriften darüber gelesen. Ed Hogarth, anscheinend der geborene Bastler, hatte ihm einen Prototyp gebaut, sah sich aber jetzt vor Schwierigkeiten angesichts der Elektronik der Frequenzwandlungsstufe, die die hohen Töne für das menschliche Ohr hörbar machen sollte.

Während Tallon zuhörte, empfand er wachsenden Respekt für den alten Arzt. Sie erreichten das Rehabilitationszentrum und blieben vor dem Eingang stehen.

»Nur noch eines, bevor wir hineingehen, mein Sohn. Sie müssen mir versprechen, daß Sie Ed vom wahren Grund für den Bau der Lampe nichts verraten. Wenn er es verriete, würde er die Arbeit daran sofort einstellen – um mich vor mir selbst zu schützen, wie es so schön heißt.«

»Gut«, sagte Tallon, »aber Sie müssen mir auch etwas versprechen. Wenn Sie wirklich einen Fluchtplan haben, kalkulieren Sie mich dabei nicht ein. Falls ich mich je zum Selbstmord entschließen sollte, suche ich mir eine einfachere Methode aus.«

Sie stiegen eine Treppe hinauf und betraten die Werkstätte. Tallon erkannte sie sofort an dem vertrauten Geruch nach heißem Lötzinn und kaltem Zigarettenrauch, ein Geruch, der sich seit seiner Studentenzeit nicht verändert hatte.

»Sind Sie da, Ed?« Der Widerhall von Winfields Stimme ließ erkennen, daß die Werkstätte nicht sehr groß sein konnte. »Ich habe Besuch mitgebracht.

»Das weiß ich«, sagte eine dünne, gereizte Stimme in der Nähe. »Ich kann ihn ja sehen, nicht? Sie sind schon so lange blind, daß Sie glauben, alle anderen Leute könnten auch nicht sehen.«

Winfield lachte dröhnend und flüsterte Tallon zu: »Ed ist auf diesem Planeten geboren, aber er war einmal in der alten Unionisten-Bewegung sehr aktiv und hatte nicht genug Verstand, aufzuhören, als die Lutheraner ans Ruder kamen. Er wurde von Kreuger festgenommen und erlitt eine unglückliche Schädigung an den Fersen, als er zu fliehen versuchte. Im Pavillon hüpfen so einige von Kreugers Opfern wie Vögel herum.«

»Und meine Ohren sind auch in Ordnung«, warnte Hogarths Stimme.

»Ed, das ist Sam Tallon – der Mann, der beinahe Cherkassky erledigt hätte. Er ist Elektronikexperte, und vielleicht bringen Sie meine Lampe jetzt doch noch so weit, daß sie funktioniert.«

»Ich habe Elektronik studiert und mein Examen gemacht«, sagte Tallon. »Damit ist man kein Experte.«

»Aber Sie werden die Fehler in einem einfachen Frequenzwandlungsschaltkreis ausmerzen können«, sagte Winfield. »Hier, fassen Sie das an.«

Er zog Tallon zu einer Werkbank und drückte seine Hände auf

einen komplizierten, etwa einen Meter im Quadrat messenden Gegenstand aus Metall und Kunststoff.

»Ist sie das?« Tallon erforschte die verwickelte Schaltung mit den Fingern. »Was soll Ihnen das nützen? Ich dachte, Sie sprechen von einem Gerät, das Sie mit einer Hand tragen können.«

»Das ist ein Modell«, knurrte Hogarth ungeduldig, »mit der zwanzigfachen Größe des echten Instruments. Damit kann der Doktor ertasten, was er hier zu machen glaubt, und ich reproduziere es in der richtigen Größe. An sich eine gute Idee, nur nicht zu verwirklichen.«

»Jetzt schon«, sagte Winfield zuversichtlich. »Was meinen Sie, mein Sohn?«

Tallon dachte nach. Winfield schien ein verrückter alter Knabe zu sein und Hogarth wahrscheinlich auch, aber in der kurzen Zeit, die Tallon mit ihnen zusammen war, hatte er beinahe vergessen, daß er blind war.

»Ich helfe mit«, sagte er. »Haben Sie Material für zwei Prototypen?«

Winfield drückte aufgeregt seine Hand.

»Keine Sorge in dieser Beziehung, mein Sohn. Helen wird dafür sorgen, daß wir alles bekommen, was wir brauchen.«

»Helen?«

»Ja. Helen Juste. Sie ist die Leiterin des Rehabilitations-Zentrums.«

»Und sie hat nichts dagegen einzuwenden, daß Sie dieses Ding hier bauen?«

»Einzuwenden!« rief Winfield. »Das war ja hauptsächlich ihre Idee. Sie stand von Anfang an hinter dem Plan.«

Tallon schüttelte ungläubig den Kopf.

»Ist das nicht ein merkwürdiges Verhalten für eine Staatsbedienstete? Warum sollte sie das Risiko eingehen, vor der Dogma-Synode erscheinen zu müssen, nur um Ihnen zu helfen?«

»Jetzt fangen Sie schon wieder damit an, mein Sohn – Sie lassen sich in der Ausführung des großen Plans von Ihrer Sorge um nebensächliche Kleinigkeiten behindern. Woher soll ich wissen, warum sie es tut? Vielleicht gefallen ihr meine Augen. Doktor

Heck sagt mir, sie hätten einen sehr hübschen Blauton. Natürlich ist er voreingenommen, weil er sie selbst gemacht hat.«

Winfield und Hogarth brachen in Gelächter aus. Tallon legte die Hände auf die blockähnliche Form des Frequenzwandler-Modells, wo er Sonnenlicht seine Haut wärmen fühlte. Alle seine vorgefaßten Ansichten hatten sich als falsch erwiesen. Das Leben eines Blinden war weder langweilig noch einfach.

6

Tallon befestigte die Sonar-Lampe sorgfältig an seiner Stirn, schob den Hörstecker ins rechte Ohr und schaltete ein. Er stand auf, drehte versuchsweise ein paarmal den Kopf und begann zu gehen. Es kam ihm plötzlich zum Bewußtsein, wie sehr er sich an das Gehen mit dem Blindenstock gewöhnt hatte.

Die Reichweite der Lampe war auf fünf Meter eingestellt, was bedeutete, daß alles, was weiter entfernt war, kein Echo erzeugen würde. Als er voranschritt, bewegte er den Kopf zunächst horizontal, dann vertikal. Die zweite Bewegung erzeugte einen Ton, der sich mit einem umgestülpten V vergleichen ließ, als der Sonarstrahl, der nun den Boden berührte, seine Füße erreichte und wieder zurückwich.

Tallon zwang sich, ruhig und gleichmäßig zu gehen, und schenkte dem steigenden und fallenden Elektronenton seine ganze Aufmerksamkeit. Er hatte etwa zehn Meter zurückgelegt, als er nahe der Spitze jeder vertikalen Abtastung ein winziges Echo wahrzunehmen begann. Er ging, wenn auch langsamer, weiter und konzentrierte sich auf den oberen Teil der Abtastung. Das Signal glitt mit jedem Erscheinen an der Tonskala höher hinauf, und schließlich vermochte Tallon es in ein anhaltendes, schrilles Geräusch zu verwandeln, indem er den Kopf ein wenig nach vorn neigte.

Er streckte die Hand aus und berührte eine Metallstange knapp unter Augenhöhe.

»Wunderbar! Das ist einfach großartig!« Die Frauenstimme

klang jung und frisch, und sie überraschte ihn. Er wandte sich ihr verlegen zu, fragte sich, wie er aussah, und wunderte sich über seine Reaktion. Anscheinend betrachtete sich ein männliches Ich als noch immer konkurrenzfähig, unverzagt, trotz der Plastikknöpfe anstelle von Augen. Im Sonar fing er den leicht dissonanten Ton auf, wie er von einem Menschen erzeugt wurde.

»Miss Juste?«

»Ja. Doktor Winfield und Ed haben mir erzählt, daß sie große Fortschritte mit dem Sonar machen, aber ich ahnte nicht, daß Sie schon soweit sind. Ich bin froh, daß ich mich selbst überzeugt habe.«

»Die Arbeit vertreibt die Zeit«, sagte Tallon mit unsicherem Lächeln. Er fühlte sich seltsam verlegen. Vielleicht war die Gelegenheit nicht schlechter als irgendeine andere, Miss Justes Motive zu erforschen.

»Es ist sehr freundlich von Ihnen, daß Sie uns das erlauben, angesichts des ... Klimas der amtlichen Meinung.«

Es blieb einige Sekunden still, dann hörte Tallon das vertraute Tappen von Winfields Stock und Hogarths Krücken über die Betonfläche herankommen, wo sie die Sonar-Versuche unternahmen.

»Na, Miss Juste«, sagte Winfield, »was halten Sie davon?«

»Ich bin sehr beeindruckt. Das habe ich Häftling Tallon eben erklärt. Muß noch weiter an einem Gerät gearbeitet werden, das so gut funktioniert?«

Tallon fiel auf, daß sie bei ihm das Wort ›Häftling‹ gebrauchte, während sie von Winfield und Hogarth weit weniger formell gesprochen hatte. Er hielt den Sonar-Strahl auf sie gerichtet und verfluchte im stillen dessen Mängel. Was den Strahl anging, so gab es keinen bedeutsamen Unterschied zwischen einem Kranführer und einem Revuegirl. Er spürte die ersten Regungen einer Idee.

»Die ersten Versuche sind praktisch abgeschlossen«, erklärte Winfield stolz. »Sam und ich werden die Geräte von jetzt an ständig tragen, um Erfahrung damit zu sammeln. Es wird ein paar Wochen dauern, die beste Reichweite und die günstigste Strahlungsbreite zu finden.«

»Aha. Nun, lassen Sie mich wissen, wie Sie vorankommen.«

»Selbstverständlich, Miss Juste. Vielen Dank für Ihr großes Entgegenkommen.«

Tallon hörte ihre festen, leichtfüßigen Schritte verklingen; er wandte sich Winfield zu. Mit dem Strahl zwischen Winfield und Hogarth zu unterscheiden war einfach, weil der Doktor seinen gehbehinderten Begleiter um Haupteslänge überragte. Um zu zeigen, wie weit er das Sonargerät schon beherrschte, berührte Tallon Winfield genau an der Schulter.

»Wissen Sie, Logan, Sie machen vielleicht einen Fehler, wenn Sie in Ihrem großen Plan auf eine Analyse von Miss Justes Motiven verzichten. Sie kommt mir nicht vor wie eine Frau, die etwas grundlos tut.«

»Na bitte«, knurrte Hogarth. »Er weiß mehr über Miss Juste als wir, dabei hat er sie nicht einmal gesehen. Der junge Mann muß ein toller Kartenspieler gewesen sein, als er noch Augen hatte.«

Tallon grinste. Anfangs hatten ihn Hogarths häufige und ungehemmte Anspielungen auf seine Blindheit aus der Ruhe gebracht, dann war ihm klar geworden, daß sie ihm halfen, das richtige Maß wiederzufinden, und genau aus diesem Grunde geäußert wurden.

Am Nachmittag unternahmen Tallon und Winfield einen Spaziergang mit ihren Sonar-Geräten. Sie beschränkten sich auf Rundgänge auf einem unbenützten Tennisplatz, der nur körperbehinderten Gefangenen zur Verfügung stand. Kein Aufseher stellte sie wegen der Gehäuse an ihren Stirnen zur Rede, und Tallon vermutete, daß Helen Juste Anweisung gegeben hatte, sie in Ruhe zu lassen. Es war ihm auch aufgefallen, daß niemand vom Arztpersonal sie auf das Sonar-Projekt angesprochen hatte. Er fragte Winfield, welchen Einfluß die Frau in der Verwaltung des Pavillons hatte.

»Das weiß ich nicht genau«, antwortete Winfield. »Ich habe gehört, sie soll mit dem Moderator selbst verwandt sein. Es heißt, das Rehabilitations-Zentrum sei ihre eigene Idee gewesen und der Moderator habe eingegriffen, um es durchzusetzen. Beschäftigungstherapie entspricht nämlich nicht dem Dogma. Die Synode empfiehlt für Radikale wie uns Beten und Fasten.«

»Aber würde der Moderator die Vorschriften so weit dehnen?«

»Sam, Sie nehmen alles zu wörtlich. Ein paar Jahre in der politischen Praxis hätten Ihnen enorm gutgetan. Hören Sie, wenn ein Regierungsoberhaupt seinem Volk befiehlt, weniger Schnaps zu saufen, weil die Trunkenheit die Wirtschaft des Landes ruiniert, wird er selbst deswegen nicht weniger trinken. Ebensowenig erwartet er, daß seine Verwandten und Freunde ihre Trinkgewohnheiten ändern. Das ist die menschliche Natur.«

»Bei Ihnen klingt alles so einfach«, meinte Tallon ungeduldig. Er beschloß, den Gedanken zur Sprache zu bringen, der ihm beim Gespräch mit Helen Juste gekommen war. »Arbeiten Sie immer noch an Ihrem grandiosen Plan, aus dem Pavillon auszubrechen?«

»Mein Sohn, wenn ich nicht auf der Erde sterben kann, sterbe ich vielleicht gar nicht. Kommen Sie mit?«

»Ich habe Ihnen schon erklärt, was ich davon halte, aber vielleicht kann ich Ihnen helfen.«

»Wie denn?«

»Glauben Sie, Miss Juste würde uns zwei Fernsehkameras besorgen? Die erdnußgroßen Modelle, die man dazu verwendet, fremder Leute Wohnungen zu überwachen? Im Gefängnis gibt es sie sicher überall.«

Winfield blieb stehen und krallte die Finger in Tallons Arm.

»Ist das Ihr Ernst?«

»Warum nicht? Die Sehnerven sind bei uns beiden unbeschädigt. Es handelt sich lediglich darum, den Kamera-Output in die richtige Art von Signal zu verwandeln und den Nervenenden zuzuführen. Auf der Erde ist das eine gebräuchliche Methode.«

»Aber würde das nicht einen chirurgischen Eingriff verlangen? Ich bezweifle, ob –«

»Eine Operation ist unnötig, wenn wir das Signal exakt durch das Auge senden. Die Tatsache, daß wir Plastikhäute auf unseren Augen haben, könnte nützlich sein, weil wir in den Kunststoff einfache Koordinaten-Plättchen einführen können, um den Strahl stets auf das Nervenende gezielt zu halten, ohne Rücksicht auf die Augenbewegungen.«

Winfield begann vor Erregung zu zittern.

»Wenn ich wieder sehen könnte, würde ich innerhalb eines Jahres die Hauptstraße in Natchitoches hinuntergehen. Das *weiß* ich«. Seine sonst so machtvolle Stimme klang eigenartig schwach.

»Tja, das ist der große Plan«, meinte Tallon. »Jetzt müssen wir aber ein paar von meinen albernen Einzelheiten bedenken. Wir brauchen die Kameras und eine ganze Anzahl von Mikrominiatur-Bauteilen. Und wir benötigen Zugang zu den einschlägigen Zeitschriften und ein Auto-Lesegerät – Sie prägen sich die physiologischen Angaben ein, ich übernehme die Halbleiterforschung.«

»Aber wer baut die Geräte? Ed versteht von diesen Dingen nichts.«

»Das ist auch ein Detail. Sie werden Miss Juste um die Benützung eines Montageroboters – mindestens Stufe 2 – bitten müssen, der auf Mikrominiatur-Elektronik programmiert ist. Wahrscheinlich gibt es einen im Wartungslabor.«

»Mein Gott, Sam! Die Dinger kosten über eine halbe Million.«

»Fragen Sie sie trotzdem. Sie regelt das schon. Vergessen Sie nicht, sie mag die Farbe Ihrer Augen.«

Tallon blieb einen Augenblick stehen, das Gesicht der heißen, weißen Sonne von Emm Luther zugewandt, und erlebte einen seltenen Moment der inneren Gewißheit.

Eine Woche später schleppten zwei Aufseher den Montageroboter auf einem Negativ-Schwerkraft-Schlitten in die Werkstätte.

Tallon hatte fast die ganze Woche mit seinem Sonar-Gerät geübt und dazwischen zu begreifen versucht, was mit ihm bei der ersten Begegnung mit Helen Juste geschehen war. Eine psychische Explosion, ein heftiger Umsturz in seinem Unterbewußtsein – und aus gar keinem Grund. Er schloß alle die manchmal mit romantischer Liebe in Verbindung gebrachten, vage paranormalen Erscheinungen aus, zum Teil aus angeborener Skepsis, zum Teil, weil er Miss Juste nie gesehen hatte. Hogarth beschrieb sie als lange, dürre Rothaarige mit orangefarbenen Augen, so daß sie nicht der Typ von Frau zu sein schien, der auf ihn oder irgendeinen anderen Mann eine tief beunruhigende Wirkung ausübte. Und selbst wenn sie eine schwarzhaarige Schönheit gewesen wäre, gab es keine richtige Erklärung für den plötzlichen Wechsel in seiner Wahrnehmung, durch den er *gewußt* hatte, daß sie ihnen die Geräte verschaffen würde. Wenn er nachts in seiner Zelle lag, um auf das blasse Licht der Träume zu warten, kam er immer wieder auf das Problem zurück.

Aber als der Roboter installiert war und die Arbeit begann, das Programm für ihn zu entwerfen, dachte Tallon an nichts anderes mehr als an das Projekt. Winfield und er verbrachten wochenlang jede wache Stunde, außer den Mahlzeiten und den Pflicht-Gebetsversammlungen, in der Gefängnisbibliothek vor Auto-Lesegeräten. Die meisten der verfügbaren Zeitschriften waren veraltet, weil die lutheranische Regierung ihren Import von der Erde nie gefördert hatte und der Versand in den letzten Jahren von der Erde praktisch verboten worden war. Aber die benötigten Informationen waren dessenungeachtet vorhanden.

Während er sich damit beschäftigte, spürte Tallon, wie sein Denken durch die Schichten sank, die die Jahre auf seine Persönlichkeit gehäuft hatten. Ein jüngerer Sam Tallon trat hervor, einer, der entschlossen gewesen war, sich in der Domänen-Physik auszuzeichnen, bis ein vergessenes Ereignis ihn zum Planetenspringen und schließlich zum Block und all dem, was er darstellte, geführt hatte. Die Befriedigung, die Tallon empfand, war so tiefgreifend, daß er argwöhnte, ein unbewußter Trieb sei sein eigentliches Motiv gewesen, das Kunstauge-Projekt in Gang zu bringen – nicht der Wunsch, sein eigenes Sehvermögen widerzugewinnen oder Winfield zu helfen, sondern ein machtvolles Bedürfnis, sich so wiederzuerschaffen, wie er einmal gewesen war ... *Wann?* Warum sollte eine einzige Begegnung mit Helen Juste den Impuls ausgelöst haben? Er besaß keine Erinnerung an ein rothaariges Mädchen mit ungewöhnlichen Augen, das eine Proto-Helen hätte gewesen sein können.

Als das Computerprogramm Gestalt annahm, setzten sie den Montageroboter zur Arbeit an zwei identischen Prototypen dessen ein, was sie aus Mangel an Einfällen ›Sehgeräte‹ nannten. Der Roboter ergänzte das Programm durch den eigenen, riesigen Bestand an gespeicherten Instruktionen auf dem Gebiet der Mikrominiatur-Elektronik und montierte in der vakuumverschlossenen

Privatsphäre seines sterilen Bauchs langsam zwei Brillen. Äußerlich wirkten sie konventionell, abgesehen von den Kügelchen der Fernsehkameras auf den Nasenstegen. Die Fassung diente dazu, die Mikrowellen in die Augen zurückzulenken.

Das einzige Problem, das Tallon und Winfield – durch Ed Hogarths Hände – allein lösen mußten, bestand darin, die Strahlen genau auf den Sehnerv auszurichten. Sie bewältigten es durch eine Veränderung von Tallons ursprünglichem Vorhaben – ein einzelner Metallzapfen am Rand jeder Plastik-Iris. Theoretisch sollte jede Augenbewegung den Metallzapfen in einem schwachen Magnetfeld, das in der Brillenfassung erzeugt wurde, in eine neue Lage bringen, wodurch Bezugspunkte für einen Einzel-Kristall-Computer geliefert wurden, der die Strahlen entsprechend umdirigierte.

Bis er zum abschließenden Teil des Programms gelangt war, das sich mit den Schaltungen für die unendlich kompliziertere Sprache der Gliazellen befaßte, war Tallon dem geistigen Abenteuer ganz verfallen. Er rührte sein Essen kaum noch an und verlor ständig an Gewicht.

Der Monate anhaltende Traum ging eines Nachmittags zu Ende, als er im Schallkegel eines Auto-Lesegeräts lag.

Er erkannte Winfields Herannahen am schnellen, nervösen Tappen seines Stocks, den der alte Mann in Verbindung mit der Sonar-Lampe noch immer benutzte.

»Ich muß Sie sofort sprechen, mein Sohn. Tut mir leid, daß ich störe, aber es ist wichtig.« Winfields Stimme klang heiser vor Eindringlichkeit.

»Schon gut, Doc. Was ist los?« Tallon schwang die Beine von der Couch und rollte aus dem Schallbereich.

»Cherkassky ist los. Die Flüsterpropaganda weiß, daß er aus dem Krankenhaus entlassen worden ist.«

»Na und? Hier kann er mir nichts anhaben.«

»Das ist der springende Punkt, Sam. Es heißt, er könne noch keinen normalen Dienst machen, aber er will sich dem Pavillon-Personal zu einer ›Arbeits-Rekonvaleszenz‹ anschließen. Sie wissen doch, was das heißt, oder? Sie wissen, warum er herkommt?«

Tallons Hände hoben sich von selbst an sein Gesicht, und die Fingerspitzen strichen vorsichtig über die Wölbung seiner blinden Plastikaugen.

»Ja. Doc«, sagte er leise. »Danke für die Mitteilung. Ich weiß, weshalb er herkommt.«

7

Licht – grell und beständig.

Schmerz – grell und beständig!

Tallon riß die Brille herunter und saß verkrampft im Sessel, wartete, bis die stechende Qual nachließ. Er wußte, daß seine Augen einen Tränenstrom abgesondert hätten, wären die Drüsen nicht von den Pfeilen aus Cherkasskys Hornissen-Pistole zerfetzt worden. Der Schmerz brauchte lange, bis er zurückwich, und gelangte noch mehrmals zum Höhepunkt, wie eine widerwillig verebbende Flutwelle.

»Was ist los, Sam – noch nicht besser?« Hogarths Stimme klang kühl und uninteressiert. Das bedeutete, daß er erschrocken war.

Tallon schüttelte den Kopf.

»Wir sind nicht auf dem richtigen Weg. Mit der Umwandlerstufe ist ernsthaft etwas nicht in Ordnung. Die Signale, die der Nerv erwartet, und jene, die wir ihm zuführen, vertragen sich einfach nicht miteinander – und sie tun so weh, daß ich nicht einmal nach Abstimm-Reaktionen suchen kann.«

»Wir haben uns viel vorgenommen, mein Sohn«, sagte Winfield traurig. »Vielleicht zuviel, unter den gegebenen Umständen.«

»Daran liegt es nicht. Wir waren auf dem richtigen Weg, bis hin zum letzten Abschnitt. Die Synthese des Glia-Codes war das einzig wirklich Schwierige, aber sie kam gut voran. Ich war auf der Erfolgsstraße, bis ich von Cherkassy hörte.«

»Es war nur ein Gerücht, das nicht zu stimmen braucht.«

»Mag sein, aber die Wirkung ist dieselbe, ob das Gerücht der Wahrheit entspricht oder nicht. Ich kann das Konzept nicht mehr festhalten. Ich vermag einfach nicht mit Bestimmtheit zu sagen, ob wir einen grundlegenden Fehler eingebaut haben oder nur ein paar kleine Mängel ausmerzen müssen. Wie wäre es mit einer örtlichen Betäubung, um die Schmerzen zu unterdrücken, während ich prüfe, was wir geleistet haben?«

»Das hat keinen Sinn. Sie könnten sich die Sehnerven versengen.«

»Was sollen wir denn dann tun? Wir haben schon zwei Wochen damit vergeudet, etwas synthetisch zu schaffen, was jedes geistlose Tier, das je gelaufen, geschwommen oder geflogen ist, tun kann, ohne sich anzustrengen. Es ist nicht recht, daß – Herrgott!« rief Tallon, als eine neue Art von Licht sein Gehirn durchzuckte.

»Vorsicht«, warnte ihn Winfield ängstlich. »Sie wissen, was auf diesem Planeten auf Blasphemie steht.«

»Ich habe nicht geflucht, Doc. Ich weiß, wo wir den ganzen optisch-elektronischen Komplex finden können. – Alles fix und fertig. Wir brauchen es nur noch vom Regal zu nehmen und aufzusetzen.«

»Wo?«

»Hier in der Werkstatt. Eds Augen sind doch in Ordnung, oder?«

Hogarth wieherte vor Schreck.

»Meine Augen sind gesund, und das sollen sie auch bleiben, Sie verdammter Leichenfledderer. Lassen Sie meine Augen aus dem Spiel.«

»Das machen wir auch, aber Ihre Augen werden uns nicht aus dem Spiel lassen. Sie bombardieren uns und alles in Ihrem Umkreis mit genau den Informationen, die der Doktor und ich brauchen. Jede Faser Ihres Sehnervs besprüht uns mit Elektronen. Sie sind eine kleine Funkstation, Ed, und Ihr Plattenjockey spielt nur eine einzige Melodie – den Glia-Code.«

»Meine Mutter hatte recht«, meinte Hogarth. »Sie hat immer gewußt, daß ich ein großer Mann werde.«

»Sie scheinen ganz aufgeregt, Sam.« Winfields Stimme klang nüchtern. »Glauben Sie, daß wir es diesmal schaffen?«

»Diesmal hab' ich es.«

Vier Tage später, als die Morgendämmerung die schwächeren Sterne verblassen ließ, sah Tallon Winfield zum erstenmal.

Er blieb kurze Zeit still sitzen und genoß das Wunder des Sehens, empfand Demut vor der plötzlichen, krassen Offenbarung des Gipfels menschlicher Technologie, auf dem sein Triumph ruhte: der jahrhundertelangen Erforschung der komplexen Sprache der Erregungsübertragung von Gliazellen; der Entwicklung von Montagerobotern und Mikro-Waldos; dem Entstehen kybernetischer Philosophien, die es einem Menschen ermöglichten, eine Milliarde elektronischer Schaltkreise in ein einziges Kristallsplitterchen einzufügen und nur jene zu verwenden, die seiner Absicht dienten, ohne je zu wissen, welche Schaltkreise das waren.

»Verraten Sie uns das Schlimmste, Sam.«

»Alles in Ordnung, Doc. Es funktioniert. Ich kann Sie sehen. Der Haken dabei ist, ich kann mich gleichzeitig sehen.«

Tallon lachte kurz auf und versuchte sich an die unnatürliche Situation anzupassen, den Körper an einem, die Augen an einem anderen Ort zu haben. Zur ersten Erprobung des neuen Sehgeräts saßen er und Winfield nebeneinander in der Werkstätte, während Hogarth am anderen Ende blieb, mit der strengen Anweisung, seinen Blick nicht von ihnen abzuwenden. Tallon hatte sich nicht bewegt, aber seine neuen Augen sagten ihm, daß er sich in der anderen Hälfte des Raumes befand und Winfield und sich selbst betrachtete.

Der Doktor glich dem geistigen Bild, das sich Tallon von ihm gemacht hatte, auf bemerkenswerte Weise – ein silberhaariger alter Riese mit roten Wangen. Er hielt in einer Hand einen Stock, und sein Kopf, an dem der graue Kasten seiner Sonar-Lampe befestigt war, befand sich in der aufrechten, wachen Haltung des Blinden.

Tallon nahm sich selbst neugierig in Augenschein. Sein Gesicht hinter der Sehgerät-Fassung wirkte länger und nachdenklicher als je zuvor, und der weite, braune Pavillon-Overall zeigte, daß er seit seiner Ankunft im Gefängnis etwa fünfzehn Pfund verloren hatte. Abgesehen davon sah er eigentlich aus wie immer, was Tallon angesichts seiner Gefühle als überraschend empfand. Er richtete seine Aufmerksamkeit wieder auf Winfield, dessen Gesicht vor Konzentration angespannt war.

»Beruhigen Sie sich, Doc. Ich sagte doch – es klappt vorzüglich. Ich gewöhne mich nur daran, mich so zu sehen, wie es andere tun.«

Winfield lächelte, und im nächsten Augenblick ächzte Tallon und suchte Halt an den Sessellehnen, als die Werkstätte unter seinen Füßen davonzukippen schien, sich wieder aufrichtete und an ihm vorbeischwankte.

»Halt, Ed!« schrie er. »Nicht so herumspringen. Vergessen Sie nicht, daß Sie mich dabeihaben.«

»Ist mir egal«, sagte Hogarth. »Ich muß Ihnen die Hand geben. Ich hatte meine Zweifel an Ihnen, Sam, aber Sie sind trotz Ihrer akademischen Ausbildung ein heller Junge.«

»Danke, Ed.« Tallon sah fasziniert zu, als sein eigenes Bild wuchs und näher kam, während Eds geschäftige Metallkrücken am unteren Rand von Tallons Sehfeld auftauchten und wieder verschwanden. Er streckte die Hand aus und bemerkte, daß der *andere* Sam Tallon eine identische Bewegung vollführte. Schließlich sah er Hogarths magere Hand auftauchen und die seine ergreifen. Die Berührung der Finger, die genau im richtigen Augenblick geschah, war wie ein elektrischer Schlag.

Tallon nahm mit der freien Hand das Sehgerät ab, stürzte sich in freundliche Dunkelheit und kämpfte gegen die aufsteigende Übelkeit an.

»Jetzt sind Sie an der Reihe«, sagte er und hielt Winfield die Brille hin. »Nehmen Sie sie ab, sobald Sie in Schwierigkeiten geraten, und erschrecken Sie nicht zu sehr über das, was Sie empfinden.«

»Danke, mein Sohn. Ich fühle mich sehr wohl.«

Tallon blieb sitzen, mit einem nicht ganz behaglichen Gefühl, während der Doktor das Sehgerät ausprobierte. Der alte Mann war seit acht Jahren blind und mußte einen noch größeren Schock erleiden als Tallon. Was die Sehqualität anging, so arbeitete das Gerät perfekt, aber vielleicht hatte er nicht genügend berücksichtigt,. was es bedeutete, ausschließlich – und exakt – das zu sehen, was diejenige Person sehen konnte, deren Nervenimpulse er raubte. Vom praktischen Standpunkt aus wäre ein qualitativ schlechteres Bild, aufgefangen von einem Empfänger direkt auf dem Gerät, viel besser gewesen.

»Herrgott noch mal, Ed«, dröhnte Winfield, »halten Sie doch Ihren knochigen kleinen Schädel mal einen Augenblick still. Dabei wird man ja seekrank.«

»Was soll das eigentlich?« schimpfte Hogarth. »Wem gehört der Kopf denn? Keiner bedankt sich für die Benützung meiner Augen.«

»Keine Sorge, Ed«, beruhigte ihn Tallon. »Sie bekommen Ihren Kopf zurück, sobald wir fertig sind.«

Hogarth schnupfte auf und verfiel in sein gewohnheitsmäßiges halblautes Fluchen. Winfield bewies wieder einmal seinen charakteristischen Eigensinn, indem er das Sehgerät länger aufbehielt als Tallon und Hogarth anwies, zu den Fenstern zu gehen und in die Richtungen zu blicken, die er ihm zurief. Tallon hörte staunend zu, als der alte Mann laute Begeisterungsseufzer oder Befehle wie ›Augen links‹ und ›Augen rechts‹ ausstieß, während Hogarth immer heftiger fluchte. Schlagartig war es zu Ende.

»Das Sehgerät funktionert nicht mehr«, erklärte Winfield. »Es ist defekt.«

»Gar nicht«, sagte Hogarth triumphierend. »Ich habe nur die Hände auf die Augen gelegt.«

»Sie heimtückischer, kleiner Halunke«, flüsterte Winfield entgeistert, dann begann er zu lachen. Tallon und Hogarth stimmten in das Gelächter ein. Die seit Wochen in ihnen angestaute Spannung löste sich.

Als sie endlich zu lachen aufhörten, entdeckte Tallon, daß er gleichermaßen hungrig wie erschöpft war. Er ließ sich das Sehgerät zurückgeben und sah zu, als Hogarth den anderen Prototyp, der noch unverbessert war, auf die Bearbeitungsplattform des Montageroboters legte. Die Hände des kleinen Mannes zuckten vor, als seien es Tallons eigene, und drückten die Startknöpfe. Die Türen des Roboters glitten vor dem Sehgerät zu, dann entwich fauchend die Luft. Für die Arbeit, die er zu leisten hatte, mußten sogar die Moleküle der Luft ausgesperrt werden.

Tallon stand auf und klopfte sich auf den Magen.

»Ist nicht bald Frühstückszeit?«

Hogarth blieb am Steuerpult des Roboters sitzen.

»Schon, aber ich bleibe hier, bis das zweite Gerät auch noch fertig ist. Ein paar von den anderen ärgern sich schon darüber, daß ich sie in letzter Zeit dauernd fernhalte. Ich möchte nicht, daß sie ausgerechnet jetzt daherkommen und uns noch alles durcheinanderbringen.«

»Ich bleibe auch da, mein Sohn. Dort im Roboter ist *mein* Sehgerät und es macht mir nichts aus, ein paar Stunden zu warten, um es in die Hand zu bekommen. Wenn ihr einverstanden seid, gebe ich Miss Juste Bescheid, daß wir ihr heute nachmittag eine Vorführung geben können.«

Tallon empfand die Vorstellung, Helen Juste wirklich sehen zu können, als seltsam beängstigend. Seit dem Tag, als sie die Erprobung der Sonar-Lampe verfolgt hatte, war sie nicht mehr in der Werkstätte gewesen, und der unerklärliche Aufruhr, den die Begegnung in ihm ausgelöst hatte, begann sich zu legen. Er hegte nicht den Wunsch, ihn wieder anzufachen, und doch ...

»Na gut. Ich habe nichts dagegen, Doc. Inzwischen hole ich beim Essen ein bißchen nach, was ich versäumt habe. Tut mir leid, daß ich schon wieder stören muß, Ed, aber könnten Sie mir nachsehen, bis ich durch die Tür bin?«

Tallon beschloß, sich allein auf das Sehgerät zu verlassen. Er ließ Sonarlampe und Stock auf der Bank liegen und ging zur Tür. Unterwegs konzentrierte er sich auf das Bild seines eigenen, sich entfernenden Rückens, wie ihn Hogarth sah, und konnte damit seine Hand genau an die Türklinke führen. Er atmete tief ein und öffnete die Tür.

»Jetzt sind Sie auf sich allein gestellt, mein Sohn«, rief ihm Winfield noch nach.

Tallon konnte auf dem oberen Treppenabsatz noch immer Bilder von Hogarth empfangen, aber das war nun ein Handikap. Er schob den Steuerknopf am rechten Bügel der Brille auf ›Passiv‹ und ging die Stufen im Dunkeln hinunter. Als er die Außentür hinter sich hatte, stellte er den Knopf auf ›Suchen und Halten‹ und wählte die maximale Reichweite. Die Gefangenen gingen zu zweit oder zu dritt auf die Kantine zu, und beinahe augenblicklich sah Tallon durch die Augen eines anderen Häftlings.

Der Mann mußte mit gesenktem Kopf gehen, denn Tallon sah nichts als Füße auf dem weißen Beton ausschreiten. Er ließ den Steuerknopf auf ›Suchen und Halten‹ und drückte die erste ›Verwerfungs‹-Taste. Er hatte in der Konstruktion sechs von diesen winzigen Tasten vorgesehen, damit das Sehgerät vorübergehend bis zu sechs verschiedene Signalstrukturen speichern konnte und ihm erlaubte, eine jede davon beliebig auszuwählen. Ein siebter Stift diente dazu, den kleinen Speicher zu löschen.

Tallon hatte diesmal mehr Glück. Er blickte durch die Augen eines hochgewachsenen Mannes, der mit hocherhobenem Kopf leichtfüßig auf einen niedrigen Bau am Rand eines großen, freien Platzes zuging – vermutlich der Kantine. An den anderen Seiten des Platzes standen zwei- und dreistöckige Gebäude, und Tallon konnte nicht sagen, wo sich die Werkstätte befand. Er hob die Arme und winkte, als habe er einen Bekannten entdeckt. Er sah sich – eine winzige Figur am Eingang des zweiten Gebäudes auf der rechten Seite der Kantine.

Tallon wartete, bis sein Wirt sich dem Rehabilitationszentrum näherte, dann ging er vom Eingang aus schnell auf ihn zu, wobei er nur knapp einen Aufseher verfehlte, und paßte sich etwa drei Schritte vor ihm seiner Geschwindigkeit an. Ein- oder zweimal versuchte er aus der Macht der Gewohnheit heraus über die Schulter zu blicken, sah aber nur sein eigenes Gesicht, das sich weiß und angestrengt kurz seinem Wirt zuwandte.

Am Eingang zur Kantine gab es dort, wo die einzelnen Gruppen zusammentrafen, ein gewisses Gedränge, und der Wirt holte ihn ein. Tallon starrte aus einer Entfernung von nur wenigen Zentimetern seinen eigenen Hinterkopf an. Obwohl das störte, erleichterte die große Nähe Tallon es doch, sich durch die Innentür und zu einem freien Platz an einem der langen Tische zu steuern. Sein Wirt ging ein Stück weiter durch den Saal und setzte sich; er blickte in eine Richtung, die Tallon aus seinem Sehfeld ausschloß. Tallon löschte das Speichergerät, schaltete auf die Mindestreichweite von zwei Metern und betätigte erneut den Sucher. Vorübergehend zeigte sich Lichtnebel, als das Sehgerät mehrere Signale gleichzeitig auffing, bevor es eines davon auswählte. Wieder hatte er Glück: Diesmal sah er durch die Augen des Mannes auf der anderen Tischseite.

Bis der turmförmige Bedienungsroboter im Mittelschlitz des Tisches heranrückte, um das Frühstück auszuteilen, hatte sich Tallons Magen vor Anspannung verkrampft. Trotzdem aß er die ganze Portion; er hatte das Gefühl, sie sich verdient zu haben.

Tallon und Winfield, die beide ihre Sehgeräte trugen, nahmen Haltung an, als Helen Juste die Werkstätte betrat. Hogarth als Gehbehinderter brauchte nicht mehr zu tun, als eine respektvolle Miene zu zeigen, aber auch er erhob sich, soweit es seine Krücken erlaubten.

Helen Juste lächelte Hogarth an und bedeutete ihm, sich zu setzen. Tallon, der auf Hogarth eingestimmt war, empfing das Lächeln auch, und er antwortete mit einem Lächeln, bevor ihm einfiel, daß es nicht an ihn gerichtet war. Er sah, was Hogarth meinte, wenn er sie als lange und dünne Rothaarige mit orangefarbenen Augen beschrieb, staunte aber gleichzeitig darüber, daß ein Mann die Erscheinung Helen Justes mit einer solchen Formulierung abtun konnte. Sie war schlank, nicht dünn, und alles war im Maß, was ihr Proportionen verlieh, die einen genialen Schöpfer von humanoiden Robotern entzückt hätten. Ihr Haar war von sattem, kupfrigem Braun, ihre Augen hatten die Farbe gealterten Whiskys in einem glitzernden Kristallglas.

Sie blieb fast eine Stunde, bewies außerordentliches Interesse für die Sehgeräte und befragte Winfield ausführlich nach Konstruktion und Funktion. Der Doktor wandte mehrmals ein, es sei nicht sein Gehirn, das hinter den Sehgeräten stecke, aber obwohl sie Tallon bei diesen Gelegenheiten einen Blick zuwarf, sprach sie nicht mit ihm. Tallon war darüber erfreut, weil es ihn befriedigte, sich in eine besondere Kategorie eingereiht zu sehen.

Als sie ging, fragte sie Winfield, ob sie den Montageroboter noch brauchten.

»Ich weiß es nicht genau«, sagte Winfield. »Die Leute vom Wartungslabor wollen ihn sicher bald wieder haben, aber mit den Sehgeräten sind wir praktisch noch zu keiner Erprobung gekommen. Kann sein, daß kleinere Verbesserungen erforderlich sind. Häftling Tallon ist auch mit dem Grundkonzept nicht recht zufrieden. Ich glaube, er möchte es noch einmal mit einem Kamera-System versuchen.«

Helen Juste sah ihn mit zweifelnder Miene an.

»Tja, wie Sie wissen, habe ich der Gefängnisverwaltung klarzumachen versucht, daß sie den körperlich behinderten Häftlingen gegenüber besondere Verpflichtungen hat. Es gibt aber eine Grenze dafür, wie weit ich in dieser Richtung gehen kann.« Sie zögerte. »In drei Tagen gehe ich in Urlaub; bis dahin muß die Ausrüstung zurückgegeben sein.«

Winfield salutierte wie beim Militär.

»Wir bedanken uns sehr herzlich, Miss Juste.«

Sie verließ den Raum, und Tallon glaubte, er habe ihre Augen einmal ganz kurz und nachdenklich in seine Richtung zucken sehen, aber Hogarths Blick wandte sich bereits ab, so daß Tallon keine Gewißheit fand. Ihre Andeutung, daß es außerhalb des Pavillons eine Welt gab, zu der sie gehörte, bedrückte ihn.

»Ich dachte schon, sie bleibt den ganzen Tag«, beklagte sich Hogarth bitter und zündete seine Pfeife an. »Ich mag es einfach nicht, wenn das dürre Weib in meine Werkstatt kommt.«

Tallon schnaubte durch die Nase.

»Sie haben zwar noch Ihre Augen, Ed, aber gebrauchen können Sie sie nicht.«

»Gut gesprochen, mein Sohn«, sagte Winfield dröhnend. »Ist Ihnen aufgefallen, daß er kaum einmal einen Blick auf ihre Beine geworfen hat? Das erstemal seit acht Jahren habe ich Gelegenheit, eine Frau zu sehen, und der alte Bock, der die Augen für uns hat, starrt dauernd zum Fenster hinaus!«

Tallon lächelte, aber es fiel ihm auf, daß er nichts sah als eine Großaufnahme von Hogarths Pfeife, in deren geschwärztem Kopf ein knochiger Finger die graue Asche zusammenpreßte. Er gewann den Eindruck, daß der kleine Mann bedrückt war.

»Was ist los, Ed?«

»Ist einer von euch Casanovas heute im Freizeit-Block gewesen, um die Nachrichten zu hören?«

»Nein.«

»Das hättet ihr aber tun sollen. Die Verhandlungen zwischen Emm Luther und der Erde um den neuen Planeten sind abgebrochen worden. Die Delegierten der Erde haben endlich eingesehen, daß der Moderator sie nur hinhalten will, und die Konferenz verlassen. Es sieht so aus, als wären wir bald mitten im ersten interstellaren Krieg, den die Föderation je erlebt hat.«

Tallon hob eine Hand an die Schläfe; er hatte sich gezwungen, alles über den Block und die perlengroße Kapsel, die ein Fragment seines eigenen Gehirns nährte, zu vergessen. Der Gedanke, daß dieses winzige Kügelchen grauen Gewebes mit der blau-grünen Unermeßlichkeit einer fruchtbaren Welt gleichgesetzt werden konnte, war unerträglich.

»Das ist schlimm«, sagte er leise.

»Es kommt noch mehr. Die unterirdischen Kanäle äußern sich jetzt ganz eindeutig über Cherkassky. Er kommt nächste Woche hierher.«

Tallon sprach ruhig weiter, obwohl es in seinem Brustkorb plötzlich zu hämmern begann.

»Doc, wir haben unsere neuen Augen noch gar nicht richtig ausprobiert. Ich finde, wir sollten es mit einem langen Spaziergang versuchen.«

»Meinen Sie einen ganz langen Spaziergang?«

Tallon nickte ernsthaft. Bis Neu-Wittenburg waren es tausend Meilen, bis zur Erde achtzigtausend Portale.

8

Cronin, der Vogelpfleger, starrte sie mit wachsendem Argwohn in seinen rotgeränderten Augen an.

»Nein«, sagte er. »Ich habe keine Eulen oder Falken oder Vögel dieser Art. Ich sage doch, es gibt so tief im Süden nicht genug kleines Raubzeug, das sie anlocken könnte. Wozu braucht ihr einen Jagdvogel?«

»Wir brauchen keinen«, antwortete Tallon schnell. »Wir nehmen zwei von den braunen da, die wie Tauben aussehen. Solange sie so zahm sind, daß sie bei uns bleiben und nicht davonfliegen.«

Er hatte Raubvögel gewollt, weil ihre Augenstellung der des Menschen am ehesten entsprach, so daß man sich leichter an ihre Art des Sehens hätte gewöhnen können. Es war gut, ein Sehzentrum ganz in der Nähe des eigenen Körpers zu haben, aber Tallon konnte sich nicht mit dem Gedanken anfreunden, von beiden Seiten des Kopfes aus zu sehen. Die Hauptsache war jedoch, möglichst schnell ein brauchbares optisches System zu erlangen.

»Tja, ich weiß nicht recht.« Der Vogelpfleger sah Tallon scharf an. »Sagen Sie, sind Sie nicht Tallon? Ich dachte, Sie wären blind oder was.«

»Bin ich – fast. Deshalb möchte ich die Vögel haben. Sie könnten so etwas wie Führhunde sein.«

»Mmmm, ich weiß nicht. Ihr kommt mir nicht vor wie Vogelliebhaber. Vögel sind empfindsam.«

Winfield hustete ungeduldig.

»Wir geben Ihnen für jeden vier Stangen Zigaretten. Das ist doppelt soviel wie üblich, sagt man mir.«

Häftling Cronin zuckte die Achseln und hob zwei der taubenartigen einheimischen Vögel aus dem kleinen Vogelhaus aus Drahtnetz, das er am Südende der Halbinsel errichtet hatte. Er knotete kurze Schnüre um die Beine der fügsamen, behenden Vögel und hielt sie ihnen hin.

»Wenn ihr wollt, daß sie auf euren Schultern sitzen, dann bindet sie ein paar Tage an den Achselklappen fest, bis sie sich an euch gewöhnt haben.«

Tallon dankte ihm, und sie eilten mit den Vögeln davon. In der Nähe der zerfallenden Mauern der alten Pavillon-Gärten blieben sie stehen und setzten die Vögel auf ihre Schultern. Als Tallon die optischen Signale seines Vogels auf einer Annäherungsbasis wählte, kam es ihm vor, als habe sich seine Schädeldecke abgehoben, so daß das Licht hereinflutete. Die weit auseinanderstehenden Augen des Vogels lieferten Tallon eine strahlende Aussicht von 360 Grad auf Land, Meer und Himmel. Dieses Sehvermögen, das dem Vogel erlaubte, Jäger und andere Feinde zu entdecken, verlieh Tallon ein Gefühl des Gejagtseins. Es fiel schwer, sich daran zu gewöhnen, daß an einer Seite des Blickfelds das eigene Ohr emporragte, aber dafür blieb ihm der Trost, daß niemand ihn zu überraschen vermochte.

Sie gingen zur Ostseite der Halbinsel, wo der Boden zu einer niedrigen Steilklippe anstieg und ihnen den Blick hinaus auf den gezeitenlosen, weltumspannenden Ozean erlaubte. Tallon war von dem Gefühl luftiger Weite und Freiheit berauscht. Er spürte, daß er, wenn er sich nur zu erinnern vermochte, wie, einen tiefen Atemzug tun und sich über die sonnenbeschienene Wölbung der Welt hinaus- und hinaufschwingen konnte.

Winfield wies nach Norden. Hinter den zinnenartigen Dächern des Pavillons schimmerte im Licht der Nachmittagssonne eine Nebelwand. An ihrem Fuß drängten sich Blüten, grellrote Strahlen, die aus über einer Meile Entfernung sichtbar waren.

»Das ist der Sumpf. Er erstreckt sich etwa über vier Meilen, bevor man das eigentliche Festland erreicht.«

»Wäre es nicht einfacher, an der Seite vorbeizuschwimmen?«

»Man müßte über eine Meile auf das Meer hinausschwimmen, um dem Zeug zu entgehen, das dort aus dem Sumpf hinauswächst, und die Flugpatrouillen würden einen sofort entdecken. Nein – der einzige Weg führt genau durch die Mitte. Durch den Sumpf zu gehen bietet einen großen Vorteil: Man wird uns nach wenigen Stunden für tot halten und auf der anderen Seite nicht sehr angestrengt nach uns suchen. Ich vermute sogar, daß man nicht mehr tun wird, als täglich die Magazine der Klapperschlangen-Gewehre zu prüfen, um festzustellen, ob es einen Hinweis darauf gibt, daß wir abgeknallt worden sind.«

»Klapperschlangen-Gewehre?«

»Ja. Habe ich die zu erwähnen vergessen?«

Der Nordrand des Sumpfes war eine unregelmäßige Linie, die sich sechs Meilen quer über die Halbinsel erstreckte. Die Unwahrscheinlichkeit, daß je ein Gefangener sie erreichen würde, hatte die Sicherheitsberater des Pavillons dazu bewogen, auf Patrouillen entlang der Grenzlinie zu verzichten. Statt dessen war eine Kette von vierzig Pylonen, ausgestattet mit Robotergewehren, errichtet worden. Jede Waffe besaß zwei weit auseinanderliegende wärmeempfindliche Vertiefungen wie jene auf dem Kopf einer Klapperschlange, die ihr ermöglichten, auf jedes warmblütige Wesen, das in ihre Reichweite geriet, zu zielen und zu feuern. Sie verfeuerten kleine, auf Wärme ansprechende Raketen, Durchmesser zweieinhalb Zentimeter, ausgestattet mit winzigen Pulstriebwerken, die ihnen eine gleichmäßige Fluggeschwindigkeit von über zwei Kilometern in der Sekunde verliehen. Die Waffen waren selten gegen Menschen eingesetzt worden, aber ihre Wirksamkeit hatte sich auf andere Weise erwiesen. Binnen einer Woche nach ihrer Montage waren ausnahmslos alle warmblütigen Tiere, die im Sumpf lebten, zu blutrotem Schaum und Knochenfragmenten zerfetzt worden.

»Wenn die Gewehre so gut sind, wie kommen wir dann daran vorbei?« fragte Tallon. »Wie kommen wir überhaupt in ihre Nähe?«

»Kommen Sie mit, ich zeige es Ihnen.«

Sie überquerten die Halbinsel südlich des Pavillons und gingen am Westufer entlang, bis die Gefängnisbauten hinter ihnen lagen und die eisgrünen Nebel des Sumpfes vor ihnen in den Himmel wirbelten. Eine einfache Baumpalisade mit Stacheldrahtbewehrung markierte die Grenze des Pavillon-Geländes; dahinter hingen die plastisch geformten Windungen des Sumpfnebels regungslos in der Luft. Tallon war noch nie so nah herangekommen und hatte nicht geahnt, wie absolut feindlich der Sumpf in Wirklichkeit war. Abgerissene Luftströmungen trugen ab und zu seinen Brodem herbei – feuchtkalt und klebrig, mit einem Gestank, der Tallon den Magen umzudrehen drohte.

»Kräftig, nicht? Schwitzen werden wir da nicht allzusehr. Benehmen Sie sich jetzt ganz unauffällig, für den Fall, daß man uns vom Turm aus beobachtet. Sehen Sie sich die Palisade gleich neben dem weißen Felsblock an. Wissen Sie, was ich meine?«

Tallon nickte.

»Dort ist der Zaun hohl, voll von irgendeiner Sorte Holzwurm. Das Wartungsteam geht zweimal im Jahr um die ganze Palisade herum und besprüht sie mit einem starken Insektenvertilgungsmittel, um den Wurmbefall einzudämmen. Zuerst komme ich und bestreiche das Ganze mit gewöhnlichem Holzlack, damit das Mittel nicht eindringen kann. Im Holz muß es ein paar Millionen Würmer geben, die mich für den lieben Gott ansehen.«

»Hübsch gemacht, aber wäre es nicht einfacher gewesen, hinüberzuklettern?«

»Für Sie ja. Ich kann nicht klettern. Vor acht Jahren habe ich es mit Müh und Not geschafft, und seitdem ist mein Schatten erheblich umfangreicher geworden.«

»Sie wollten mir von den Gewehren erzählen.«

»Ja. Sehen Sie die Ranken mit den dunkelroten Blüten, direkt am Rand des Sumpfes? Das sind *Dringo*-Pflanzen. Die Blätter sind über einen halben Zentimeter dick und so zäh, daß man sie zusammennähen kann. Wir nehmen Nadel und Faden mit und stellen Schutzschirme her, damit wir an den Gewehren vorbeikommen.«

»Sind Sie sicher, daß das gute Isolatoren sind?« fragte Tallon.

»Das müssen sie sein. Unter den Blättern lebt eine Gattung von Springskorpionen, die keine Temperaturschwankungen verträgt. Sie werden ziemlich zornig, wenn man ihnen die Decke wegzieht. Aber keine Sorge, wir sind geschützt. Alles im Plan enthalten, mein Sohn. Ganz in der Nähe des weißen Felsblocks befindet sich im Boden ein kleiner Riß. Das war eine der Stellen, die ich ohne Schwierigkeiten finden konnte, selbst als ich nichts sah. Da ist das Fluchtgepäck in doppelter Ausführung versteckt.«

»Doppelt?«

»Ja. Ich wollte es notfalls allein versuchen, aber ich wußte, daß ich bessere Aussichten hatte mit einem Partner, der wenigstens sehen konnte, wohin wir gingen. Eines werden Sie bei mir feststellen, mein Sohn – daß ich immer ans Praktische denke.«

»Doc«, sagte Tallon staunend, »ich liebe Sie.«

Die wichtigsten Gegenstände in Winfields Fluchtgepäck waren zwei große Quadrate aus dünnem, zähem Kunststoff. Er hatte sie aus dem Warenlager des Pavillons gestohlen, wo sie als Hülle für große Lebensmittellieferungen verwendet worden waren. Er hatte die Idee, in der Mitte ein Loch zu machen, gerade groß genug für den Kopf, die Hülle überzustreifen und die Ränder von innen mit Klebstoff zu verschließen. Wenngleich primitiv, lieferten die Hüllen eine Membran, die groß genug war, das Gewicht eines Mannes auf dem Morast zu tragen. Im Laufe mehrerer Jahre hatte Winfield durch kleine Diebstähle einen Vorrat an Antibiotika und spezifischen Heilmitteln angelegt, um jede vorstellbare Art von Sumpffieber und Insektengift zu bekämpfen. Er besaß sogar eine Injektionsspritze, zwei Aufseheruniformen und einen kleinen Geldbetrag.

»Das einzige, was ich vor Jahren nicht einkalkuliert habe, ist, daß unsere Augen getrennt von uns unterwegs sind«, fügte Winfield hinzu. »Ich weiß nicht, wie sich unsere gefiederten Freunde im Sumpf halten werden. Nicht besonders gut, fürchte ich.«

Tallon streichelte den Vogel auf seiner Schulter.

»Sie brauchen auch Schutzanzüge. Wenn wir jetzt zur Werkstatt zurückgehen, können wir zwei kleine Käfige machen und sie mit durchsichtigem Kunststoff überziehen. Dann müßten wir eigentlich losziehen können, wann Sie es sagen.«

»Ich sage also heute abend. Es hat keinen Sinn zu warten. Ich habe schon zuviel Zeit, zu viele Jahre hier vergeudet, und ich werde das Gefühl nicht los, daß die Zeit für uns alle knapp wird.«

Wie üblich, bestand das Abendessen aus Fisch. In den zwei Jahren, die er sich auf dem Planeten aufhielt, hatte sich Tallon daran gewöhnt, beinahe zu jeder Mahlzeit Fisch zu essen; das Meer war Emm Luthers einziger Produzent von erstklassigem Eiweiß. Außerhalb des Gefängnisses wurde der Fisch aber verarbeitet, so daß er nach anderen Dingen schmeckte; im Pavillon schmeckte Fisch nach Fisch.

Tallon schob das trockene, weiße Fleisch und das spinatähnliche Meergemüse eine Weile auf dem Teller herum, dann stand er auf und verließ langsam die Kantine. Es fiel ihm immer leichter, sich in geschlossenen Räumen zu bewegen, wobei er nur gelegentlich seinen eigenen Anblick, gestohlen von anderen Augen, verwendete. Mit dem Vogel zu arbeiten – den er Ariadne getauft hatte – wäre besser gewesen, aber das hätte in der Kantine zuviel Aufmerksamkeit erregt.

Winfield und er hatten beschlossen, sich während der letzten Stunden im Pavillon so unauffällig wie möglich zu verhalten. Sie waren übereingekommen, sich voneinander fernzuhalten und getrennt zu dem weißen Felsblock zu gehen, in der Abenddämmerung, zwei Stunden, bevor die Zellenblocks für die Nacht abgesperrt wurden. Der Doktor sollte als erster gehen und die improvisierten Vogelkäfige mitnehmen. Bis Tallon nachkam, sollte er das Fluchtgepäck schon ausgegraben haben.

Tallon blieb vor der Kantine kurze Zeit unentschlossen stehen. Bis zur Zusammenkunft mußte noch fast eine ganze Stunde vergehen. In diesem Augenblick hätte sein Magen nichts als Kaffee vertragen, aber Winfield hatte ihn aufgefordert, nichts zu essen oder zu trinken, weil sie mindestens zwei Tage in ihren Kunststoffhüllen eingesiegelt sein würden. Er berührte die Bedienungsknöpfe des Sehgeräts und verfügte sich durch Nah-Auswahl hinter die Augen eines Aufsehers, der in der Nähe des Eingangs stand. Der Aufseher rauchte, so daß Tallon sich eine Zigarette anzündete und dadurch, daß er sie jedesmal an die Lippen hob, wenn er den Aufseher das tun sah, für wenige Minuten eine überraschend realistische Simulation normalen Sehens erzeugen konnte. Er genoß es, ein Bruchstück der warmen, sicheren Vergangenheit wiederzuerschaffen. Länger werdende Schatten hinter den Gebäuden rings um den Platz erinnerten ihn jedoch daran, daß die Nacht über den Sumpf hereinbrach, und daß er, Sam Tallon, diese Nacht damit zubringen würde, durch die stinkende Schwärze den Robotergewehren entgegenzukriechen.

Er ging quer über den Platz zu den Zellenblöcken. Die Augen des Aufsehers schienen ihm beiläufig zu folgen, denn Tallon sah sich selbst klar und deutlich auf die Silhouetten der Gebäude am westlichen Horizont zugehen. Unwillkürlich straffte er die Schultern, aber die Bewegung ließ die sich entfernende Gestalt nicht größer, robuster oder weniger einsam erscheinen.

Er wollte Ariadne aus dem großen, vergitterten Vogelhaus holen, das die Gefängnisverwaltung den Gefangenen überlassen hatte, die Vögel halten wollten, beschloß aber, zuerst zu seiner Zelle zu gehen und seine Habseligkeiten zu holen. Bis Tallon zu seinem Bau kam, war die Grenze der äußersten Reichweite des Sehgeräts beinahe erreicht, und das Bild von ihm selbst war wenig mehr als das eines braunen Punkts, der sich dem Eingang des Zellenbaus näherte. Er glaubte, zwei weitere Punkte zu entdekken, im Dunkelgrün der Aufseher, die sich aus dem Säulenvorbau lösten. Die Fernsicht des vor der Kantine rauchenden Aufsehers war nicht sehr gut, so daß Tallon beschloß, auf ein in größerer Nähe befindliches Augenpaar umzuschalten.

Als er die Hände zu den Bedienungsknöpfen hob, prallten Körper aneinander, und seine Arme wurden festgehalten. Tallon sah, daß die grünen Punkte sich mit dem braunen, der er selbst war, vereinigt hatten.

Mit hämmerndem Herzen sagte Tallon: »Wenn einer behauptet, daß ich Besteck aus der Kantine geklaut habe, ist das gelogen.«

»Machen Sie keine Witze, Tallon«, knurrte ihm eine Stimme ins Ohr. »Winfield suchen wir auch. Wo ist er?«

Tallon vermutete, daß er schon zum Treffpunkt unterwegs sein mußte, wenn sie ihn in den Gebäuden nicht hatten finden können. Das hieß, daß Winfield die Flucht vielleicht gelingen konnte, wenn er nicht zu lange auf Tallons Erscheinen wartete. Aber wer hatte den Aufsehern einen Tip gegeben? Sicher nicht Hogarth.

»Hören Sie nicht gut, Tallon? Ich habe Sie gefragt, wo Winfield ist.«

»Das weiß ich nicht.« Tallon versuchte sich etwas einfallen zu lassen, um dem Doktor einen größeren Vorsprung zu verschaffen, aber sein Gehirn war wie betäubt. Zu seiner Überraschung schienen die Aufseher nicht übermäßig alarmiert zu sein.

»Was macht das schon?« Der Mann auf seiner rechten Seite sagte es wegwerfend. »Wir kassieren das hier und nehmen Winfield das seine ab, sobald wir ihn sehen.«

»Mehr können wir wohl nicht tun.«

Während Tallon in ihren Bemerkungen einen Sinn zu entdekken versuchte, spürte er eine Hand an seiner Schläfe, und dann war er schlagartig blind. Sie hatten ihm das Sehgerät weggenommen!

»Geben Sie mir das zurück. Das ist mein Eigentum, ihr Banditen. Ich melde euch bei – bei Miss Juste.«

Einer der Aufseher lachte.

»Das ist ein Witz. Sie und Winfield haben diese verrückten Brillen mit gestohlenem Staatseigentum hergestellt, Tallon. Und bei Miss Juste können Sie uns melden, wann Sie wollen. Sie ist es nämlich, die die Sehgeräte beschlagnahmt.«

9

Zum zweitenmal drang die stumpfe Kanüle nicht durch die Haut, dann stach sie endlich ein und glitt tief in Tallons Arm.

»Tut mir leid, mein Sohn«, sagte Winfield. »Ich bin aus der Übung.«

»Hören Sie, Doc, sind Sie wirklich ganz sicher? Sie haben das zweite Fluchtgepäck vorbereitet, damit Sie jemanden mitnehmen könnten, der Ihnen eine Hilfe ist – nicht einen Blinden.« Tallon rollte den Ärmel an seinem schwach pulsierenden Arm hinunter.

»Natürlich bin ich sicher. Außerdem gebe ich Ihnen das Sehgerät, sobald wir losmarschieren können.«

»Kommt nicht in Frage, Doc. Sie behalten das Sehgerät, und ich bleibe bei der Sonar-Lampe. Ich muß ja wohl von Glück reden, daß ich die habe.« Tallon war auf dem alptraumhaften Weg vom Zellenbau zum Treffpunkt mehrmals hingefallen, hatte die Schmerzen aber kaum gespürt. Sein Gehirn versuchte den Grund dafür zu finden, warum Helen Juste sein Sehgerät konfisziert hatte. Warum hatte sie ihn und Winfield ermutigt, die Geräte fertigzustellen, bevor sie zupackte? Hatte sie von ihrem Fluchtplan erfahren und diesen Weg gewählt, die Tür zuzuschlagen?

»So, das wär's«, sagte Winfield. »Ich wollte uns die Mehrzweck-Spritzen verpassen, bevor wir uns auf den Weg machen. Sogar die Holzwürmer haben in dieser Gegend einen scharfen Biß.«

Er drückte Tallon ein großes Paket in die Arme, dann stiegen sie vorsichtig den Abhang hinunter zur Palisade. Der Vogel auf Winfields Schulter gluckste ängstlich, als der Doktor einmal auf einem Grasfleck ausrutschte. Tallon hielt die Sonar-Lampe exakt gradeaus gerichtet und lauschte dem ständig ansteigenden Ton, den der an der Palisade auftreffende Strahl hervorrief.

»Da sind wir«, brummte der Doktor. Seine Stimme wurde übertönt von dumpfen, knirschenden Geräuschen, als er das faule, von seiner sorgfältig gepflegten Würmerkolonie bewohnte Holz zertrat. Tallon folgte ihm durch das Loch und schnitt eine Grimasse, als er durch eine zufällige Berührung des Randes mit Tausenden winziger, sich windender Wesen überschüttet wurde. Sie legten eine kurze Strecke zum Sumpf zurück, bis der feste Boden aufhörte.

»Die Anzüge«, sagte Winfield knapp. »Haben Sie daran gedacht, nichts zu essen oder zu trinken?«

»Ja.«

»Gut, aber nehmen Sie das lieber.«

»Was ist das?«

»Eine Windel.«

»Sie machen Witze.«

»Sie werden mir noch dankbar sein.«

Winfield leistete die meiste Arbeit, als sie die Kunststoffbahnen über die Köpfe zogen und die Ränder zuklebten. Es war schwierig, durch den Kunststoff etwas richtig anzufassen, aber Winfield zog eine Rolle Heftpflaster heraus und umwickelte Hälse, Handgelenke und Fußknöchel damit. Dadurch konnten sie gehen und ihre Arme einigermaßen frei bewegen. Um ihre groteske Ausstattung zu vervollständigen, wickelten sie sich noch Kunststoff um die Köpfe, klebten ihn mit Pflaster und Leim fest und zogen die Gefängnismützen darüber.

»Ich trage den Sack und den Vogel«, sagte Winfield. »Bleiben Sie so nah hinter mir, wie Sie können.«

»Darauf können Sie sich verlassen, Doc.«

Als Tallon im Dunkeln auf den Sumpf zuschritt, entsetzte ihn der Gedanke daran, was er vorhatte. Obwohl er blind war, wußte er, als er den Rand des Sumpfes erreicht hatte; durch das Gefühl, daß sich der klamme Nebel um ihn schloß ebenso wie durch den Gestank, der jeden Atemzug zu einem bewußt geplanten und entschlossen durchgeführten Unternehmen machte. Unidentifizierbare Nachtgeräusche drangen durch den wirbelnden Dunst und erinnerten ihn daran, daß die Robotergewehre nur die warmblütigen Bewohner des Sumpfes ausgerottet hatten, aber noch andere Wesen in der Dunkelheit lauerten. Trotzdem spürte Tallon beinahe so etwas wie Frieden. Er war es endlich müde geworden, sich treiben zu lassen, Kompromisse zu schließen, sich zu fürchten. Der dicke, alte Arzt mit seinem Kopf voller lächerlicher Träume führte ihn beinahe mit Gewißheit in den Tod, aber er hatte Tallon eine große Wahrheit gelehrt: Dem Tod entgegenzugehen ist nicht angenehm, aber besser, als ihn hinter sich heraneilen zu hören.

Der Sumpf war viel schlimmer, als Tallon erwartet hatte. Sie konnten in der ersten Stunde durch Gehen und Waten vorankommen, so daß sie einigermaßen bequem zweihundert Meter zurücklegten. Dann stieß Tallon jedoch mit der Zeit auf Stellen, wo sein Fuß fünfzehn Zentimeter in dickflüssigem Sirup einzusinken schien, bevor er festen Boden fand. Der Morast erschwerte das Gehen, machte es aber nicht unmöglich, selbst als er beinahe schon bis zu den Knien reichte. Tallon stapfte gleichmäßig dahin, wobei er in seiner Plastikhülle schwitzte. Dann schien der Boden zu schwinden. Statt daß seine Füße Halt fanden, sankken sie tiefer und tiefer, als wolle ihn der Planet durch seine Kruste einsaugen.

»Nach vorn fallen lassen«, schrie Winfield. »Hinwerfen und die Arme spreizen!«

Tallon kippte nach vorn, lag mit ausgebreiteten Armen und Beinen auf der schwankenden Oberfläche des Morasts und umarmte den Schmutz. Das Wasser spritzte über sein Gesicht, Sediment quoll an die Oberfläche und gab den Gestank des Todes frei. Würgkrämpfe zwangen seinen Kopf wieder hinein in die quellende Schmiere.

»Alles in Ordnung, mein Sohn?« fragte Winfield besorgt.

Tallons erster Impuls war, in seinem schwarzen, blinden Universum um Hilfe zu rufen, aber er biß die Zähne zusammen und peitschte die Oberfläche des Schlicks mit seinen Armen. Langsam kamen seine Füße wieder herauf, und er bewegte sich halb schwimmend vorwärts.

»Es geht schon, Doc. Nur weiter.«

»So ist's richtig. Es geht nicht dauernd so.«

Wildes Platschen vor ihm verriet Tallon, daß der Doktor schon weiterstapfte. Vor Verzweiflung grinsend, ruderte Tallon ihm nach. Manchmal gelangten sie zu kleinen Inseln, wo sie kurze Strecken zu Fuß zurücklegen konnten. Dazwischen stießen sie auf massive Rankenmauern und mußten sie umgehen oder sogar umkehren. Einmal legte Tallon seine Hand auf etwas Flaches, Eisglattes unmittelbar unter der Oberfläche. Es buckelte zuckend hoch und schoß mit stummer Kraft unter seinem Körper davon, daß ihn die Angst lähmte.

Je weiter die Nacht fortschritt, desto häufiger holte Tallon Winfield ein, und er begriff, daß der Doktor der Erschöpfung nahe war. Winfields Atmung wurde zu einem rauhen, monotonen Schluchzen.

»Hören Sie, Doc«, schrie Tallon schließlich. »Wir brauchen eine Pause. Hat es einen Sinn, einen Herzanfall zu riskieren?«

»Weiter. Mein Herz ist in Ordnung.«

Tallon fand festeren Boden unter den Füßen. Er warf sich nach vorn, packte Winfield und riß ihn nieder. Der Doktor wehrte ihn störrisch ab und wollte weitergehen.

»Herrgott noch mal, Doc«, keuchte Tallon, »ich denke an *mein* Herz. Jetzt mal langsam, ja?«

Winfield wehrte sich noch eine Weile, dann erschlaffte er.

»Okay, mein Sohn«, stieß er zwischen gequälten Atemzügen hervor. »Ich gebe Ihnen fünf Minuten.«

»Glauben Sie mir, Doc, ich bin Ihnen dankbar.«

»Ich mir auch.«

Sie lagen zusammengekauert nebeneinander und lachten schwach, während Winfields Atemzüge langsam normal wurden. Tallon berichtete ihm von seiner Begegnung mit dem Wasserwesen.

»Ein Schlinker – um diese Jahreszeit harmlos«, sagte Winfield. »Während der Brutzeit härtet sich die Haut des Weibchens an den Seiten aber zu Messerschärfe. Sie zerschneiden alles, was sich bewegt, und legen gleichzeitig die Eier ab.«

»Hübsch.«

»Ja. Übrigens machen wir unseren Ausflug zu einer sehr günstigen Zeit. Im Winter ist es im Sumpf ziemlich ruhig. Die einzige echte Gefahr droht von Schlammspinnen.«

»Giftig?«

»Nein. Bei ihren Mäulern wäre Gift überflüssig. Sie liegen im seichten Wasser, strecken die Beine in die Luft, daß sie wie Binsen aussehen, und in der Mitte ist nichts als ein Schlund. Falls Sie hier je wieder durchkommen, dann vermeiden Sie unbedingt, durch säuberlich abgezirkelte Binsenklumpen zu gehen.«

Tallon kam auf eine unangenehme Idee.

»Wie gut sieht der Vogel nachts? Bekommen Sie ein Bild, das gut genug ist, damit Sie eine Schlammspinne rechtzeitig entdekken?«

Winfield schnaubte.

»Worüber machen Sie sich Sorgen? Gehe ich nicht voraus?«

Als es über dem Sumpf hell wurde, bestand Winfield darauf, daß Tallon eine Weile das Sehgerät übernahm.

Tallon nahm an, dankbar für die Befreiung aus der Schwärze, und übernahm für einige Stunden die Führung. Er benutzte einen primitiven Speer, den Winfield von einem jungen Baum abgebrochen hatte, um damit die niedrigere Vegetation zu zerteilen. Der Vogel flatterte ab und zu in seinem plastikbezogenen Käfig, ließ aber sonst keine Anzeichen echten Unbehagens erkennen. Während Tallon sich durch träge tropfendes Laub schob, sah er, daß das Wasser von dunkelbraunen, egelartigen Wesen wimmelte, die sich wanden und drehten und von Zeit zu Zeit aufeinander losgingen. Lange Streifen aus ihren dunklen Körpern hingen an seinen Beinen. Die Luft wimmelte von winzigen Mücken und wurde vom schweren Brummen großer, rußschwarzer Insekten zerteilt.

Zweimal während des Tages brausten niedrigfliegende Flugzeuge über sie hinweg, aber der eisgrüne Nebel verbarg die beiden Männer. Tallons Denkprozesse verlangsamten sich, während er sich mechanisch vorwärtsplagte. Die Rastzeiten wurden länger, die Intervalle dazwischen kürzer, als die Erschöpfung durch ihre Leiber kroch. In der Abenddämmerung fanden sie einen kleinen Fleck fast völlig trockenen Bodens und schliefen wie Kinder.

Die Robotergewehre waren mehr als fähig, weit über den vier Meilen breiten Sumpf hinaus zu feuern, deshalb waren ihre Raketen mit Zeitzündern ausgestattet, die ihre Reichweite auf zweitausend Meter beschränkten. Ihre wirksame Reichweite hing jedoch von der Dichte des Sumpfnebels ab. Wenn er am dicksten war, konnte man bis auf vierhundert Meter an die Pylonen herankommen, bevor die Körperwärme den Schuß auslöste. Aber sogar zur nebligsten Zeit konnte ein plötzlicher Windstoß eine wirbelnde Gasse weit hinein in den Sumpf öffnen, die schimmernden Heuschreckenbeine der Servomechanismen zogen sich zusammen, und ein schweres Geschoß heulte die dunstigen Baumgassen entlang.

Winfield hatte bei seiner Fluchtplanung viel über die Klapperschlangen-Gewehre nachgedacht.

Am zweiten Morgen im Sumpf öffnete er seinen Sack, zog ein kleines Messer heraus und schlitzte die Plastikhüllen um sich und Tallons Hände auf. Sie sammelten Bündel von den dicken, doppelwandigen *Dringo*-Blättern, wobei sie den surrenden Sprüngen der versteckten Skorpione auswichen, und nähten sie zu schweren, dunkelgrünen Decken zusammen.

»Wir werden bald wieder auf trockenem Boden sein«, sagte Winfield. »Sie sehen schon, wie das grüne Zeug dünner wird. Der Nebel ist heute früh ziemlich dicht, also kann uns die nächsten paar hundert Meter noch nichts passieren, aber danach müssen Sie den Kopf gesenkt halten und unter Ihrer Decke bleiben. Kapiert?«

»Den Kopf senken und unter der Decke bleiben.«

Die Belastung durch die schwere Blätterdecke erschwerte die Bewegungen noch mehr. Tallon schmachtete unter dem Kunststoff, während er sich hilflos hinter dem Doktor weiterquälte. Er hatte die Sonar-Lampe abschalten müssen, als er die Decke über den Kopf zog.

Sie schoben sich zwei Stunden lang voran, bevor Tallon auffiel, daß sie leichter weiterkamen. Mit der Zeit mußte seltener umgekehrt werden, und es kam nicht mehr oft vor, daß man sich mühsam aus scheinbar bodenlosen Schlammlöchern zu befreien hatte. Er begann an die Möglichkeit aufrechten Gehens in frischer Luft zu denken, an Sauberkeit und Trockenheit, an Essen ...

Plötzlich schrie Winfield vor ihm heiser auf.

»Doc! Was ist passiert?« Tallon hörte wild platschende Geräusche und verfluchte seine blinde Hilflosigkeit. »Was ist los, Doc?«

»Eine Spinne. Eine große – « Der Doktor schrie wieder auf, und das Spritzen und Klatschen wurde lauter.

Tallon warf seine Blätterlast ab und kroch weiter, so schnell er konnte, während er jeden Augenblick erwartete, die ungeschützte Hand tief in einen kalten, feuchten Schlund zu stecken.

»Wo sind Sie, Doc? Können Sie mich sehen?«

»Hierher, Sam. Das ist weit genug. Strecken Sie Ihre – linke Hand aus.«

Tallon tat es und fühlte, wie etwas Leichtes, Sprödes in seine Handfläche fiel. Es war das Sehgerät. Er setzte es auf und wurde von grünen Wischern grellen Lichts geblendet. Winfield hatte den Vogelkäfig fallen lassen, und Tallon sah sich durch den schlammbespritzten Kunststoff auf eine geisterhafte Szene blicken. Zuerst erkannte er die schlickbedeckte Seesterngestalt, die er selbst war, und die zweite, Winfield, überhaupt nicht.

Der Doktor lag auf dem Rücken, und sein rechtes Bein war bis zum Knie in einem brodelnden Tümpel versunken. Rote Fäden breiteten sich im wallenden Wasser aus, und im Umkreis peitschten und bebten acht gelenkige Stengel in der Luft. Tallon stöhnte vor Entsetzen, orientierte sich und stürzte sich zur Seite, auf den Speer, der Winfield aus der Hand gefallen war. Er hob ihn auf und stieß die Spitze durch den Schlamm dorthin, wo er den Leib der Schlammspinne vermutete. Die Oberfläche des Wassers wölbte sich träge, und der Speer drehte sich in seiner Hand.

»Aushalten, Doc. Ich stoße mit dem Speer zu.«

»So geht es nicht. Die Haut ist zu zäh. Sie müssen – Sie müssen die Kehle treffen. Geben Sie mir den Speer.«

Tallon zog den Speer heraus und schob ihn in Winfields blindlings tastende Hand. Der Mund des Doktors klaffte stumm, als er die primitive Waffe ergriff und die Spitze neben seinem Bein in das Wasser stieß. Die grünen Stengel krallten wild nach seinen Armen und zuckten plötzlich empor.

»Ich komme hin«, ächzte Winfield. »Ich komme hin.«

Er packte den Speer weiter oben und schob sich Hand über Hand triumphierend daran empor. Die Oberfläche des Morasts ringsum begann zu brodeln, als sich sein ganzes Gewicht auf den vibrierenden Speer legte. Tallon, der neben ihm kauerte, war völlig in den Kampf versunken, als in seinem Kopf plötzlich Alarmsignale zu schrillen begannen. Winfield gewann den Kampf, aber es gab noch eine Gefahr, die sie ganz vergessen hatten.

»Doc!« schrie er. *»Sie stehen ja auf!«*

Winfield erstarrte einen Augenblick und machte ein eher schuldbewußtes als ängstliches Gesicht. Er ließ sich zu Boden fallen, als ihn das Geschoß traf.

Tallon hörte den unfaßlichen Einschlag, dann sah er den geköpften Körper des Doktors sich im Wasser überschlagen. Sekunden später trafen die säumigen, rollenden Echos des Schusses ein. Der Speer steckte noch aufrecht im Schlamm und er zitterte von den unsichtbaren Bewegungen der Spinne.

Das war dumm, dachte Tallon betäubt; Sie durften doch nicht aufstehen, Doc. Sie haben mich davor gewarnt, und dann sind *Sie* aufgestanden. Er kauerte einige Sekunden auf Händen und Knien und schüttelte den Kopf; dann kehrte der Zorn zurück, der gleiche Zorn, mit dem er Cherkassky und sich selbst durch das Hotelfenster in die dünne Luft über Neu-Wittenburg gestürzt hatte.

Tallon wischte den Schlick von der Kunststoffhülle des Vogelkäfigs, um seine eigenen Aktionen besser verfolgen zu können, dann kroch er zum Speer. Ohne die Schläge der gelenkigen, grünen Beine zu beachten, riß er ihn heraus und stieß ihn immer wieder in dieselbe Stelle, bis das Wasser von wirbelnder, cremefarbener Flüssigkeit durchzogen war. Er zog den Speer zum letztenmal herauf und suchte nach Winfields Leiche. Er fand sie in einem seichten Tümpel, schon von einem schimmernden Mantel von Egeln umgeben.

»Tut mir leid, Doc«, sagte er laut, »aber die Erde verlangt noch einen Dienst von Ihnen. Und ich weiß, daß Sie ihn ihr nicht versagen werden.«

Tallon zwängte die Speerspitze in eine Falte der Kunststoffhülle um den Körper des Doktors und stemmte ächzend die Leiche in eine aufrechte Lage. Diesmal befand er sich in viel größerer Nähe, und der Einschlag des zweiten Geschosses betäubte seine Sinne, als Speer und grauenhafte Bürde aus seinen Händen gerissen wurden. Tallon holte den Vogel und den Sack, dann schlüpfte er unter die schwere *Dringo*-Decke. Er schleppte sich noch vier Stunden lang dahin, bevor er es wagte, zwischen den einander überlappenden Blättern eine winzige Öffnung zu machen und den Vogelkäfig davorzuhalten.

Er hatte den Nordrand des Sumpfes fast erreicht, und weit vor ihm ragte im Sonnenschein der schlanke Pylon eines Klapperschlangen-Gewehrs über die Nebel hinaus. Tallon konnte nicht sagen, ob er die Waffe vor sich sah, die Winfield getötet hatte, aber irgendwo entlang der Reihe empfindender Maschinen würde eine zwei verschossene Raketen registrieren. Für die Bewacher im Pavillon würden zwei abgefeuerte Geschosse bedeuten, daß zwei Gefangene den Tod gefunden hatten.

Hinter dem schlanken Pylon konnte Tallon das Hochland der Gebirgskette des Kontinents erkennen. Er hockte sich nieder, um auf die Nacht und den Beginn der eigentlichen Reise zu warten.

Es waren noch immer tausend Meilen bis Neu-Wittenburg – und achtzigtausend Portale bis zur Erde.

10

Tallon durchschritt die Pylonenreihe in der Abenddämmerung.

Er vermutete, daß die Neigung der Waffen auf den Rand des Sumpfes und dahinter beschränkt sein würde, blieb aber trotzdem unter der Decke, und das prickelnde Gefühl zwischen seinen Schulterblättern blieb, bis er die Linie ungefährdet überschritten hatte. Seine erste Handlung auf der anderen Seite war, die Plastikhülle aufzuschneiden, in die Blätter zu wickeln und das Bündel in einem dornigen Gebüsch zu verstecken. Hastig nahm er Ariadne II aus dem Käfig, band ihr Bein an der Schulterklappe seiner Gefängnisuniform fest und erkletterte die Palisade, die die Allgemeinheit daran hindern sollte, in den Bereich der Waffen zu geraten.

Die grenzenlose Freude über die Freiheit, darüber, wieder wie ein Mensch auf festem Boden gehen zu können, hielt Tallon aufrecht, als er schräg über die felsigen Vorberge zu steigen begann, die den Beginn einer sich durch den ganzen Kontinent ziehenden Gebirgskette ankündigten. Als er ein wenig Höhe gewonnen hatte, sah er die zitternden, vielfarbigen Lichter einer kleinen Stadt, zusammengedrängt in der Krümmung einer Bucht, etwa fünf Meilen entfernt. Der ungeheure planetenweite Ozean erstreckte sich schwarz nach Westen. Tallon atmete tief ein und genoß seine Befreiung aus dem Pavillon.

In diesem Augenblick erschien die Reise, die Tallon unternehmen wollte, lächerlich einfach. Das wäre Winfields Stunde des Triumphes gewesen, begriff Tallon. Aber der Doktor war tot.

Plötzlich war Tallon müde und hungrig und bemerkte, daß er stank. Zwischen ihm und der Stadt waren keine Lichter zu sehen – der Boden schien für jede Bearbeitung zu steinig zu sein –, also machte er sich wieder auf den Weg zur Küste. Unterwegs durchsuchte er Winfields Sack und fand außer den grünen Aufseheruniformen eine Stablampe, Seife, Bartentfernungscreme und ein paar Tafeln Schokolade.

Tallon stand auf den Steinen des schmalen Strandstreifens, zog sich aus und wusch sich im kalten Meer. Er behielt nur seine Stiefel, zog frische Kleidung an und entdeckte erleichtert, daß ihm eine der Uniformen aus dehnbarem Stoff ganz gut paßte. Er band den fügsamen Vogel an einer Schulter fest, schwang den Sack auf die andere und wandte sich nach Norden.

Zunächst schien es ein guter Gedanke zu sein, sich lieber am Strand als auf den felsigen Hügeln zu halten, aber nach einer Weile wurde klar, daß es keinen eigentlichen Strand gab. Zumeist war es nur ein überaus schmaler Streifen großer Kiesel, und an vielen Stellen wuchs hartes, scharfes Gras bis ans Wasser. Nachdem Tallon einige Zeit über die Steine gestolpert war, erinnerte er sich, daß er keinen glatten Sandstrand finden würde. Emm Luther besaß keinen Mond, also praktisch keine Gezeiten und damit keinen Strand und keinen Sand.

Wenn es nur einen Mond gäbe, Liebling, könnten wir am Strand ein Mondschein-Picknick machen, dachte er, wenn es nur einen Strand gäbe.

Er kaute Schokolade und schritt ein Stück weiter landeinwärts, in der Absicht, zu marschieren, bis er etwa eine halbe Meile von der Stadt entfernt war, um dann zu versuchen, etwas Ruhe zu finden, aber ein unerwartetes Ereignis zwang ihn, seinen

Plan zu ändern. Ariadne II schlief ein. Tallon stieß den Vogel ein paarmal mit dem Finger an, und er öffnete für einige Sekunden die Augen, schloß sie aber wieder und stürzte ihn in Dunkelheit. Er ärgerte sich, aber das verging schnell, als er bedachte, was der Vogel für ihn durchgemacht hatte.

Er legte sich hin und versuchte zu schlafen. Obwohl er beinahe so tief im Süden war, wie man auf Emm Luther sein konnte, wenn man auf trockenem Boden bleiben wollte, ging der Winter erst langsam in den Frühling über, und die Nacht war kalt. Es dauerte lange, bis er einschlief, und dann hatte er Träume – er sprach mit Winfield, tanzte mit Helen Juste, flog hinauf und hinauf ins kupfrige Licht der Morgendämmerung, während das länger umschattete Land tief unten zurückblieb. Der letzte Traum war besonders lebhaft. Unten auf dem Gras lag die winzige Gestalt eines Mannes in dunkelgrüner Uniform. Tallon bewegte sich und suchte verzweifelt Halt. *Er flog!* Die Horizonte von Land und Meer kippten erschreckend, und unter ihm befand sich nichts als Luft.

Seine Finger sanken in drahtiges Gras. Er spürte den Druck des harten Bodens unter seinem Rücken und erwachte. Der Anblick sich drehenden Landes und Meeres blieb, aber jetzt wußte er, woran das lag. Ariadne II hatte sich befreit und war entflohen, als sich die Gelegenheit geboten hatte. Die Bilder verblaßten, als sie die Reichweite des Sehgeräts überschritt.

Ihr Verlust brachte ihm ein neues Problem – neue Augen zu finden und sie dazu zu verwenden, Nahrung zu beschaffen. Er mußte bald etwas Kräftiges zu essen haben. Die Schokolade hatte seinen Blutzucker vorübergehend erhöht, aber die Überreizung der Bauchspeicheldrüse, stets Begleiterscheinung der Einnahme purer Kohlehydrate, hatte seinen Körper mit zuckerlösendem Insulin überschwemmt. Das Ergebnis war, daß sein Blutzucker noch tiefer unter den Fastenspiegel gefallen war, so daß er kaum noch stehen konnte, ohne daß seine Knie einknickten.

Tallon stellte das Sehgerät auf ›Suchen und Halten‹ und ortete Seevögel, die in Ufernähe über dem Wasser kreisten. Er bekam neue Luftansichten vom Meer im Morgengrau, von den verwilderten Hügeln und seiner eigenen dunkelgrünen Gestalt. Das genügte jedenfalls, um weiter nach Norden gehen zu können. Es war noch sehr früh am Morgen, und er erreichte den Stadtrand gerade, als die Bewohner wach wurden. Er konnte auf die Augen von Männern umschalten, die im Morgengrauen zur Arbeit fuhren. Keiner von ihnen schien ihn zu beachten.

Eine Zeitlang begnügte sich Tallon damit, frei durch die stillen Straßen zu gehen und zu bestaunen, wie erdenähnlich seine Umgebung aussah. Die große nördliche Stadt Testament, in der er die meiste Zeit seines Aufenthalts auf Emm Luther verbracht hatte, besaß einen eigenen Charakter, für den es auf der Erde nichts Vergleichbares gab, aber Kleinstädte blieben Kleinstädte, gleichgültig, wohin man in der Galaxis ging. Die sauberen Häuschen, schlafend in der Morgenstille, waren die gleichen, wie er sie auf einem halben Dutzend Welten gesehen hatte, und die Kinder-Dreiräder, die in den Gärten lagen, waren rot lackiert, weil Menschenkinder in der Galaxis sie so liebten.

Er fand ein Imbißlokal und gab ein Zehntel seines Geldvorrats für eine große Platte Fischsteaks und Meerspinat aus, die er mit vier Tassen Kaffee hinunterspülte. Weder die ältliche Kellnerin, die ihn bediente, noch der einzige Gast – dessen Augen Tallon gebrauchte – schenkten ihm einen zweiten Blick. Er vermutete, daß man ihn für alles mögliche halten konnte – vom Fernsehmechaniker bis zum Angestellten eines obskuren Bereichs öffentlicher Dienstleistungsbetriebe.

Draußen auf der Straße kaufte er an einem Stand eine Packung Zigaretten und schlenderte lässig dahin, rauchte und tat so, als blicke er in irgendein Schaufenster, sooft er sich selbst aus den Augen verlor. Inzwischen waren mehr Leute unterwegs, und es fiel ihm verhältnismäßig leicht, auf neue Augen überzuwechseln und sich von dem neuerlichen Standpunkt aus schnell zu finden. Er kam dahinter, daß sehr wenige Leute über ein ideales Sehvermögen verfügten. Die Augen, die er sich auslieh, als er die Stadt durchquerte, waren oft kurzsichtig oder weitsichtig, astigmatisch oder farbenblind, und er wunderte sich ein wenig darüber, daß die Leute mit den schlechtesten Augen oft diejenigen waren, die keine Brille trugen.

Viele der Gebäude im Innenbezirk trugen an der Fassade 3-D-Bildschirme mit Farbenspielen, die sich zu Tongebilden gängiger Musik veränderten. Es gab keine Werbung, aber etwa alle fünfzehn Minuten übertrug man Fernsehnachrichten. Tallon war zu sehr mit dem von Sekunde zu Sekunde wechselnden Problem beschäftigt, durch Menschenansammlungen zu gelangen und Straßen zu überqueren, um besonders auf die Nachrichten zu achten, aber plötzlich wurde seine Aufmerksamkeit vom riesigen Bild eines taubenartigen Vogels in Anspruch genommen, der auf dem Finger eines Mannes hockte. Von einem Bein baumelte ein Stück Schnur. Für Tallon gab es keinen Zweifel daran, daß das Ariadne II war. Er spitzte die Ohren, um den Kommentar zu verstehen.

». . . heute morgen wieder in der Staatlichen Internierungs-Anstalt eingetroffen. Man nimmt an, daß die beiden blinden Häftlinge den Vogel mitgenommen hatten, und seine Rückkehr ist ein weiterer Hinweis darauf, daß sie im Sumpf umgekommen sind. Frühere Berichte, wonach die beiden Männer radarähnliche Geräte beschafft hatten, die normale Augen ersetzen können, sind inzwischen von einem Sprecher der Anstalt bestritten worden.

Und nun von den Lokalnachrichten zum galaktischen Schauplatz. Die Delegierten des Moderators bei den vorzeitig beendeten Verhandlungen auf höchster Ebene auf Akkab werden heute nachmittag auf dem Raumflughafen Neu-Wittenburg eintreffen. Nach allgemeiner Ansicht . . .«

Tallon ging stirnrunzelnd weiter. Es war gut zu wissen, daß man ihn für tot hielt und deshalb nicht suchen würde, aber die Nachrichtensendung hatte in ihm das Rätsel Helen Juste neu aufgewühlt. Hatte sie wegen ihrer unkonventionellen Art Schwierigkeiten mit der Gefängnisverwaltung bekommen? Hatte sie den Konflikt kommen sehen und ihn zu vermeiden versucht, indem sie die Sehgeräte beschlagnahmen lassen wollte? Warum hatte sie ihnen überhaupt soviel Spielraum gelassen?

Ein Schild an der Fassade des Hauptpostamts bestätigte Tallons Vermutung, daß er sich in der Stadt Schirokko befand. Seine unklare Erinnerung an die Geographie auf Emm Luther verriet ihm, daß Schirokko an der durchgehenden Eisenbahnlinie lag, die um den ganzen Kontinent herumlief und die Funktion von Luftverkehrslinien auf anderen Welten erfüllte. Winfields Plan war es gewesen, bei Nacht und zu Fuß zu marschieren, vernünftig genug, wenn man die Grenzen der Sonar-Lampe bedachte – aber Tallon konnte ja wirklich sehen, und abgesehen von einer ziemlich massiv wirkenden Brille unterschied er sich in nichts von jedem anderen Bürger von Emm Luther. Wenn er den Zug nahm, konnte er schon ungefähr in einem Tag in Neu-Wittenburg sein. Dort stand er vor dem Problem, Verbindung mit einem Agenten aufzunehmen, aber es empfahl sich, das lieber früher anzupacken als später. Die Alternative, zu Fuß zu laufen und alle Risiken einzugehen, die sich dabei ergaben. Er beschloß, den Zug zu nehmen.

Während des Gehens vertrieb er sich die Zeit damit, Lippenlesen zu üben, eine Fähigkeit, die man beim Block lernte und die er nie hatte praktisch anwenden können.

Tallon hatte oft von der durchgehenden Eisenbahnlinie gehört und sie in seiner Tarnstellung als Vertreter von auf der Erde hergestellten Produkten sogar für den Versand von Waren benutzt, sie aber nie gesehen.

Als er am Bahnhof ankam, sah er eine sich langsam bewegende Reihe von Waggons auf dem einen langen Bahnsteig vorbeirollen und nahm an, gerade eingetroffen zu sein, als ein Zug ankam oder abfuhr. Die Eisenbahn wurde nach einem Gesamtpreis-System betrieben, so daß es keine Formalitäten um Fahrkarten gab. Eine Maschine lieferte ihm ein einfaches Kunststoffquadrat, das ihn berechtigte, im Südbereich einen ganzen Tag lang überall hinzufahren. Er zwängte sich durch Gruppen von Menschen und Stapel von Frachtgütern auf die Plattform und wartete darauf, daß die lautlos dahingleitenden Waggons entweder beschleunigten oder endlich stehenblieben. Fünf Minuten vergingen, bevor er begriff, daß beides nicht geschehen würde; die Eisenbahn war tatsächlich durchgehend!

Tallon betätigte mehrmals die Steuerung des Sehgeräts, bis er Bahnhof und Transportsystem genauer überblicken konnte. Das zusammengesetzte Bild, das er sich aufbaute, zeigte eine endlose Reihe von Fracht- und Personenwaggons, die vom Osten her in den Bahnhof einbogen und Richtung Norden verschwanden. Keiner der Waggons hatte einen Motor oder sichtbare Steuerung, und trotzdem beschleunigten sie nach dem Bahnhof und bremsten auf etwa fünf Kilometer in der Stunde ab, sobald sie den Bahnsteig erreichten. Das verwirrte ihn, bis er sah, daß das, was er für eine dritte Schiene gehalten hatte, in Wirklichkeit eine rotierende, in der Mitte zwischen den radtragenden Schienen montierte Schraube war. Erst jetzt begann er die Vollkommenheit des Systems zu erkennen.

Die Waggons brauchten keinen Antrieb, weil dieser von der Mittelschraube herrührte, die von kleinen Magnetmotoren in Abständen von je einer halben Meile mit gleichmäßiger Geschwindigkeit angetrieben wurde. Jeder Waggon war befestigt an dem, was auf eine normale Schraubenmutter hinauslief, die von der Drehung der rotierenden Schraube vorwärtsbewegt wurde. Die Waggons benötigten keine Steuerung, weil ihre Rollgeschwindigkeit von einem Gerät gelenkt wurde, dessen Einfachheit den Ingenieur in Tallon erfreute. Wenn sich die Waggons dem Bahnhof näherten, wurde die Ganghöhe der Gewinde der Mittelschraube stark reduziert. Dadurch erreichte man, daß die Waggons auf Schrittgeschwindigkeit abgebremst wurden.

Tallon schloß sich einer Gruppe junger Studenten an, die auf den nächsten Personenwaggon warteten. Er blickte durch die Augen eines Bahnbeamten, der hinter den Jugendlichen stand. Als der Wagen herankam, ging er mit den Studenten darauf zu, entdeckte aber plötzlich, daß er ein wichtiges Merkmal der durchgehenden Eisenbahn übersehen hatte. Der Rand des Bahnsteigs war eine Gleitbahn, die sich mit der Geschwindigkeit des Zuges bewegte, damit die Fahrgäste ohne Gefahr ein- und aussteigen konnten.

Tallons rechter Fuß rutschte unter ihm davon, als er mit den Studenten vortrat, und er kippte seitwärts. Es gab überraschte Proteste, als er Halt suchte und dann ungeschickt in den Waggon fiel und sich den Kopf an der Türkante anschlug.

Er entschuldigte sich wortreich und sank auf einen freien Platz, in der Hoffnung, nicht so aufgefallen zu sein, daß ihn jemand genauer betrachtete. Sein rechtes Ohr pulsierte heiß, aber der

Schmerz war zweitrangig. Der Schlag vom Türpfosten hatte genau den Teil der Sehgerät-Fassung getroffen, in dem sich die Miniatur-Batterie befand, und Tallon glaubte, im Augenblick des Anpralls einen ganz kurzen Bildausfall erlebt zu haben. Er empfing immer noch das Bild in den Augen des Bahnbeamten auf dem Bahnsteig, schaltete also hastig auf Nähe um und erwischte einen der Studenten, der sich auf der anderen Seite des Abteils niedergelassen hatte. Sekunden später atmete Tallon auf; das Sehgerät schien unbeschädigt zu sein, und die anderen Fahrgäste hatten seinen spektakulären Auftritt offenbar vergessen.

Der Waggon beschleunigte stufenweise, bis er in fast völliger Stille eine Geschwindigkeit von über sechzig Kilometern in der Stunde erreichte. Die Route nach Norden führte am Meer entlang. Von Zeit zu Zeit zogen sich die Berge auf der anderen Seite auf eine Entfernung von bis zu zehn Meilen zurück, aber meistens schoben sie sich nah heran und schränkten den Siedlungsbereich ein. Der Streifen Flachland war ein ununterbrochenes Siedlungsgebiet, mit Handelszentralen in wenigen Meilen Abstand. Nach einer halben Stunde war ein Bruch in der Bergkette sichtbar, und ein zweiter Zug in der Gegenrichtung glitt neben den, in dem Tallon nordwärts fuhr.

Die Studenten verließen an einem der großstädtischen Knotenpunkte den Zug, aber ständig stiegen neue Passagiere zu, die ihn mit geliehenen Augen versorgten. Es fiel ihm auf, daß die Frauen reizvoller gekleidet und selbstsicherer waren als im kälteren Norden, wo der strenge Einfluß von Reformation, dem Regierungssitz, stärker war. Manche Mädchen trugen die neuen Sichtparfüms, die sie mit pastellgetönten Duftwolken umgaben.

Einmal benutzte er die Augen einer jungen Frau, die, nach der Art zu schließen, wie Tallon sich im Mittelpunkt seines Sehfelds erblickte, einiges Interesse an ihm zeigte. Er schaltete auf ein anderes Augenpaar mehrere Plätze daneben um und sah sich die Frau an. Nachdem er festgestellt hatte, daß sie blond und braun und anziehend war, kehrte Tallon mit dem befriedigenden Gefühl, geschummelt zu haben, zu ihren Augen zurück, um zu erfahren, wie sehr sie sich wirklich für ihn interessierte.

Eingelullt von der Bewegung des Waggons, der Wärme des

Sonnenlichts, der Gegenwart von Frauen, spürte Tallon zum erstenmal seit langer, langer Zeit Regungen des Sexuellen. Wie gut wäre es, dachte er schläfrig, wieder normal leben zu können, im warmen Strom des Lebens mitzuschwimmen, eine Frau mit rotem Haar und whiskyfarbenen Augen zu haben . . .

Tallon schaltete das Sehgerät ab und schlief. Er erwachte beim drängenden Gongschlag des Lautsprechersystems und schaltete das Sehgerät wieder ein. Eine Männerstimme teilte mit, daß der Waggon sich der Stadt Sweetwell, dem nördlichsten Punkt des Bereichs, nähere und dann nach Osten abbiegen werde. Alle Fahrgäste, die weiter nach Norden wollten, müßten aussteigen und mit der Fähre die Vajda-Straße überqueren. Auf der anderen Seite könnten sie den Mittelbereichs-Zug besteigen.

Tallon hatte vergessen, daß der unterste Teil des Kontinents vom Rest durch einen schmalen Meereseinschnitt getrennt war. Er begann leise vor sich hin zu fluchen.

Er reckte sich und sah sich dabei, erkannte, daß das blonde Mädchen gegenüber noch immer dasaß, noch immer Interesse zeigte. Er drehte das Gesicht, bis er in seine eigenen Augen zu blicken schien, und zeigte sein schönstes Lächeln. Sein Bild, blaß und hager, vielleicht auf romantische Weise blaß und hager, blieb einige Sekunden, bevor der Blick der Frau zu vorbeiziehenden Häusern abschwenkte. Er erriet, daß sie kurz zurückgelächelt hatte, und sein Herz wurde warm.

Tallon stand auf, als der Bahnsteig längseits kam; der Mann an der Tür des Abteils öffnete sie. Die Frau erhob sich gleichzeitig, und er wußte, daß sie ihn wieder anlächelte. Draußen zog der Bahnsteig vorbei, und für Tallon kam es jetzt darauf an, auszusteigen, ohne hinzufallen. Er hatte der Frau mit einer automatischen Handbewegung den Vortritt gelassen, dann fiel ihm jedoch ein, daß er aus ihrem Gesichtsfeld verschwinden würde, wenn sie der Einladung folgte.

»Verzeihung, Miss«, murmelte er bedauernd und zwängte sich an ihr vorbei zur Tür. Sie sog scharf den Atem ein, aber seine plötzliche Unhöflichkeit hatte die Wirkung, daß ihr Blick auf seinem Rücken ruhte. Er stieg auf den Gleitweg hinaus und erreichte sicher den festen Bahnsteig. Die Frau warf ihm zornige

Blicke zu, als sie ausgestiegen war, und bis sie außer Reichweite gelangte, benutzte er ihre Aufmerksamkeit, sich zur wartenden Fähre geleiten zu lassen. Es war ungefähr Mittag und ein herrlich klarer Tag. Er hatte wieder Hunger und beschloß, sich auf der anderen Seite der Meeresstraße ohne Rücksicht auf die Kosten eine riesige Mahlzeit zu leisten. Bei seinem jetzigen Tempo würde sein Geldvorrat mehr als ausreichend sein.

Die Fähre erwies sich als primitive, aber schnelle Oberflächen-Gegenwirkungs-Maschine, fähig, die etwa eine Meile breite Meeresstraße in wenigen Minuten zu überqueren. Tallon fand die kurze Fahrt berauschend. Das charakteristische Gieren des Luftkissenfahrzeugs, das Brüllen der Turbinen, Gischt zu beiden Seiten, das Gedränge der Fahrgäste in der Stehkabine – alles zusammen rief eine heitere Urlaubsstimmung hervor. Das Schwebefahrzeug brauste die Rampe hinauf zu seinem Landeplatz. Tallon schlenderte durch die Gruppe der aussteigenden Fahrgäste und begann nach einem guten Restaurant zu suchen. Zum Bahnhofskomplex gehörte ein Imbißlokal, aber es sah ein wenig schmutzig aus, und er zweifelte nicht daran, daß für mäßige Speisen hohe Preise verlangt werden würden.

Er ging ansteigende Straßen hinauf zur Stadtmitte und genoß noch immer das Gefühl der Freiheit. Sweetwell war eine geschäftige, lebendige Stadt, die mit ihren eleganten kleinen Läden und Boulevard-Cafés an die französische Provinz erinnerte. Es hätte ihm Spaß gemacht, im Freien zu essen, aber er beschloß, nicht alle Vorsicht in den Wind zu schlagen – sein Bild mußte bei allen Nachrichtensendungen gezeigt worden sein, und es bestand immer die Möglichkeit, daß ihn irgend jemand genauer betrachtete und sich Gedanken zu machen begann. Aus diesem Grund suchte er sich ein ruhiges Restaurant aus, das ›Zur Perserkatze‹ hieß.

Die einzigen anderen Gäste waren zwei ältere Frauenpaare, die Kaffee schlürften und rauchten; sie hatten neben sich am Boden Einkaufstaschen stehen. Tallon schaltete um, begab sich hinter die Augen einer der Frauen und sah sich eintreten und an einen freien Tisch setzen. Die Tische waren aus echtem Holz und mit Tischtüchern gedeckt, die aus echtem Leinen zu sein schienen.

Zwei große, graue Katzen schlichen zwischen den Stuhlbeinen herum. Tallon, der kein Katzenliebhaber war, bewegte sich unruhig und wünschte sich, ein Gast möge die Speisekarte zur Hand nehmen.

Das Essen war, als er es bekam, erstaunlich gut. Das Steak war so geschickt verarbeitet, daß Tallon keinerlei Fischgeschmack zu entdecken vermochte, und er vermutete, daß der Preis entsprechend hoch sein würde. Er aß hastig, plötzlich voll Ungeduld, wieder im Zug zu sitzen, schüttete den Kaffee hinunter und griff nach seinem Geld.

Die Brieftasche war verschwunden.

Tallon durchsuchte mechanisch seine Taschen, obwohl er schon wußte, daß sie gestohlen worden war, wahrscheinlich während der Fahrt mit der Fähre. Tallon verfluchte seine Sorglosigkeit. Die Lage war ernst, denn jetzt konnte er seine Zeche nicht bezahlen und später keine Fahrkarte kaufen.

Tallon saß vor seiner Tasse und entschied, daß das Restaurant kein schlechterer Ort war als irgendein anderer, wenn er schon anfangen mußte, Geld zu stehlen. Es schien nur eine Bedienung zu geben, die oft lange in der Küche blieb und die Registrierkasse in der Nähe des Eingangs unbeaufsichtigt ließ.

Zwei von den älteren Damen saßen noch immer im Lokal. Tallon wartete darauf, daß sie sich entfernten, und lockte eine der grauen Katzen zu sich heran. Er hob das schwere Tier auf seinen Schoß, versuchte es hinter den Ohren zu kraulen und schaltete das Sehgerät um, so daß er sich hinter den großen, gelben Augen befand.

Tallon fürchtete, die beiden anderen Gäste könnten bleiben, bis die nächsten kamen, und jede Chance zunichte machten, aber sie rafften endlich ihre Einkaufstaschen zusammen und läuteten nach der Rechnung. Zu Tallons Überraschung kam nicht die Kellnerin hinter dem Wandschirm hervor, sondern eine hochgewachsene, brünette Frau um die Dreißig mit schwarzer Hornbrille und in einem teueren Maßkostüm. Sie mußte entweder die Geschäftsführerin oder die Besitzerin sein.

Auf dem Rückweg von der Kasse blieb sie an seinem Tisch stehen. Er hob die fast leere Tasse an den Mund.

»Kann ich Ihnen noch etwas bringen?«

Tallon schüttelte den Kopf.

»Nichts, danke. Ihr Kaffee schmeckt ausgezeichnet.«

»Wie ich sehe, mögen Sie meine Katzen.«

»Sehr sogar«, schwindelte er. »Herrliche Wesen. Das hier ist ein besonders schöner Kater. Wie heißt er denn?«

»*Er* heißt Ethel.«

Tallon grinste verzweifelt und fragte sich, ob echte Katzenliebhaber Katzen und Kater auf einen Blick zu unterscheiden vermochten. Er konzentrierte sich darauf, Ethels Kopf zu streicheln, und die brünette Frau ging, nach einem argwöhnischen Blick, zum Wandschirm. Die kurze Begegnung hatte Tallon nervös gemacht, und er beschloß, keine Zeit mehr zu vergeuden. Er hob die Katze hoch und drehte sie im Kreis, um sich zu vergewissern, daß das Lokal leer war, dann ging er mit schnellen Schritten zur Kasse. Die altmodische Registrierkasse würde sicher Lärm machen, wenn er sie öffnete, deshalb schob er die Tür einen Spalt auf, um schnell entkommen zu können. Er drückte eine Taste und kramte fieberhaft eine Handvoll Scheine aus der Schublade.

»Häftling Samuel Tallon«, sagte eine Frauenstimme leise hinter ihm.

Tallon fuhr herum, die Katze unter dem Arm, und sah die elegant gekleidete brünette Frau. Ihre Augen hinter der schwarzen Hornbrille glitzerten berechnend. Sie zielte mit einer vergoldeten Pistole genau auf seine Brust.

11

Tallon lag auf dem Bett, in undurchdringlicher Dunkelheit, lauschte den nächtlichen Geräuschen und wartete auf Amanda Weisner.

Neben ihm schnüffelte und knurrte Seymour, sein Hund, im Schlaf auf den duftenden Laken, bewegte sich von Zeit zu Zeit und seufzte. Tallon streichelte das rauhe Haar des Terriers, spürte die Wärme in dem festen, kleinen Körper und war froh, daß er trotz Amandas Widerspruch darauf bestanden hatte, den Hund zu nehmen. Er griff nach seinen Zigaretten, zog die Hand aber wieder zurück. Eine Zigarette befriedigte nicht, wenn er den Rauch und die winzige rote Glut nicht sehen konnte. Er hätte Seymour wecken können, um seine Augen auszuborgen, aber das erschien ihm rücksichtslos.

Abgesehen von Seymours Gefühlen gab es praktische Gründe dafür, das Sehgerät nachts nicht zu benutzen. Der Vorschlag war eigentlich von Amanda gekommen, aber er hatte ihn sich zu eigen gemacht, weil dadurch die Batterie weniger beansprucht wurde. Während seiner ersten Woche in der ›Perserkatze‹ hatte es zweimal kurze Bildausfälle gegeben. Sie blieben aus, seitdem er das Gerät schonte. Deshalb nahm er die nächtliche Rückkehr zur Blindheit auf sich.

Er hörte die Hintertür des Restaurants in der Etage unter ihm aufgehen und zufallen. Das hieß, daß Amanda die Katzen für die Nacht hinausließ und bald ins Bett kommen würde. In ihr gemeinsames Bett. Tallon ballte die Faust und preßte sie an die Zähne.

Als er am ersten Tag die Pistole gesehen hatte, glaubte er, das Glück habe ihn im Stich gelassen; als er erfuhr, daß ihn Amanda nicht der E.L.S.P. übergeben würde, schien es wieder da zu sein. Nachdem er Amanda genauer kennengelernt hatte, begriff er, daß die erste Erkenntnis richtig gewesen war.

Sie sah auf etwas kantige Weise gut aus, und eine Spur von Männlichkeit wurde durch kurzgeschorene, schwarze Haare und die dicke Brille unterstrichen. Ihr Körper besaß eine schlangenhafte, straffe Schönheit, aber was Tallon faszinierte, war Amanda Weisners Gemüt. Obwohl es während dieser ersten Woche häufige sexuelle Begegnungen gegeben hatte, spürte er, daß sie ihr unwichtig waren. Sie hatte ihn geistig verschlungen.

Die Frage-und-Antwort-Spiele dehnten sich über Stunden aus und befaßten sich mit allen Einzelheiten seiner bisherigen Laufbahn, seines Lebens im Pavillon, der Flucht. Sie besaß ein außergewöhnlich gutes Gedächtnis und schien jede Tatsache registrieren und mit allen anderen vergleichen zu können, so daß früher oder später jede Lüge, jeder ehrliche Irrtum in seinen Antworten aufgedeckt und festgenagelt wurde.

Tallon vermochte nicht zu begreifen, was in ihr vorging; während sie beieinander lagen und sich bis tief in die Nacht hinein unterhielten, wußte er nur, daß er wieder in einem Gefängnis war.

Sie drohte ihm nie direkt mit der Polizei, ließ aber an seiner Lage keinen Zweifel bestehen. Innerhalb von zwei Wochen hatte er das Restaurant nicht verlassen, nicht einmal Amandas Wohnung. Seymour war das einzige Zugeständnis, das Tallon erreicht hatte, und auch das nur am Ende eines harten Willenskonflikts. Sie hatte ihm eine ihrer acht Katzen zur Benutzung ihrer Augen angeboten und nur starr gelächelt, als er sagte, er hasse Katzen.

»Das weiß ich, Sam«, hatte sie schmeichelnd erwidert. »Was glaubst du, weshalb du mir sofort aufgefallen bist, als du ins Lokal kamst? Ich weiß nicht, wer an dem Tag nervöser war – du oder Ethel. Katzenbesitzer sind nicht so leicht zu täuschen.«

Amanda hatte ihn kalt angestarrt, und als sie ihm schließlich den weißhaarigen Terrier brachte, deutete sie an, sie könne in Gegenwart ihrer Katzen nicht für seine Sicherheit garantieren. Tallon hatte den Hund dankbar angenommen und ihn aus einer Schwäche für Kalauer heraus Seymour getauft, gesprochen ›Seemore‹ – ›Sieh mehr‹. Seitdem war ein Stift am Sehgerät ständig für den Hund vorgesehen.

Das Sehgerät hatte Amanda fasziniert. Sie war, was die Konstruktionsgrundlagen anging, Tallon gefolgt, soweit sie konnte, und hatte das Gerät sogar selbst ausprobiert, so daß er stundenlang ohne es auskommen mußte, während sie die Welt ihrer Katzenfamilie erforschte. Wenn sie die Augen schloß, funktionierte das Gerät bei ihr richtig, nur verlor sie gelegentlich das Bild, weil sie in der Iris keine Metallstifte als Einstellregler besaß. Tallon war gezwungen gewesen, hilflos dazusitzen, während sie am Boden lag und das Sehgerät aufhatte. Er hörte die wispernden Geräusche, als ihr langer Körper sich ekstatisch auf dem dicken Teppich wand und winzige Katzenlaute aus ihrer schlanken Kehle drangen. Und er konnte nichts tun, als die Faust zu ballen und die Knöchel hart auf die Zähne zu pressen . . .

Die Schlafzimmertür ging auf, und er hörte Amanda hereinkommen.

»Schläfst du schon, Liebling?«

»Nein. Ich gebe mir aber Mühe.«

Tallon lauschte dem schwachen Knistern statischer Elektrizität in ihrer Kleidung, als sie sich auszog. Wenn sie nur eine Nacht ohne die unerträglichen Ansprüche der Liebe vorübergehen ließe, hätte die Beziehung erträglich sein können. Seit seiner nächtlichen Rückkehr zur Blindheit war sie noch wilder, noch fordernder geworden. Er vermutete, daß seine Hilflosigkeit irgendein psychologisches Bedürfnis in ihr befriedigte.

»Liebling, hast du schon wieder den schmutzigen Hund neben dir?«

»Seymour ist nicht schmutzig.«

»Wie du meinst, Liebling, aber gehört er in unser Bett?«

Tallon seufzte, als er den Hund auf den Boden stellte.

»Ich habe Seymour gern um mich. Besitze ich hier gar keine Rechte?«

»Welche Rechte hast du im Pavillon gehabt, Liebling?«

Verstanden, dachte Tallon. Wie habe ich das nur angestellt? Wieso habe ich mir, aus einer Million oder mehr Einwohner in Sweetwell, ausgerechnet Amanda Weisner ausgesucht? Aber ich habe ja überall, wohin ich kam, die Amandas gefunden, dachte er düster. Wie ist es gekommen, daß ich als Physiker begonnen habe, um am Ende für den Block tätig zu sein? Wieso habe ich aus all den sicheren Stellungen, die sich boten, die eine herausgesucht, die mich genau zur falschen Zeit an den falschen Ort führen mußte?

Die Nacht war sehr warm, da sich der Frühling am südlichen Ende des langen Kontinents früh eingestellt hatte. Während die Stunden vergingen, versuchte sich Tallon von dem körperlichen Duell mit Amanda freizumachen, indem er seinen Geist hochschweben ließ, dorthin, wo er die langsame Drehung fremder Sternbilder würde sehen können. Draußen in der Gasse hinter dem Lokal streunten und sprangen die großen Katzen, genau wie ihre Vorfahren auf der Erde es schon immer gemacht hatten, erzählten einander klagende Katzenmythen, um das Fehlen des

Mondes zu erklären, der tausend Jahrhunderte lang ihre Augen vergoldet hatte.

Gelegentlich gab es lautere Schreie, wenn Männchen und Weibchen wild zusammentrafen, einem Instinkt gehorchend, der älter war als der Mond und so universell wie die Materie. Tallon erkannte langsam, daß Amandas Körper immer wieder auf die wilden Ausbrüche reagierte, und er fühlte, wie sein Denken auf mächtigen Wellen des Ekels fortgetragen wurde. Wenn er sie verließ, würde sie zur Polizei gehen – das stand für ihn fest. Er konnte sie töten, aber die Angestellten in ihrem Restaurant würden ihre Abwesenheit binnen Stunden bemerken. Und trotzdem mußte er die Möglichkeit bedenken, daß sie sich bald mit ihm langweilen und ihn der Polizei übergeben mochte, gleichgültig, was er tat.

Tallon bewegte sich ruhelos in der Dunkelheit, streifte Amandas Gesicht mit der Hand und berührte glatten Kunststoff, die Ränder winziger Vorsprünge. Augenblicklich erstarrten ihre beiden Körper.

»Was war das?« Er sprach leise, um die eisige Ahnung in seinem Gehirn zu verbergen.

»Was war was, Liebling? Du meinst meine alberne Brille? Ich hatte vergessen, daß ich sie noch aufhabe.«

Tallon bedachte kurz die Worte, tat so, als entspanne er sich, und riß ihr dann plötzlich das Sehgerät vom Gesicht, um es an das seine zu halten. Er warf einen kurzen Blick auf den nächtlichen Dschungel, in dem sich die großen Katzen bewegten, dann wurde ihm das Sehgerät wieder entrissen.

Amanda miaute vor Zorn, stürzte sich auf ihn und gebrauchte Krallen und Zähne so natürlich und geschickt wie eine ihrer Katzen. Tallon wurde von seiner Blindheit ebenso behindert wie von der Angst, das Sehgerät, das neben ihnen auf das Bett gefallen war, zu zerbrechen.

Er ertrug stoisch das Zerfetzen seiner Haut, tastete nach dem Sehgerät und legte es unter das Bett. Dann überwältigte er Amanda, indem er sie mit der linken Hand an der Kehle packte und mit der Rechten langsam und rhythmisch auf ihr Gesicht einhieb. Selbst als sie schon erschlafft war, schlug er noch auf sie ein.

Zehn Minuten später öffnete Tallon die Eingangstür der ›Perserkatze‹ und trat hinaus auf die Straße. Er entfernte sich mit schnellen Schritten, den frischgefüllten Sack auf dem Rücken, Seymour, der sich schläfrig wand, unter dem Arm. Es blieben noch etwa fünf Stunden Dunkelheit, in denen er weiter nach Norden gehen konnte, aber er hatte das Gefühl, daß die Jagd lange vor Tageslicht beginnen würde.

12

Tallon ließ die Außenbezirke der Stadt hinter sich, als er das einsame Geklapper eines einzelnen Hubschraubers hörte. Seine Positionslichter schwebten über den Himmel, hoch oben im Grau der beginnenden Morgendämmerung. Tallon hob Seymours Kopf hoch und sah das Lichtpünktchen hinter dem nördlichen Horizont verschwinden. Amanda hat keine Zeit verloren, dachte er. Jetzt, da jeder Hoffnungsschimmer verflogen war, er könnte nicht der Polizei gemeldet worden sein, begann er sich nach einem sicheren Ort umzusehen, wo er den kommenden Tag wartend verbringen konnte. Er lief auf einer Autostraße zweiter Klasse dahin, die an einer Seite mit hiesigen Bäumen, an der anderen mit verkümmerten Palmen bewachsen war. Zu dieser Zeit war der morgendliche Verkehr auf vereinzelte Privatautos beschränkt, die vorbeirasten und Staub und vertrocknetes Laub aufwirbelten.

Tallon hielt sich nah an die Bäume und versteckte sich jedesmal, wenn er Scheinwerfer sah. Er suchte die stillen Gebäude nach einem zum Schlafen geeigneten Ort ab. Als er Sweetwell hinter sich ließ, traten an die Stelle der sauberen Gartenfabriken mit der Zeit kleine Appartementblocks und schließlich Privatvillen in der höheren Einkommensklasse. Die gepflegten Rasenflächen schimmerten im Licht der Motorstraße. Mehrmals beim Gehen schien sich das Bild seiner Umgebung ein wenig zu trüben, und er flüsterte scharf mit Seymour, um ihn wachzuhalten. Schließlich mußte er sich jedoch eingestehen, daß der Defekt im Sehgerät lag. Er berührte den winzigen Schiebeknopf zur Stärkeregelung und entdeckte zu seinem Entsetzen, daß er schon fast am Anschlag war. Es sah so aus, als sei die Beschädigung der Batterie von fortschreitender Art, und in diesem Fall ...

Tallon schob den Gedanken weg und konzentrierte sich darauf, einen Ort zu finden, wo er den Tag verbringen konnte. Lichter leuchteten in Fenstern auf, als er hinter einem der größeren Wohngebäude einen unkrautüberwucherten Schuppen fand und die Tür öffnete. Die Dunkelheit im Schuppen war erfüllt von dem heimweherregenden Geruch trockener Erde, von Gartengeräten und Maschinenöl. Tallon ließ sich in einer Ecke nieder und besichtigte seine neuen Habseligkeiten. Er hatte Amanda Weisners vergoldete Pistole, genug Nahrungsmittel für einige Tage, ein Bündel Geldscheine und ein Radiogerät. Später am Tag, als er das Sehgerät abgeschaltet hatte und in seinem privaten Universum der Schwärze lag, konnte er die ersten Nachrichtensendungen empfangen.

Häftling Samuel Tallon, so erfuhr er, lebte noch und hatte die Stadt Sweetwell erreicht. Tallon, der überführt worden war, für die imperialistische Erde spioniert zu haben, hatte sich mit Gewalt Zutritt zu einem Restaurant in Sweetwell verschafft, die Besitzerin überfallen und vergewaltigt und war dann mit fast ihrem ganzen Barbesitz verschwunden. Man könne jetzt bestätigen, daß der entflohene Häftling, obgleich blind, mit einem radarähnlichen Gerät ausgerüstet sei, das ihm zu sehen ermögliche. Er wurde als bewaffnet und gefährlich beschrieben.

Tallon lächelte schief. Das mit der Vergewaltigung, ausgerechnet von Amanda, war besonders gut. Er schlief ein und konnte fast den ganzen Tag dösen. Er wurde erst hellwach, als Seymour durch leises Knurren ankündigte, daß draußen Leute umhergingen. Niemand betrat den Schuppen, und nach einer Weile dachte Tallon nicht mehr darüber nach, was er tun würde, wenn ihn jemand fand.

Als es dämmerte, griff er nach Seymour und dem Sack und öffnete vorsichtig die Tür. In dem Augenblick, wo er hinaustreten wollte, fuhr eine große, pflaumenblaue Limousine die kurze Auffahrt herauf und kam vor dem Haus zum Stehen. Ein dicker junger Mann stieg aus, die Jacke über dem Arm, und winkte einer

Person im Haus zu, die Tallon nicht sehen konnte. Der junge Mann ging zum Eingang, blieb vor einem Beet blaßblauer Sing-Blumen stehen und kniete nieder, um eine Unkrautpflanze herauszuzupfen. Bei seiner Berührung begannen die Blumen ein melodisches, trauriges Summen, das im dunklen Schuppen deutlich vernehmbar war.

Die Sing-Blumen waren eine einheimische Gattung, die sich von Insekten nährten und das klagende Summgeräusch dazu benutzten, ihre Opfer anzulocken oder einzulullen. Tallon hatte sie nie gemocht. Er lauschte einen Augenblick lang und hielt Seymours Auge an den schmalen Türspalt. Der feiste Mann entdeckte noch ein paar Unkrautpflanzen und entwurzelte sie, dann ging er mit wütendem Murmeln zum Schuppen. Tallon zog die Pistole aus der Tasche, drehte sie um und wartete, als die knirschenden Schritte vor der Tür haltmachten.

Er spannte die Muskeln an, als sich die Türklinke bewegte.

»Gilbert«, rief eine Frauenstimme vom Haus her. »Zieh dich um, wenn du Gartenarbeit machen willst. Du hast es versprochen.«

Der Mann zögerte zwei oder drei Sekunden, bevor er umkehrte und zum Haus zurückging. Als er es betreten hatte, glitt Tallon aus dem Schuppen und machte sich wieder auf den Weg.

Er hielt es vier Tage durch, nachts kurze Strecken zurückzulegen und sich tagsüber zu verstecken, aber das Nachlassen der Leistung des Sehgeräts war unverkennbar. Am Ende der vierten Nacht war das Bild so schwach, daß er mit der Sonar-Lampe beinahe besser bedient gewesen wäre. Sein Name war allmählich aus den Nachrichten verschwunden, und bislang hatte er noch keinen Angehörigen der E.L.S.P. oder der gewöhnlichen Polizei gesehen. Er beschloß, wieder tagsüber zu marschieren.

Da Tallon den Planeten nun vom Standpunkt eines Fußgängers aus sah, wurde ihm wie nie zuvor Emm Luthers dringender Bedarf an Raum bewußt. Die Bevölkerungsdichte war zwar nicht übermäßig hoch, aber völlig gleichmäßig verteilt – die Siedlungen, unterbrochen von Handels- und Industriezentren, zogen sich endlos dahin und füllten jeden Quadratkilometer ebenen Landes aus, den der Kontinent zu bieten hatte. Erst dort, wo das Hochland in steile, feindselige Berghänge überging, wichen die Wellen sauberer Fertigbauhäuser zurück. In den hohen Grenzlandgebieten unternahm man Versuche zur Bodenbearbeitung, aber der eigentliche Farmbereich des Planeten war der Ozean.

Tallon hatte nahezu hundert Meilen zurückgelegt, als ihm klar wurde, daß er vielleicht noch zwei Tage würde sehen können – und das auch noch schlecht. Dann würde er wieder blind sein. Dabei hatte er noch immer 700 Meilen vor sich.

Der einzige schwache Hoffnungsstrahl war, daß der Block inzwischen von seiner Flucht wissen mußte. Alle Angehörigen der Organisation würden nach ihm Ausschau halten, aber auf Emm Luther war sie nie stark gewesen. Neu-Wittenburg war der einzige Zugangsort, und die E.L.S.P. überwachte automatisch jeden Erdenbürger, der sich auf Emm Luther niederließ. Es war durchaus möglich, daß in diesem Augenblick gute Agenten gefaßt wurden, während sie ihre Deckung aufgaben, um Tallon abzufangen zu versuchen. Er beschloß, noch einen Tag auf den Straßen zu bleiben und sich wieder auf den Weg zur Eisenbahn zu machen.

Der nächste Tag verlief ohne Zwischenfall. Tallon war sich bewußt, daß keine der Nachrichtenmeldungen eine ausreichende Beschreibung des Sehgeräts gegeben hatte, obgleich Amanda in der Lage gewesen sein mußte, sie zu liefern. Er vermutete, daß Zensur am Werk war, vielleicht, um einen offiziellen Skandal angesichts der Tatsache zu vermeiden, daß man gefährlichen politischen Gefangenen die Mittel verschafft hatte, hochkomplizierte künstliche Augen herzustellen. Er ahnte, daß Helen Juste in Schwierigkeiten sein mochte, aber für Tallon war die Hauptsache, daß die Allgemeinheit keine Ahnung hatte, wonach man suchte. Jeder, der soviel Interesse aufbrachte, nach einem Mann mit ›radarähnlichem Gerät‹ Ausschau zu halten, würde wahrscheinlich damit rechnen, ihn mit einem schwarzen Kasten und einer rotierenden Antenne auf dem Kopf zu erblicken. Brillen dagegen waren ein gewohnter Anblick, da sie durch Kontaktlinsen nie ganz zu ersetzen gewesen waren, und Tallon verschmolz in seiner staubigen, anonymen Uniform beinahe mit jedem Hintergrund. Sein unauffälliges Aussehen war einer seiner großen Vorzüge im Dienst des Blocks gewesen.

Der folgende Tag war etwas kälter, und es regnete ein bißchen, zum erstenmal seit Tallons Verhaftung. Sein Weg hatte ihn nie weit von der an der Küste verlaufenden Eisenbahn fortgeführt, und nun machte er sich wieder auf den Weg zum Meer. Am späten Nachmittag sah er das Meer und kurz danach das Glänzen von Eisenbahngleisen.

Er bog wieder nach Norden ab, wo er den nächsten Bahnhof vermutete, und näherte sich dem ersten wirklich großen Industriekomplex, den er auf seiner Reise gesehen hatte. Hinter einer hohen Mauer erstreckten sich die Sägezahndächer der Fabrikgebäude fast eine Weile weit in die zunehmende Abenddämmerung, bevor sie an den schimmernden Fensterreihen eines Konstruktions- und Verwaltungsblocks endeten. Das Brausen mächtiger Klimaanlagen drang zu Tallon, als er am Zaun entlangging, verwundert über den Gegensatz zwischen dieser riesigen Industrieanlage und den typischen Familienbetrieben, wie sie auf Emm Luther vorherrschten. Mehrere dunkelgrüne Lastwagen fuhren vorbei, wurden langsamer und rollten hundert Meter weiter durch eine hellbeleuchtete und bewachte Einfahrt. Tallon entdeckte das Buch-und-Stern-Emblem, das die Anlage als Eigentum des Staates kennzeichnete.

Er begann zu begreifen. Der riesige, lärmende Komplex war einer der Faktoren, die ihn in seine jetzige Lage gebracht hatten. Er war Teil der Kette von Staatsfabriken, die dem Planeten ihre technologische Elite für ein massives Produktionsprogramm von interstellaren Sonden wegnahmen.

Hier wurden Bauteile für die ungeheuer kostspieligen Roboter-Raumschiffe hergestellt, die jahraus, jahrein alle fünfundfünzig Sekunden auf Emm Luther gestartet wurden. Über eine halbe Million Sonden im Jahr – so viele, wie auch die Erde selbst herstellte – wurden zu offenen Sprüngen gestartet und nahmen damit das sich daraus ergebende Schicksal einsamer Flacker-Übergänge auf sich. Der Planet hatte sich mit dieser Anstrengung weißgeblutet, aber das Ergebnis war eine neue Welt gewesen.

Jetzt stellten sich die Fabriken auf die schnelle Herstellung all dessen um, was gebraucht wurde, um Ha Mühlenberg zu einer gut funktionierenden Sache zu machen. Die Landfläche der neuen Welt war noch geheim, aber wenn Emm Luther auf jede Quadratmeile zwei Siedler mit dem erforderlichen Nachschubmaterial setzen konnte, bevor irgendeine andere Macht sich dort niederzulassen vermochte, würde ihm nach dem interstellaren Gesetz der ganze Planet gehören.

Das Polizeiauto fuhr langsam, beinahe schläfrig, als es an Tallon vorbeikam. Vorne saßen zwei uniformierte Beamte, hinten zwei in Zivil. Sie rauchten mit friedlicher Konzentration Zigaretten, und Tallon konnte erkennen, daß sie bedauerten, ihn gesehen zu haben, weil das Fahrzeug erst nach einigem Zögern hielt. Sie stiegen beinahe widerstrebend aus und gingen auf ihn zu – vier Kleinstadt-Polizisten, die damit rechnen mußten, daß ihr Abendessen kalt wurde, wenn dieser staubige Fremde sich als der Mann erwies, nach dem sie zu suchen hatten.

Tallon bedauerte es auch. Er sah die lange, eintönige Straße hinunter, duckte sich und lief auf den Fabrikeingang zu. Er lag zwanzig Meter vor ihm, so daß er ein paar Sekunden auf die Polizisten zulaufen mußte. Sie gingen etwas schneller und sahen einander an, dann stießen sie überraschte Rufe aus, als Tallon durch den Eingang rannte und über den Teerplatz zum nächsten Gebäude stürmte. Behindert vom Sack und dem sich wehrenden Hund, konnte Tallon nur ungeschickt laufen, und er war überrascht, als er die hohen Türen sicher erreichte. Er zwängte sich durch die enge Öffnung, blickte zum Tor zurück und sah, daß die Leute vom Werkdienst mit den Polizeibeamten diskutierten.

In dem riesigen, hangarartigen Raum enthielten Reihen von Lagerregalen gelbe Plastikzylinder, hermetisch versiegelte Transitbehälter für elektronische Geräte. Tallon lief einen Gang entlang, bog in eine der schmaleren Querpassagen ein und kletterte auf ein Regal, wo er sich zwischen den Zylindern niederließ. Soweit er es beurteilen konnte, war niemand in der Halle gewesen, als er hereingekommen war. Er zog die Pistole heraus und umfaßte den Kolben, als ihm plötzlich zum Bewußtsein kam, wie nutzlos die Waffe für einen Mann mit seiner speziellen Behinderung war.

Als das Hämmern in seinem Brustkorb nachließ, überdachte er seine Lage. Niemand war bis jetzt in das Gebäude gekommen, aber das lag vermutlich daran, daß sie es umstellten. Je länger er wartete, desto geringer wurde die Aussicht, wieder hinauszukommen. Tallon sprang von dem Metallgestell und lief zur anderen Seite hinüber. Es war fast dunkel, aber er konnte sehen, daß die Wände des Gebäudes durchwegs aus einander überlappenden Schiebetüren-Systemen bestanden. In jedem der hohen Torflügel gab es eine normal große Tür, was bedeutete, daß er überall hinauskonnte – vorausgesetzt, er benutzte einen Ausgang, vor dem nicht schon jemand wartete.

Er eilte zu einer der kleinen Türen, zögerte einen Augenblick und schob sie langsam auf. Es gab einen tonlosen, harten Knall, und etwas Heißes pflügte über seine Schultern. Tallon sprang von der Tür zurück, in der sich jetzt ein kreisrundes Loch mit Metallzunge befand. Seymour jaulte vor Angst und scharrte mit den Vorderpfoten an Tallons Rippen, während draußen die rauhen Schreie erschreckter Seevögel das Echo des Schusses übertönten.

Falsche Tür, dachte Tallon verspätet. Er rannte zum Ende des Gebäudes und packte eine Türklinke, zog die Tür aber nicht auf. Die unsichtbare Person, die auf ihn geschossen hatte, rechnete vermutlich damit, daß er es an den Giebelwandtüren noch einmal versuchen würde. Sie mochte jetzt gerade vor dieser Tür stehen. Tallon ging an der Giebelwand entlang zu einer anderen Tür, begriff jedoch, daß seine Gegner auch mit diesem Manöver rechnen würden. Er konnte zur ersten Tür zurückkehren, aber inzwischen verflogen wertvolle Sekunden, während er sich Ratespielen hingab; Verstärkungen würden unterwegs sein, und alle Vorteile waren auf ihrer Seite. Er konnte nicht einmal sehen, um auf sie zu schießen, weil er die Augen eines –

Natürlich!

Tallons Finger flogen über die Wählstifte des Sehgeräts. Beim fünften Versuch war er im Freien und flog durch die dunkelnde Luft, während unter ihm die undeutlichen Gestalten zweier Männer an der vieltürigen Giebelwand entlanggingen. Seine spiralenförmig verlaufende Flucht führte ihn höher . . . ein Blick die

Seite entlang ... noch mehr laufende Figuren ... ein schwindelnder, rasender Abstieg ... eine andere Wand desselben Gebäudes ... kleine Lastautos davor, aber keine Männer zu sehen ...

Tallon schaltete wieder auf Seymours Augen um, orientierte sich und lief zur näheren Wand. Er stürmte aus einer Tür, lief zwischen leeren Lastwagen hindurch, überquerte eine Straße und rannte in ein Gebäude, ähnlich dem, das er verlassen hatte. Hier gab es auch endlose Regalreihen, aber die Halle war strahlend hell, und Hubstapler surrten in mehreren Zwischengängen dahin. Tallon zwang sich, langsam durch die Halle zu gehen. Keiner der Staplerfahrer schien ihn zu bemerken, und er erreichte die andere Seite ohne Schwierigkeiten und trat in die kühle Abendluft hinaus.

Das nächste Gebäude war so verlassen wie das erste. Als er es verließ, schätzte Tallon, daß er vom Mittelpunkt der Aktivität weit genug entfernt war, um seine Deckung aufgeben zu können. Er ging durch die Zwischenstraße, fort von der vorderen Umgrenzung der Industrieanlage. An der Ecke lieferte ihm das nachlassende Sehgerät die verschwommene Ansicht von verstreuten kleinen Gebäuden, Lagern, Kränen, Pylonen, Lampen. Im Nordwesten ragten die gewölbten Schnauzen von zwei Hochöfen in den indigoblauen Himmel. Fabriksirenen heulten, große Türen wurden zugeschlagen, Fahrzeuge mit grellen Scheinwerfern strömten zu den Ausgängen.

Tallon begriff, daß er von Glück sagen konnte, den weitläufigen industriellen Alptraum vor sich gehabt zu haben, als er gezwungen war, zu fliehen. Er wurde sich bewußt, daß ein warmes Blutrinnsal an seinem Rücken herabrann, er bemerkte, daß seine Beine unter ihm einknickten und er der Blindheit nahe war.

Es ist wohl am besten, wenn ich mich stelle, dachte Tallon – aufgegeben habe ich mich schon.

Er durchquerte das Fabrikgelände, taumelte ein wenig, lehnte sich an Mauern, wenn es zu anstrengend wurde. Tallon wußte, daß er für jeden Beobachter ein absurdes Bild bieten mußte, aber zwei Dinge begünstigten ihn: In großen, staatseigenen Unternehmen neigen die Angestellten dazu, nur zu sehen, was mit ihrer eigenen Tätigkeit zusammenhängt, und am Ende einer Schicht sehen sie noch weniger.

Eine oder zwei Stunden vergingen, dann sah er sich in der Nähe der riesigen Hochöfen. Er wußte, daß er sich bald hinlegen mußte, als er über gefährlich rutschende Brennstoffhügel kletterte und die Rückseite der Öfen erreichte, auf der Suche nach Wärme. Der Zaun an der Rückseite des Geländes ragte über wild wucherndem Unkraut empor. Tallon schätzte, daß er sich von den nach ihm suchenden Polizisten so weit wie nur irgend möglich entfernt hatte, und hielt Ausschau nach einem Ruheplatz.

Zwischen Hochöfen und Zaun wuchsen die Kletterpflanzen und Gräser über wirren Haufen von Packkisten und rostenden Metallrahmen, die wie demontierte Setzmaschinen aussahen. Die gewaltigen Feuer in den Keramiköfen waren gedämpft, aber die Hitze aus den Schornsteinen wärmte die ganze Umgebung. Tallon untersuchte mehrere der überwachsenden Schrotthaufen, bevor er eine Öffnung fand, die groß genug zum Verstecken war. Er kroch erschöpft in das schmutzige, kleine Loch und zog einen Tarnschirm von Gräsern vor den Eingang.

Er tastete herum und entdeckte, daß er sich in dem engen Raum in ganzer Länge ausstrecken konnte. Er streckte vorsichtig die Hand aus und fand einen Tunnel, der in die Mitte des Haufens führte, mit Decke und Wänden aus Eisenteilen und alten Brettern. Tallon zwängte sich etwas weiter hinein, dann wurde die Anstrengung zu groß. Er befreite sich von dem Sack auf seinem Rücken, legte den Kopf darauf, schaltete das Sehgerät ab und ließ zu, daß das ganze stinkende Universum davonkippte.

»Bruder«, sagte eine Stimme in der wallenden Dunkelheit, »du hast dich noch nicht vorgestellt.«

Sie waren zu viert – Ike, Lefty, Phil und Denver.

Die große Attraktion, erklärte Ike, sei die Hitze. In jeder menschlichen Gesellschaft gebe es ein paar Leute, die es nicht schaffen könnten, die weder den Willen zur Arbeit noch die Kraft besäßen, sich zu nehmen, was sie brauchten. Deshalb lebten sie von den Brocken, die von den Tischen der Reichen fielen. Man finde immer einige von ihnen an den wenigen Orten, wo ein oder mehrere lebenswichtige Dinge zu erhalten seien, indem man einfach die Hand ausstrecke und warte. Hier gab es die fallenden Brocken Wärme, die in einer langen Winternacht den Unterschied zwischen Schlaf und Tod ausmachten.

»Du meinst, ihr seid Landstreicher«, sagte Tallon schläfrig.

»Das ist grob ausgedrückt«, erwiderte Ike mit seiner dünnen, nasalen Stimme. »Hast du noch was von dem herrlichen alten Brot? Naturtoast nenne ich es.«

»Ich weiß nicht.« Tallons Rücken hatte zu schmerzen begonnen und er wollte schlafen. »Wie soll ich das im Dunkeln eigentlich feststellen?«

Ikes Stimme klang verwirrt.

»Aber, Bruder, wir haben doch unsere Lumi-Lampe. Kannst du nicht in deinem Sack nachsehen? Wir haben Hunger. Deine neuen Freunde haben Hunger.«

»Tut mir leid, neuer Freund, aber ich bin zu müde, und wenn ich nicht zu müde wäre, käme es auch nicht darauf an, weil« – Tallon nahm die Anstrengung auf sich – »ich blind bin.« Es war das erstemal, daß er es einem anderen Menschen gegenüber ausgesprochen hatte.

»Das tut mir leid«, sagte Ike. Sein Bedauern klang echt. Es blieb lange Zeit still, dann sagte er: »Darf ich dich etwas fragen, Bruder?«

»Was denn?«

»Die dicke, graue Brille, die du da trägst – seit wann tragen Blinde dicke, graue Brillen? Was nützt sie einem, wenn man keine Augen hat?«

Tallon hob den Kopf ein paar Zentimeter.

»Wie meinst du das?«

»Ich meine, was hat es für einen Sinn, eine – «

»Nein!« unterbrach ihn Tallon. »Was hast du gemeint, als du gesagt hast, seit wann Blinde dicke, graue Brillen tragen?«

»Na ja, Bruder, das ist schon die zweite, die ich in dieser Woche sehe. Ungefähr zehn Meilen nördlich von hier ist der Privatbesitz eines sehr reichen Mannes, der blind ist. Denver und ich klettern oft über die Mauer, weil wir gern Obst mögen. Die

Obstbäume dort sind überladen, und es ist eine Schande, sie nicht um ihre Bürde zu erleichtern. Hunde gibt es natürlich auch, aber –«

»Die Brille«, unterbrach ihn Tallon. »Was ist mit der Brille?«

»Genau, Bruder. Wir haben den blinden Mann diese Woche gesehen. Er ging im Obstgarten herum und hatte eine Brille auf wie du. Übrigens, wenn ich es mir jetzt so überlege, ging er wie jemand, der sieht!«

Tallon fühlte, wie die Erregung in ihm hochflutete.

»Wie heißt er?«

»Hab' ich vergessen«, gab Ike zurück. »Ich weiß, daß er angeblich mit dem Moderator verwandt sein soll und daß er Mathematiker oder dergleichen ist. Aber an seinen Namen kann ich mich nicht erinnern.«

»Er heißt Carl Juste«, sagte Denver eifrig.

»Warum fragst du, Bruder?« Ike kicherte. »Hast du gedacht, er wäre ein Freund von dir?«

»Nicht direkt«, sagte Tallon kühl. »Ich bin eher ein Freund der Familie.«

13

Ikes Preis dafür, sich als Führer zur Verfügung zu stellen, betrug hundert Stunden.

Die Zahl schockierte Tallon ein wenig. In seinen zwei Jahren auf Emm Luther hatte er sich an die radikale ›Fiskaldemokratie‹ gewöhnt, die von der Regierung kurz nach der Machtübernahme 2168 eingeführt worden war. Die ursprüngliche und reinste Form verlangte, daß für jede Stunde, die jemand arbeitete, ohne Rücksicht auf seine Tätigkeit eine Währungseinheit bezahlt werden sollte, die man ›eine Stunde‹ nannte. Sie wurde, wie die lutheranische Uhr, in hundert Minuten eingeteilt; die kleinste Einheit war das Viertel – ein Viertel einer Minute oder fünfundzwanzig Sekunden.

Als der Aufstand, der zur Beendigung des Mandats der Erde

geführt hatte, beendet gewesen war, hatte es der Weltliche Moderator für erforderlich gehalten, das System beträchtlich zu verändern. Komplizierte Zusatzklauseln waren eingeführt worden, die zuließen, daß jene, die ihren Beitrag zur Wirtschaft durch Weiterbildung steigerten, mehr als eine Stunde pro Stunde bezahlt bekommen konnten. Die absolute Spitze war jedoch ein Faktor von Drei, weshalb es auf Emm Luther verhältnismäßig wenige große Privatunternehmen gab – der Anreiz war begrenzt, wie es den Absichten des Moderators entsprach.

Um zum Faktor Drei zu gelangen, mußte man die höchste berufliche Qualifikation besitzen und sie in seiner Stellung auch anwenden – trotzdem verlangte ein Landstreicher namens Ike, was Tallon bescheiden als Faktor Zehn einstufte.

»Du weißt, daß das unmoralisch ist«, sagte Tallon, während er sich überlegte, ob er überhaupt so viel Geld besaß. Er hatte vergessen, das in der ›Perserkatze‹ gestohlene Geld zu zählen.

»Nicht so unmoralisch, als wenn ich das Geld genommen hätte, während du schliefst, und damit verschwunden wäre.«

»Offensichtlich hast du nachgesehen, ob ich das Geld habe. Nur interessehalber, wieviel ist es denn?«

Ike versuchte, verlegen zu wirken.

»Ungefähr neunzig Stunden.«

»Wie soll ich dann hundert bezahlen?«

»Tja – da ist noch das Radiogerät.«

Tallon lachte auf. Er mußte sich noch glücklich schätzen. Er war blind, und die Wunde an seinen Schultern ließ seinen Körper jedesmal vor Schmerz erstarren, wenn er sich bewegte. Die vier Landstreicher hätten ihn während der Nacht berauben können; es war sogar erstaunlich, daß sie überhaupt bereit waren, für sein Geld etwas zu leisten.

»Warum wollt ihr mir helfen? Wißt ihr, wer ich bin?«

»Ich weiß nur, Bruder, was ich an deinem Akzent erkenne«, sagte Ike. »Du bist von der Erde, und wir sind es auch. Das war eine schöne Welt hier, bis dieser Haufen bibelschwingender Heuchler das Kommando übernommen und es einem unmöglich gemacht hat, für ehrliche Arbeit ehrlichen Lohn zu bekommen.«

»Was hast du gearbeitet?«

»Nichts, Bruder. Gesundheitliche Gründe. Aber es macht ja nichts, oder? Hätte ich gearbeitet, dann wäre ich nicht in guten, ehrlichen Solaren ausbezahlt worden, oder? Denver verkaufte früher Splitter vom wahren Kreuz –«

»Bis sie seine Fabrik geschlossen haben, nehme ich an.« Tallon wurde ungeduldig. »Wann kannst du mich zu Justes Landsitz bringen?«

»Tja, wir müssen uns hier noch den ganzen Tag verstecken. Wenn es dunkel ist, schaffen wir dich durch den Zaun. Dann heißt es nur noch: marschieren. Wir können natürlich nicht über die Boulevards schlendern, aber vor Tagesanbruch sind wir dort.«

Vor Tagesanbruch, dachte Tallon; oder, wenn er sein Sehgerät nicht von Carl Juste zurückholen konnte, vor der endgültigen Nacht. Er fragte sich, ob der Mann, der es besaß, Helen Justes Vater oder Bruder war.

»Also gut«, sagte er. »Du kannst dir das Geld nehmen.«

»Danke, Bruder. Ich habe es schon.«

Auf Tallons Bitte erlaubte ihm Ike, den Nachtmarsch mit abgeschaltetem Sehgerät zu machen, damit er den letzten Schimmer für das aufsparen konnte, was ihn erwartete, wenn er den Landsitz erreichte. Nur Ike und Denver begleiteten ihn, und jeder ergriff einen Arm Tallons.

Als sie ihn durch eine unkrautüberwachsene Lücke im Zaun hinaus- und zu den stillen Straßen führten, fragte er sich, wie ihre Gattung die Jahrhunderte unverändert hatte überdauern können. Die fortlaufende Entwicklung der Zivilisation schien sie nicht berührt zu haben; sie lebten und starben nicht anders als Vagabunden in uralter Zeit.

»Was macht ihr übrigens mit dem ganzen Geld?« fragte Tallon.

»Lebensmittel kaufen, versteht sich.« Ikes Stimme klang erstaunt.

»Und wenn es zu Ende ist? Was dann?«

»Ich komme schon durch.«

»Ohne Arbeit«, fragte Tallon. »Wäre es nicht einfacher, Arbeit anzunehmen?«

»Natürlich wäre es einfacher, Bruder, aber ich verstoße nicht gegen meine Grundsätze.«

»Grundsätze!« Tallon lachte.

»Ja, Grundsätze. Es ist schlimm genug, daß man keine ehrlichen Solare bezahlt bekommt, aber das verrückte System macht es noch ärger.«

»Wieso? Ich halte das für eine vernünftige Idee.«

»Ich wundere mich über dich, Bruder. Die Faktorenerhöhung selbst ist kein schlechter Gedanke, aber sie wenden sie verkehrt an.«

»Verkehrt?« Tallon wußte nicht genau, ob Ike sich einen Spaß erlaubte.

»Genau das.« Ike machte keine Witze. »Auf der Erde kommt es auch vor. Nimm zum Beispiel einen Chirurgen. Der Mann will Chirurg sein – er möchte nichts anderes auf der Welt machen – und trotzdem bekommt er zehn- oder zwanzigmal soviel bezahlt wie irgendein armer Kerl, der seine Arbeit haßt. Es ist nicht richtig, daß jemand wie – wie heißt der Oberste auf der Erde zur Zeit?«

»Caldwell Dubois«, erwiderte Tallon.

»Nun, er ist gern an der Spitze, warum soll er dann um so viel mehr Geld bekommen als jemand, der eine Maschine bedienen muß, deren Anblick er haßt? Nein, Bruder, es sollte jedes Jahr eine psychologische Inspektion bei allen geben, die arbeiten. Wenn sich zeigt, daß jemand an seiner Arbeit Spaß hat, sollte die Entlohnung gekürzt werden, und das würde zusätzliches Geld für einen anderen freimachen, der seine Arbeit ein bißchen mehr haßt als im Vorjahr.«

»Ich werde Ihre Gedanken an Caldwell Dubois weitergeben, wenn ich ihn das nächstemal sehe.«

»Da haben wir es aber mit einer richtigen Berühmtheit zu tun«, sagte Denver. »Nachdem er bei den Justes einen Sherry genommen hat, fährt er zum Abendessen zum Präsidenten der Erde.«

»Um auf die Grundsätze zurückzukommen«, sagte Tallon zu Ike, »würden die dir erlauben, mir ein bißchen Geld für die Eisenbahn zurückzugeben?«

»Tut mir leid, Bruder. Grundsätze sind Grundsätze, aber Geld ist Geld.«

»Das dachte ich mir.«

Tallon ging blindlings weiter und ließ sich jedesmal, wenn ein Automobil vorbeikam, hastig in Gärten oder Hauseingänge schieben. Die beiden Männer nahmen ohne Fragen hin, daß er nicht gesehen werden durfte, und sie brachten ihn ohne Zwischenfall zum Landsitz der Justes. Tallon fragte sich, ob sie nicht vielleicht doch wußten, wer er war. Es hätte ihre Bereitwilligkeit erklärt, ihm auf diese Weise behilflich zu sein, und auch ihre Entschlossenheit, ihn auszunutzen.

»Hier sind wir, Bruder«, sagte Ike. »Das ist das Haupttor. In nicht einmal einer Stunde wird es hell, versuch also nicht, im Dunkeln hinzugehen. Die Hunde sind sehr unfreundlich.«

»Danke für die Warnung, Ike.«

Tallon lockerte den Griff um die massiven Stangen des stählernen Tors und ließ sich auf den Boden fallen. Im grauen Zwielicht sah er sich durch die Augen Seymours, der schon zwischen den Stangen hindurchgeschlüpft war und geduldig wartete, bis Tallon herübergeklettert war. Das Sehgerät, daß er eineinhalb Tage überhaupt nicht benutzt hatte, lieferte bei Höchstleistung ein schwaches Bild. Es war in einem Zustand, bei dem sein Nutzwert in Minuten gemessen werden konnte.

»Los, du«, flüsterte Tallon scharf. Seymour sprang in seine Arme, so daß sich Tallons Universum um ihn drehte, aber er hatte sich an das gelegentliche Durcheinander gewöhnt, das entstehen mußte, wenn seine Augen vier Beine, einen Schwanz und das Gehirn eines Terriers besaßen.

Mit dem Hund unter dem Arm und der Pistole in der Hand ging Tallon vorsichtig einen kiesbestreuten Weg entlang, der sich zwischen wuchernden Hecken dahinschlängelte. Er verlor das Tor sofort aus den Augen und marschierte durch einen Tunnel überhängender Bäume und üppigen, dunklen Laubs. Die Einfahrt wand sich zweimal zurück, bevor sie einen nebligen Park erreichte. Hier gab es auch viele Bäume, doch Tallon konnte jetzt ein niedriges, weitläufiges Haus auf einem kleinen Hügel erkennen, mit einer Reihe ansteigender Terrassen.

In diesem Augenblick hörte er die Hunde ihre kehlige Empörung über seine Anwesenheit auf dem Gelände hinausheulen. Der schreckenerregende Laut wurde von Knacken und Rascheln im Laub begleitet, als sie heranrasten, um ihn zu finden. Tallon kamen sie dem Lärm nach vor wie Pferde, und obwohl er sie noch nicht gesehen hatte, schienen sie mit höchster Geschwindigkeit heranzustürmen.

Er drehte sich einmal um seine Achse, was bei einem normalen Menschen der Hin- und Herdrehung des Kopfes entsprach. Ins Gebüsch zurückzulaufen hatte keinen Zweck, und das Haus lag mindestens vierhundert Meter entfernt hügelan. Einige von den Bäumen auf den Terrassen besaßen Stämme, die sich knapp über dem Boden in drei oder vier dicke, gebogene Äste teilten. Tallon rannte zum nächststehenden und kletterte in den engen Spalt.

Die Hunde – drei graue Umrisse – tauchten links von ihm auf, sie sausten am Rand des Buschwerks dahin. Sie sahen aus wie eine einheimische haarlose Mutation von Wolfshunden, mit großen flachen Schädeln, die sie nah am Boden trugen. Ihr Heulen wurde lauter, als sie Tallon erblickten.

Er hob die Pistole, aber als Seymour die großen, hochspringenden Hunde sah, verkrampfte sich sein Körper in Tallons Armen. Bevor Tallon ihn fester packen konnte, war der kleine Hund unten auf dem Gras, jaulte vor Angst und rannte wie besessen zurück zum Tor. Tallon schrie verzweifelt, als er am Rand von Seymours Gesichtsfeld einen der grauen Umrisse sich von den anderen lösen sah, um den Terrier abzufangen. Dann mußte Tallon an seine eigene Lage denken, denn ohne den Gebrauch von Seymours Augen war er leichte Beute.

Seine Finger drückten auf die Steuerung und schalteten auf Nähewahl um, und er verfügte sich hinter die Augen des Hundes, der ihm am nächsten war. Es war ein bißchen so, als verfolge man einen Film, der von der Bugspitze eines niedrigfliegenden Düsenjägers aus aufgenommen war – ein überwältigendes Gefühl pfeilschnellen Flugs, bei dem der Boden unter einem dahinraste, Klumpen hoher Gräser wie Hügel aufragten und mühelos durchstoßen wurden, als seien sie grüne Wolken. Ganz vorne, wegen des schnellen Tempos leicht schwankend, befand sich eine menschliche

Gestalt mit weißem, verzweifeltem Gesicht, an den gewölbten Armen eines Baums hängend.

Tallon zwang sich, die Pistole zu heben und den Arm herumzudrehen, bis die Mündung der Waffe, von der Sicht des heranrasenden Tieres aus, ein perfekter schwarzer Kreis war, mit gleichmäßiger Verkürzung des Laufs. Der Trick besteht darin, dachte er grimmig, daß ich versuche, mich genau zwischen die Augen zu treffen. Er zog den Abzug durch und spürte dankbar den unerwartet heftigen Rückstoß der Waffe. Aber abgesehen von einem leichten Beben übte der Schuß auf das blitzschnell näherkommende Bild, das ihm der Hund übertrug, keinerlei Wirkung aus.

Er versuchte es wieder. Diesmal folgte auf den Knall des Schusses ein Baßgebell, das Schmerzen und Überraschung verriet. Er empfing Bilder wild rotierenden Himmels und Bodens, dann eine Nahaufnahme von Graswurzeln, die sich rasch zur Nacht verdunkelten. Tallon taumelte innerlich vom Schock beim Tod seines Stellvertreters und wählte für den nächsten Hund neu. Er sah sich im selben Baum, aber jetzt viel näher – *und von hinten.*

Tallon drehte sich ungeschickt in dem engen Spalt, feuerte instinktiv und wurde durch augenblickliche Blindheit belohnt. Das hieß, daß er den Angreifer auf Anhieb getötet hatte. Er wunderte sich über die Wirksamkeit der kleinen Waffe, fuhr mit den Fingern über das Metall und entdeckte, daß die Mündung, statt ein einfacher Kreis zu sein, eine Anordnung von sechs winzigen Öffnungen darstellte. Die Pistole war von der Art, die gleichzeitig sechs ultraschnelle Geschosse verfeuerte, eines aus der Mitte und fünf aus ein wenig abweichenden Läufen. Aus der Nähe würde die kleine, vergoldete Pistole einen Menschen völlig zerfetzen; auf größere Entfernungen war sie eine Maschinenpistole in Westentaschenausgabe.

Als Tallon in der Nähe kein Geräusch mehr hörte, drückte er den ersten Stift – für Seymour – und empfing nur Schwärze. Mit aufquellender Trauer schaltete er auf ›Suchen und Halten‹ und fand den dritten Hund. Er bewegte sich ziemlich langsam durch das dichte Gebüsch, und über der verschwommenen Schnauze am unteren Bildrand schimmerte es rötlich.

Zornig stieg Tallon vom Baum. Mit lärmender Gleichgültigkeit hob er seinen Rucksack auf und stieg den Hügel zum Haus hinauf. Da er das Sehgerät auf den letzten Hund eingestellt ließ, war er blind, was seine eigenen Bewegungen anging, und er hielt die Arme ausgestreckt für den Fall, daß er auf einen Baum traf. Er hätte die Sonar-Lampe aus dem Sack holen können, rechnete aber nicht damit, weit zu kommen, bevor er sich durch die Augen des dritten Hundes sah. Seine Schätzung erwies sich als richtig. Der Hund stürmte durch das verfilzte Gebüsch, und Tallon sah ein undeutliches Bild seiner eigenen, zum Haus stapfenden Gestalt. Wieder begann der Boden unter ihm in großen, weiten Sprüngen fortzurasen.

Er wartete, bis sein Rücken das Bild ausfüllte, bevor er sich umdrehte. Die flammende Pistole prellte sein Handgelenk schmerzhaft, und die Lichter erloschen. Das ist für dich, Seymour, dachte er. Für geleistete Dienste.

Tallon wandte seine Aufmerksamkeit dem Problem zu, ohne Seymours Hilfe in das Haus zu gelangen. Ike hatte ihm erzählt, daß Carl Juste allein in seiner Villa wohnte, so daß er sich keine Sorgen darüber machte, mit mehr als einer Person fertig werden zu müssen; aber er konnte nicht sehen, und die ungepflegte Wunde an seiner Schulter schmerzte unerträglich. Außerdem konnte der Lärm von Pistole und Hunden Juste geweckt haben. Tallon fiel ein, daß Juste ein oder mehrere Tiere in seiner Nähe haben mußte, wenn er das zweite Sehgerät benutzte.

Tallon schaltete sein Sehgerät auf ›Suchen und Halten‹, empfing aber kein Bild. Er zog nun doch die Sonar-Lampe heraus und eilte mit ihrer Hilfe zum Haus. Seitdem er das Tor überklettert hatte, waren erst vier oder fünf Minuten vergangen. Als er sich dem Haus näherte, nahm er dunkle, vorbeihuschende Bilder wahr; das einzige erkennbare Merkmal war ein beinahe helles Rechteck, ein Fenster, vom Inneren des Hauses aus gesehen.

Er vermochte nicht zu entscheiden, ob es innen wirklich so dunkel war oder das Sehgerät nun endgültig den Dienst aufkündigen wollte. Aus noch größerer Nähe erkannte er weitere Einzelheiten. Er blickte auf ein üppig eingerichtetes Schlafzimmer, anscheinend von einer Stelle aus ziemlich hoch an einer der Wände. Während er sich überlegte, welche Art von Wesen einen derart ungewöhnlichen Blick lieferte, wurde ein anderer Teil des Zimmers verhältnismäßig klar.

Ein muskulös gebauter bärtiger Mann saß aufgerichtet im Bett, den Kopf wie ein angestrengt Lauschender geneigt. Er schien eine dicke Brille zu tragen.

Der schrille Ton des Sonar-Geräts verriet Tallon, daß er beinahe an eine Wand geprallt wäre. Er bog nach links ab, ging die Mauer entlang und suchte nach einer Tür. Der Mann im Schlafzimmer stand auf und nahm einen pistolenähnlichen Gegenstand aus einer Schublade. Tallons Hände entdeckten eine Fenstervertiefung. Er schwang seinen Rucksack und schlug darauf ein, aber das starke Glas schleuderte ihn zurück, hob die Waffe und fetzte die Scheibe aus dem Rahmen.

Während er ins Zimmer kletterte, verschob sich sein Blick auf das Schlafzimmer abrupt und auf charakteristische Weise, mit der Tallon schon vertraut war. Das sehende Wesen war ein Vogel, möglicherweise ein Falke, der eben auf die Schulter seines Herrn geflogen war. Tallon sah in trüben Umrissen die Schlafzimmertür größer werden und wußte, daß Juste auf dem Weg war, den Eindringling zu suchen. Beide Männer blickten durch dasselbe dritte Augenpaar, so daß jeder genau das sehen würde, was der andere sah. Juste hatte aber zwei Vorteile: Für ihn gab es praktisch keine Orientierungsstörungen, weil seine Augen auf seiner eigenen Schulter saßen; und sein Sehgerät war in gutem Zustand.

Tallon bedachte die Möglichkeit, eine Auseinandersetzung zu vermeiden. Vielleicht konnten sie sich auf irgendeine Weise einigen, wenn er Juste sagte, wer er war und warum er hier war. Er fand eine Tür in der Innenwand des Zimmers und drehte den Knopf. Das Bild, das er dabei empfing, war ein Blick von einem Treppenabsatz abwärts in eine geräumige Eingangshalle mit Türen auf beiden Seiten. Das hieß, daß Juste sein Schlafzimmer verlassen hatte und auf Tallons nächsten Schritt wartete.

Tallon schob die Tür langsam auf und sah am Rand einer der Türen einen dunklen Spalt entstehen. Wie immer empfand er eine seltsame Bestürzung bei dem Gefühl, an zwei Orten gleichzeitig zu sein.

»Juste«, schrie er durch die Öffnung, »wir sollten nicht so dumm sein. Ich bin Sam Tallon – der das Ding erfunden hat, das Sie tragen. Ich möchte mit Ihnen reden.«

Es blieb lange Zeit still, bevor Juste antwortete.

»Tallon? Was wollen Sie hier?«

»Das kann ich erklären. Sprechen wir miteinander?«

»Meinetwegen. Kommen Sie aus dem Zimmer.«

Tallon begann die Tür weiter zu öffnen, dann sah er, daß er am Lauf einer schweren, bläulichen Pistole entlang durch den dunklen Spalt blickte.

»Ich dachte, wir hätten uns darauf geeinigt, vernünftig zu sein, Juste«, schrie er. »Ich trage auch ein Sehgerät. Ich bin auf Ihren Vogel geschaltet und sehe durch das Visier an der Waffe, die Sie in der Hand haben.« Tallon war sich eben seines kleinen Vorteils bewußt geworden – der Mann, der die Augen mit sich trug, mußte dem Gegner unwillkürlich taktische Informationen zukommen lassen.

»Also gut, Tallon. Ich lege meine Pistole auf den Boden und entferne mich. Das können Sie ja sehen. Sie lassen Ihre Waffe im Zimmer liegen und kommen heraus, dann unterhalten wir uns.«

»Einverstanden.« Tallon legte die Pistole auf den Boden und trat hinaus. Im trüben Bild seines Sehgeräts sah er sich herauskommen. Er war nervös, nicht weil er argwöhnte, Juste werde ihn betrügen, sondern weil er wußte, daß wahrscheinlich er betrügen mußte, um zu bekommen, was er brauchte. Auf halbem Weg zur Treppe blieb er stehen und fragte sich, wie es ihm je gelingen sollte, Juste das Sehgerät ohne Gewaltanwendung wegzunehmen.

Juste mußte dem Vogel ein Signal gegeben haben, aber Tallon nahm es nicht wahr. Nur weil er mit den sausenden Empfindungen des Vogelflugs schon vertraut war, wurde Tallon davor bewahrt, hilflos schwindelnd dazustehen, als die Attacke kam. Er sah sein eigenes Bild heranfauchen und hechtete zur Tür; er hatte sie erreicht, als die krallende Furie auf seine Schultern niederstieß. Tallon zog den Kopf ein, um seine Halsschlagader zu schützen, kämpfte sich durch die Tür, spürte Rasiermesser, die Stoff und Haut zerschlitzten. Er stieß die Tür heftig zu, klemmte den Vogel zwischen Türkante und Pfosten ein und warf sich mit seinem ganzen Gewicht dagegen. Ein kreischender Schrei, dann war wieder alles schwarz.

Er entdeckte, daß eine Kralle in den Sehnen seines linken Handrückens verhakt war. Schnell zog er das Messer aus dem Rucksack und hackte dem Vogel die Kralle ab. Sie blieb in seiner Hand stecken. Er suchte die Umgebung mit dem Sehgerät ab, erhielt kein Bild, hob die Pistole auf und öffnete erneut die Tür.

»Dunkel, nicht wahr, Juste?« Seine Stimme klang heiser, als er die Worte in die Eingangshalle hinausschrie. »Sie sollten sich mehr als nur einen Vogel im Haus halten. Auf unser Gespräch verzichten wir. Ich nehme Ihnen die Augen wieder ab und ziehe weiter.«

»Versuchen Sie nicht, in meine Nähe zu kommen, Tallon.« Juste feuerte zwei Schüsse, die in der Halle ohrenbetäubend widerhallten, aber keines der Geschosse kam in Tallons Nähe.

»Vergeuden Sie Ihre Munition nicht. Sie können mich nicht sehen, aber ich kann Sie finden. Ich habe etwas, was Helen mir nicht abgenommen hat, und das braucht keine Augen.«

Die Pistole krachte wieder, dann klirrten splitternde Glasscheiben. Geleitet von den elektrischen Tönen des Sonar-Geräts, rannte Tallon zur Treppe und stolperte hinauf. Er erreichte Juste etwa in der Mitte, und sie stürzten miteinander hinunter, kämpfend. Tallon, der krank vor Angst um das funktionsfähige Sehgerät war, verlor keine Zeit mit seinem größeren und stärkeren, aber untrainierten Gegner. Er hielt mit nichts zurück, und bevor sie den Boden erreichten, war Juste ein totes Gewicht.

Tallon, der im letzten Abschnitt des Absturzes Justes Kopf geschützt hatte, nahm ihm das Sehgerät ab und tauschte es gegen das seine aus. Nun brauchte er nur noch Lebensmittel und etwas Geld zu finden, dann konnte er das Weite suchen.

Er hätte sich gewünscht, das Sehgerät auf mögliche Schäden zu prüfen, schaltete auf ›Suchen und Halten‹ und war erstaunt, als er ein Bild empfing. Scharf, deutlich und wunderbar klar.

Die Nahaufnahme einer massiven, polierten Eingangstür beim Aufschwingen und dahinter die erstarrte Szene: Er selbst, über die ausgestreckte Gestalt Carl Justes gebeugt.

»Sie!« rief eine Frau. »Was haben Sie mit meinem Bruder gemacht?«

14

»Ihrem Bruder fehlt nichts«, sagte Tallon. »Er ist die Treppe hinuntergefallen. Wir hatten einen Streit.«

»Streit! Ich habe die Schüsse gehört, als ich zum Haus fuhr. Das melde ich sofort.« Helen Justes Stimme klang kalt und wutentbrannt.

Tallon hob die Pistole.

»Tut mir leid. Kommen Sie herein, und schließen Sie die Tür hinter sich.«

»Ist Ihnen klar, wie ernst die Lage ist?«

»Zum Lachen hatte ich bisher wenig Gelegenheit.« Tallon trat zurück, während sie die Tür schloß und zu ihrem Bruder ging. Er wünschte sich, Helen Juste sehen zu können, aber da sie die einzigen funktionierenden Augen im Haus besaß, sah er nichts als ihre gepflegten Hände auf dem Gesicht des bewußtlosen Carl Juste. Sie hob die Hand von Justes Kopf, mit Blutspuren in den Handlinien.

»Mein Bruder braucht einen Arzt.«

»Ich habe schon gesagt, daß ihm nichts fehlt. Er wird eine Weile schlafen. Sie können die Wunde mit einem Pflaster bekleben, wenn Sie wollen.« Tallon sprach zuversichtlich. Er wußte, daß er Justes Nervensystem so malträtiert hatte, daß er vielleicht eine ganze Stunde ohnmächtig sein würde.

»Das möchte ich«, sagte sie, und Tallon wunderte sich darüber, daß ihre Stimme keinerlei Angst verriet. »Ich habe einen Erste-Hilfe-Kasten in meinem Wagen.«

»In Ihrem Wagen?«

»Ja. Sie brauchen nicht zu befürchten, daß ich wegfahre und Sie mit meinem Bruder allein lasse.«

»Holen Sie ihn.« Tallon hatte das beunruhigende Gefühl, daß er die Initiative zu verlieren begann. Er ging mit ihr zur Tür und wartete, als sie zu ihrem Wagen ging und den Kasten aus einem Fach nahm. Der Wagen war ein elegantes Luxusmodell mit Schwerkraft-Negierungs-Kufen anstelle von Rädern, der Grund, warum Tallon ihn nicht hatte kommen hören. Er beobachtete ihre Hände beim Umgang mit Gazepolstern und Heftpflaster und beneidete Carl Juste beinahe einen Augenblick lang. Tallons Kopf schmerzte, seine Schultern brannten, und über die gewöhnliche Erschöpfung war er weit hinaus.

»Warum haben Sie das getan, Häftling Tallon? Sie müssen doch bemerkt haben, daß mein Bruder blind ist.« Sie sagte es beinahe zerstreut, während sie arbeitete.

»Warum haben *Sie* das getan? Wir hätten drei Sehgeräte bauen können, sechs, ein Dutzend. Warum haben Sie dem Doc und mir erlaubt, sie zu bauen, wenn Sie sie uns wegnehmen wollten?«

»Ich war bereit, um meines hochbegabten Bruders willen es mit den Gesetzen nicht allzu genau zu nehmen, nicht zugunsten rechtskräftig verurteilter Feinde des Staates«, erwiderte sie steif. »Außerdem haben Sie noch immer nicht diesen sinnlosen Überfall erklärt.«

»Mein Sehgerät wurde beschädigt, und deshalb mußte ich mir das hier nehmen.« Seine Stimme wurde lauter. »Was den sinnlosen Überfall angeht, so werden Sie ein paar Einschüsse in den Wänden finden, wenn Sie sich umsehen. Keiner stammt von mir.«

»Trotzdem, mein Bruder ist ein harmloser Einsiedler, und Sie sind ein ausgebildeter Killer.«

»Hören Sie mal«, schrie Tallon, während er sich im Innern fragte, worum das Gespräch überhaupt ging. »Ich habe auch ein Gehirn, und ich bin kein –« Er verstummte, als er bemerkte, daß ihr Blick von ihrem Bruder abgeirrt war und ihm eine Ansicht seiner eigenen linken Hand lieferte.

»Was ist mit Ihrer Hand passiert?« Endlich sprach sie wie eine Frau.

Tallon hatte die in den Sehnen steckende Kralle vergessen.

»Ihr harmloser Bruder hatte einen harmlosen gefiederten Freund. Das hier gehörte zu seinem Fahrgestell.«

»Er hat es mir versprochen«, flüsterte sie. »Er hat mir versprochen, nicht zu –«

»Lauter, bitte.«

Es blieb eine Weile still, bevor sie mit normaler Stimme weitersprach.

»Das ist gräßlich. Ich ziehe sie Ihnen heraus.«

»Ich wäre Ihnen dankbar.« Tallon fühlte sich plötzlich schwach, als er zusah, wie sie ihren Bruder zudeckte. Sie gingen durch eine Tür an der Rückseite der Halle und betraten eine Küche in Weiß und Chrom, die Spuren eines unordentlichen Junggesellendaseins zeigte. Helen Juste hatte den Erste-Hilfe-Kasten mitgebracht. Tallon setzte sich an den Tisch und überließ ihr seine Hand.

»Sagen Sie«, begann sie, »ist Häftling Winfield wirklich –?«

»Tot«, ergänzte Tallon. »Ja. Die Gewehre haben ihn erwischt.«

»Das tut mir leid.«

»Ein rechtskräftig verurteilter Feind der lutheranischen Regierung tut Ihnen leid? Sie setzen mich in Erstaunen.«

»Versuchen Sie es nicht so bei mir, Häftling Tallon. Ich weiß, was Sie Mr. Cherkassky bei Ihrer Festnahme angetan haben.«

Tallon schnaubte.

»Wissen Sie, was er mit mir gemacht hat?«

»Ihre Augenverletzung ist die Folge eines Unfalls.«

»Zum Teufel mit meinen Augen. Wußten Sie, daß er mit einem Gehirn-Löscher mein ganzes Leben wegzuwischen versuchte, so wie Sie es eben mit den Flecken auf dem Tisch gemacht haben?«

»Mr. Cherkassky ist ein leitender Beamter. So etwas würde er nie tun.«

»Vergessen Sie's«, sagte Tallon brüsk. »Ich habe es auch getan. Was es auch gewesen sein mag – ich habe es vergessen.«

Als sie mit seiner Hand fertig war und die Wunde verbunden hatte, bewegte er versuchsweise die Finger.

»Werde ich je wieder spielen können, Doktor?«

Er bekam keine Antwort, und er hatte ein merkwürdiges Gefühl der Unwirklichkeit. Helen Juste entzog sich ihm; er vermochte sie sich nicht als menschliches Wesen vorzustellen. Er sah sie nur für kurze Augenblicke, wenn sie zufällig auf ihr Bild im Küchenspiegel blickte. Es fiel ihm auch auf, daß sie immer wieder zu einem Wandbrett hinübersah, auf dem mehrere kleine Lederflecke, zusammengenäht zu Säckchen, lagen. Ihr Zweck gab ihm Rätsel auf; dann dachte er an Justes Vogel und daran, daß er für die Falknerei ausgebildet worden war.

»Wie krank ist Ihr Bruder, Miss Juste?«

»Was meinen Sie damit?«

»Wie hat er auf das Sehgerät reagiert? Gefiel es ihm, mit seinen Vögeln zu jagen? Mit den Hunden zu laufen?«

Sie trat ans Fenster und starrte auf ferne Bäume hinaus, die sich im Morgenrot abzeichneten, bevor sie antwortete.

»Das ist nicht Ihre Angelegenheit.«

»Ich glaube doch«, meinte er. »Ich begriff nicht gleich, was da vorging. Ich wußte, Cherkassky war unterwegs. Es blieb keine Zeit, auf die Lösung des Kameraproblems zu warten, also beschloß ich, durch die Augen anderer Menschen zu sehen. So einfach war das. Ich hatte keine Ahnung, daß ich die erste neue Form der Perversion schuf, die es seit langer Zeit in der Welt gegeben hat.«

»Sie meinen, Sie –?«

»Nein, nicht ich. Ich lief ja um mein Leben. Aber da war diese Frau in Sweetwell – die ich angeblich vergewaltigt habe. Sie benutzte das Gerät, wenn ich schlief. Sie mochte Katzen, wenn Sie verstehen, was ich meine.«

»Wie kommen Sie darauf, daß Carl so geworden ist?«

»Sie tun es, obwohl ich nicht weiß, warum. Irgend etwas an der Art, wie Sie betonen, daß er ein harmloser Einsiedler sei, vielleicht. In seinem Fall braucht es natürlich keine geschlechtliche Komponente zu geben. Ich habe gelesen, daß es nicht immer so herrlich ist, wie man erwarten möchte, wenn eine Person, die lange Zeit blind gewesen ist, plötzlich wieder sehen kann. Es kann Depressionen geben, Gefühle der Unzulänglichkeit, weil man plötzlich mit dem Rest der Menschheit wieder auf gleicher Stufe steht und sich nicht mehr auf ein Handikap berufen kann. Viel besser also, sagen wir, ein Falke zu sein, mit scharfen Augen und schärferen Krallen und einem Gehirn, das von Schwäche nichts weiß, nur von Jagen und Reißen und –«

»Hören Sie auf!«

»Verzeihung.« Tallon wunderte sich ein wenig über sich selbst. »Behandeln Sie nur die Wunden, die Ihr Bruder hervorgerufen hat? Ich habe da ein Loch im Rücken –«

Helen Juste half ihm, die Uniform von seinen Schultern zu ziehen, und ihr Atem stockte, als sie die große Fläche geronnenen Blutes sah, die seinen Rücken bedeckte. Tallon erschrak auch, als er das Bild empfing. Er hatte nie zuvor so recht begriffen, was der Ausdruck ›tiefe Fleischwunde‹ eigentlich bedeutete.

»Können Sie irgend etwas tun?«

»Ich glaube schon. In meinem Kasten ist nicht genug Gewebelöter und Verbandzeug dafür, aber Carl hat meistens einen Vorrat im Schrank.« Sie öffnete ihn, fand das Gesuchte und begann seine Schulter mit einem feuchten Tuch zu säubern. »Ist das eine Schußwunde?«

»Ja.« Tallon berichtete ihr, wie es dazu gekommen war. Er war schon beinahe davon überzeugt, daß sie eine mitfühlende Zuhörerin war, als ihm plötzlich etwas einfiel. »Wenn Sie wußten, daß Ihr Bruder hier Verbandzeug aufbewahrt«, sagte er langsam, »warum sind Sie dann zu Ihrem Wagen gegangen, um den Kasten zu holen?«

»Ohne besonderen Grund. Aus Gewohnheit. Wissen Sie, mit einer solchen Verletzung gehören Sie eigentlich ins Bett. Warum stellen Sie sich nicht und lassen sich ordentlich behandeln, bevor der Schock einsetzt?«

»Geht nicht. Ich esse jetzt etwas, dann fessele ich Sie, zusammen mit Ihrem Bruder, und mache mich auf den Weg.«

»Sie kommen nicht weit.«

»Mag sein. Spielt das eine wesentliche Rolle für Sie? Ich hatte das Gefühl, daß sich die Wege vom Pavillon und Ihnen nach dieser kleinen Affäre trennen würden. Sind Sie deshalb hier? Hat man Sie entlassen?«

»Häftling Tallon«, sagte sie gleichmütig, »entsprungene Gefangene verhören Anstaltsbeamte nicht. Ich mache jetzt das Frühstück. Ich habe auch Hunger.«

Tallon genoß ihre Reaktion ein wenig. Er zog die Uniform wieder an, dann nahm er die Rolle Heftpflaster und umwickelte Carl Justes Handgelenke und Fußknöchel. Der große Mann roch nach Kognak. Tallon kehrte in die Küche zurück und setzte sich auf einen Stuhl. Er spürte das Prickeln des Gewebelöters an seinem Rücken, während Helen Juste etwas zu essen machte. Zweimal während des Essens stöhnte Carl Juste und bewegte sich ein wenig. Tallon erlaubte, daß Helen Juste hinausging und nach ihrem Bruder sah.

»Ich sagte doch, daß ihm nichts fehlt«, meinte er. »Er ist ein großer, kräftiger Junge.«

Er unternahm während der Mahlzeit keine Versuche mehr, mit ihr zu reden. Er schlürfte gerade seine vierte Tasse Kaffee, als er an der Haustür ein schwaches Scharren hörte, gefolgt von einem schrillen Gebell, das er sofort erkannte.

»Seymour!« rief er. »Komm 'rein, du kleiner Schwindler. Ich dachte, du bist tot.«

Er erreichte die Tür vor Helen Juste und empfand beinahe Verlegenheit angesichts der Freude darüber, den vertrauten kleinen braunen Körper in seine Arme springen zu sehen. Soweit er es von Helens Standort aus beurteilen konnte, war der Hund unverletzt. Vielleicht hatte Seymour es zum Tor geschafft und war, kurz bevor ihn der große Jagdhund erreichte, durch die Stäbe geschlüpft. Wenn dieser über unzureichende Bremsen verfügte, mochte das die Röte an seiner Schnauze erklären.

Tallon preßte das aufgeregte Tier an seine Brust, schaltete auf Nähe um und drückte wieder Seymours Stift Nummer Eins. Erneut mit den Augen ausgerüstet, die praktisch die seinen waren, drehte er sich um und sah Helen Juste an. Sie war genauso vollkommen, wie er sich an sie erinnerte, und trug noch immer die grüne Pavillon-Uniform, die ihre Tönung hervorhob. Ihre Augen blickten an ihm vorbei zu ihrem hellblauen Wagen.

Tallon befiel eine Vorahnung. Er trat an das Fahrzeug und öffnete die Tür. Ganz unten am Armaturenbrett blinkte geduldig ein orangefarbenes Lämpchen – am Funkgerät, um genau zu sein. Die Taste ›Senden‹ war gedrückt, das Mikrofon fehlte.

Tallon schaltete das Gerät schweratmend ab und kehrte ins Haus zurück. Helen Juste starrte ihn an, leichenblaß.

»Note eins für Einfallsreichtum, Miss Juste«, sagte er. »Wo ist das Mikrofon?«

Sie nahm es aus der Tasche und hielt es ihm hin. Wie erwartet, war es von dem Typ, der anstelle einer Kabelverbindung mit dem Funkgerät einen eigenen Miniatursender enthielt. Er war geraume Zeit auf Sendung gewesen, zweifellos auf einer Polizeifunkfrequenz. Tallon hatte die Pistole in seiner rechten Hand beinahe vergessen. Er hob sie nachdenklich.

»Nur zu, erschießen Sie mich«, sagte sie ruhig.

»Wenn Sie geglaubt hätten, daß ich schieße, wären Sie das Risiko nicht eingegangen«, fauchte Tallon, »also ersparen Sie mir die Szene. Holen Sie Ihren Mantel. Es bleibt uns nicht viel Zeit.«

»Meinen Mantel?«

»Ja. Ich getraue mich nicht, Ihren Wagen zu steuern. Seymour hat die unglückliche Angewohnheit, nicht dort hinzusehen, wo ich möchte, und bei hoher Geschwindigkeit könnte das gefährlich sein. Außerdem kann es nichts schaden, Sie als Geisel dabeizuhaben.«

Sie schüttelte den Kopf. »Ich verlasse das Haus nicht.«

Tallon drehte die Waffe um, wog sie bedeutungsvoll in der Hand und trat einen Schritt vor. »Wollen wir wetten?«

Als sie ins Freie traten, schien Carl Juste zu erwachen. Er stöhnte ein paarmal, jedesmal ein wenig lauter, bis er beinahe schrie; dann verstummte er plötzlich, als er ganz zu sich kam.

»Ich möchte ihn nicht so zurücklassen«, sagte Helen Juste.

»Er bekommt bald Gesellschaft. Erinnern Sie sich? Nur weiter.«

Tallon schaute sich nach Carl um. Er wehrte sich ohne Erfolg gegen seine Fesseln; seine Stirn glänzte vor Schweiß, und die blinden Augen rollten verzweifelt hin und her. Tallon zögerte. Er wußte nur zu gut, wie dem großen Mann nach seinem langen, steilen Aufstieg aus der Bewußtlosigkeit und Hoffnungslosigkeit zumute war.

»Augenblick«, sagte Tallon. Er ging zurück und kniete neben Carl Juste nieder. »Hören Sie mir zu, Juste. Ich habe mir das Sehgerät genommen, weil ich es dringender brauche als Sie. Können Sie mich hören?«

»Ich höre ... Aber Sie werden nicht –«

Tallon erhob die Stimme.

»Ich lasse Ihnen ein zweites, identisches Sehgerät hier, das nur eine neue Dauerbatterie braucht, damit es wieder funktioniert. Ich schreibe Ihnen auch den genauen Schaltplan für diesen Akku auf. Wenn Sie ihn sich von der Polizei oder dem Sicherheitsdienst nicht als Beweismaterial wegnehmen lassen, müßte es Ihnen bald gelingen, das Sehgerät wieder verwenden zu können. Bei Ihrem

Vermögen sollte es kein Problem sein, sich über die einschlägigen Gesetze hinwegzusetzen.«

Er gab Helen Juste einen Wink, und sie rannte nach Papier und Schreibstift. Tallon griff danach und begann den Schaltplan aufzuzeichnen. Während er arbeitete, trocknete Helen ihrem Bruder die Stirn und sprach mit trauriger Stimme auf ihn ein, die Tallon kaum wiedererkannte. Er schrieb die letzten Einzelheiten nieder und stopfte den Zettel in Justes Schlafanzugtasche.

»Sie haben viel Zeit vergeudet«, sagte Helen Juste, als sie sich erhob. »Ich habe nicht erwartet, daß Sie soviel – «

»Dummheit ist das richtige Wort. Erinnern Sie mich nicht. Jetzt aber los.«

Der Wagen war leicht zu lenken, leise und schnell. Wie Tallon schon vorher bemerkt hatte, handelte es sich um ein teures Importmodell modernster Bauart mit Schwerkraft-Teil-Motor, der, statt das Fahrzeug anzutreiben, es vorwärts fallen ließ. Helen Juste lenkte den Wagen mit auffallendem Geschick, passierte das noch offene Tor mit der Breitseite und brauste auf der Straße mit langanhaltender Beschleunigung los.

Als der Wagen durch eine lange Kurve fegte, die sich mit einer Fernstraße vereinigte, hob Tallon Seymour hoch, um durch das Heckfenster zu blicken. Seymour war ein bißchen kurzsichtig, aber am südlichen Himmel schienen Punkte zu schweben, die sich mit dem charakteristischen Sinkflug von Hubschraubern bewegten.

»Schalten Sie das Radio ein«, sagte Tallon. »Ich möchte hören, was für Verbrechen ich diesmal begangen habe.«

Sie hörten eine halbe Stunde lang Musik; dann wurde das Programm wegen einer wichtigen Meldung unterbrochen.

Tallon pfiff durch die Zähne.

»Das ging aber schnell. Dann wollen wir also mal hören, wie tief ich seit meinem letzten öffentlichen Auftreten gesunken bin.« Als der Sprecher dann aber die Nachricht verlas, war Tallon von seiner eigenen Ichbezogenheit peinlich berührt; man erwähnte seinen Namen nicht einmal.

Amtlich wurde mitgeteilt, daß Caldwell Dubois, für die Erde, und der Weltliche Moderator, für Emm Luther, gleichzeitig ihre diplomatischen Vertreter abberufen hatten, nachdem es zu einem Abbruch der Akkab-Verhandlungen über die Verteilung neuer Territorien gekommen war.

Inoffiziell standen die beiden Welten am Rand eines Krieges miteinander.

15

Helen Juste: achtundzwanzig Jahre alt, ledig, eine Schönheit, mit Auszeichnung bestandenes Examen in Sozialwissenschaft an der Lutheranischen Universität, Angehörige der Premiersfamilie des Planeten, Inhaberin eines leitenden Staatspostens – und als Mensch ein völliger Versager.

Während sie nordwärts fuhr, versuchte sie die Wechselbeziehungen von Charakter und Umständen zu analysieren, die sie in ihre jetzige Lage gebracht hatten. Da war natürlich ihr älterer Bruder, aber es war vielleicht zu einfach, alles auf Carl zu schieben. Er war immer dagewesen, eine Art Markstein, an dem man sich orientiert, um durchs Leben zu steuern; aber im Lauf der Jahre war der Markstein zerbröckelt.

Die Aushöhlung hatte begonnen, als ihre Eltern und Peter, ihr jüngerer Bruder, bei einem Motorbootunfall in der Nähe von Easthead ertrunken waren. Carl, der damals noch studierte, hatte das Boot gesteuert. Er begann danach viel zu trinken, was schon auf jeder anderen Welt ernst genug gewesen wäre. Auf Emm Luther, wo Enthaltsamkeit unabdingbarer Teil des politischen und gesellschaftlichen Gefüges war, kam es einem Selbstmord gleich. Es gelang ihm, drei Jahre durchzuhalten, und er trat als Mathematiker in das Raumsonden-Konstruktions-Zentrum ein; eine Kiste geschmuggelten Kognaks mit Methylalkohol hatte ihm dann das Augenlicht gekostet.

Helen hatte ihm dabei geholfen, sich auf seinem Landsitz einzurichten, der unerschwinglich gewesen wäre, hätte sich der Moderator nicht eingeschaltet, teils aus Familiensinn, teils aus dem Wunsch heraus, Carl vor der Öffentlichkeit zu verbergen. Seitdem hatte sie miterlebt, wie Carl immer neurotischer geworden, immer mehr zerfallen war.

Zu Anfang hatte sie geglaubt, ihm helfen zu können; aber als sie in sich nachforschte, hatte sie nichts gefunden, was sie Carl hätte bieten können. Nichts, was sie irgendeinem Menschen bieten konnte. Nur ein überwältigendes Gefühl von Unzulänglichkeit und Einsamkeit. Sie versuchte, Carl dazu zu bewegen, mit ihr vorübergehend in eine andere Welt zu emigrieren, vielleicht sogar auf die Erde selbst, wo eine Augenoperation legal gewesen wäre. Er hatte jedoch befürchtet, gegen die Wünsche des Moderators zu verstoßen, die seelische Schwächung der Flacker-Übergänge auf sich zu nehmen, die tröstliche Dunkelheit seines neuen Heims zu verlassen.

Als Häftling Winfield ihr von Tallons Idee, ein Sehgerät zu konstruieren, berichtet hatte, schien das die Lösung für alle Probleme zu sein. Rückblickend mußte sie allerdings erkennen, daß sie zu Unrecht angenommen hatte, Carl auf diese Weise glücklich zu machen, könne ihre persönlichen Unzulänglichkeiten aufwiegen. Sie hatte gegen sämtliche Vorschriften verstoßen, um die Herstellung der Sehgeräte durchzusetzen, nur um zu erleben, wie Carl seine neuen Augen dazu gebrauchte, andere Formen der Dunkelheit aufzusuchen . . .

Nachdem Winfield und Tallon ihren lächerlichen Fluchtversuch unternommen hatten, war eine Voruntersuchung durch die Gefängnisverwaltung angeordnet worden; man enthob sie ihres Dienstes und stellte sie, vorbehaltlich weiterer, gründlicherer Ermittlungen, unter Hausarrest. Einer Eingebung folgend hatte sie sich davongeschlichen und war nach Norden gefahren, um Carl vielleicht ein letztesmal zu sehen, und wie zum Hohn war auch Tallon zur Stelle gewesen.

Sie warf einen Blick auf Tallon, der neben ihr auf dem Vordersitz saß, den schläfrigen Hund auf den Knien. Er hatte sich seit dem ersten Tag, als sie ihn mit dem Kasten der Sonar-Lampe an der Stirn so zögernd hatte gehen sehen, verändert. Sein Gesicht war viel schmaler als damals, angespannt von der Belastung und völligen Erschöpfung, aber auf irgendeine Weise auch ruhiger. Sie bemerkte, daß seine Hände, die sanft auf dem zerzausten Rücken des Tieres lagen, inneren Frieden verrieten.

»Sagen Sie, glauben Sie wirklich, daß Sie zur Erde zurückkommen?« fragte sie.

»So weit denke ich nicht mehr voraus.«

»Aber Sie wollen unbedingt zurück. Wie ist es auf der Erde?«

Tallon lächelte schwach.

»Die Kinder fahren auf roten Dreirädern.«

Helen starrte auf die Straße. Es begann zu regnen, und die weißen Straßenmarkierungen strömten unter dem Wagen dahin wie Leuchtspurmunition, abgefeuert vom dunkelnden Horizont vor ihnen.

Einige Zeit später fiel ihr auf, daß Tallon zu frösteln begann. Binnen Minuten war sein Gesicht schweißgebadet.

»Ich habe Ihnen empfohlen, sich zu stellen«, meinte sie beiläufig. »Sie brauchen Pflege.«

»Wie lange brauchen wir bis Neu-Wittenburg, wenn wir nicht anhalten?«

»Vorausgesetzt, daß ich die vorgeschriebene Geschwindigkeit nicht überschreiten soll – etwa zehn oder elf Stunden.«

»Wenn wir immer geradeaus nach Norden fahren? Am Uferstreifen entlang?«

»Ja.«

Tallon schüttelte den Kopf.

»Cherkassky erwartet mich vermutlich irgendwo an dieser Strecke, und er besitzt eine Beschreibung dieses Wagens. Sie fahren besser nach Osten, in die Berge hinauf.«

»Das dauert aber viel länger, und Sie haben nicht einmal die Kraft, durchzuhalten, wenn wir auf dem kürzeren Weg bis Neu-Wittenburg fahren.« Helen fragte sich nebenbei, warum sie über das Wohlergehen des wenig eindrucksvollen Erdbewohners debattierte. Kann das, dachte sie entsetzt, die Art sein, wie es anfängt?

»Dann spielt es keine Rolle, welche Richtung wir wählen«, sagte Tallon ungeduldig. »Fahren Sie nach Osten.«

Helen bog in die erste Querstraße ein, die sie erreichten. Der Wagen summte mühelos mehrere Meilen durch sorgsam angelegte, dichte Siedlungen, identisch mit allen anderen auf dem Kontinent. Vorstädte ohne die dazugehörende Stadt.

Helen sah wieder zu ihm hinüber.

»Jagt einem der Raumflug große Angst ein?«

Er schreckte hoch, und sie erkannte, daß er im Begriff gewesen war, einzuschlafen.

»Eigentlich nicht. Man bekommt eine Stunde vor dem ersten Sprung eine Gleichmutsspritze, und bevor das Raumschiff auf das Portal trifft, etwas Stärkeres zu riechen. Bis man wieder zu sich kommt, ist man schon da.«

»Aber haben Sie das denn nie ohne Beruhigungsspritzen und Betäubung gemacht?«

»Ich habe es nie *mit* ihnen gemacht«, sagte Tallon mit unerwartetem Nachdruck. »Kennen Sie den einen großen Fehler des Null-Raumflugs, wie wir ihn betreiben? Es ist die einzige Form des Reisens, die nicht bildet. Die Leute befördern ihre Körper quer durch die ganze Galaxis, aber geistig sind sie immer noch innerhalb der Mars-Umlaufbahn. Wenn sie das ohne Spritzen durchstehen müßten, wenn sie fühlen würden, wie sie immer dünner und dünner ausgebreitet werden, wenn sie wüßten, was Flacker-Übergänge wirklich bedeuten – dann wäre vielleicht vieles anders.«

»Was zum Beispiel?«

»Etwa, daß Sie eine Lutheranerin sind und ich einer von der Erde.«

»Wie seltsam«, sagte sie laut, »ein Spion mit Idealen.« Aber innerlich machte sie sich ein Eingeständnis: So fängt es *wirklich* an. Sie hatte achtundzwanzig Jahre gebraucht, um dahinterzukommen, daß sie nicht allein und von selbst sich voll entwickeln konnte. Das Traurige war, daß es mit einem von Tallons Sorte angefangen hatte und deshalb sofort unterbunden werden mußte. Sie sah, daß sich seine Augen hinter dem dicken Brillengestell wieder geschlossen hatten und daß Seymour zufrieden vor sich hindöste. Das bedeutete, daß Tallon in der Dunkelheit war, in Schlaf versinkend.

Sie begann einen Plan zu entwerfen. Tallon war durch die Strapazen, die Erschöpfung und die Verletzung geschwächt, aber irgend etwas an seinem langen, nachdenklichen Gesicht verriet ihr, daß sie trotzdem nicht allein mit ihm fertig werden würde. Wenn sie ihn weiterhin einzulullen und bis zum Einbruch der Nacht wachzuhalten vermochte, ergab sich vielleicht dann die Möglichkeit, etwas zu unternehmen, sobald er eingeschlafen war. Sie forschte nach einem Thema, das ihn interessieren mochte, aber es fiel ihr nichts ein. Der Wagen erreichte die grünen Vorberge des kontinentalen Gebirgszuges, als Tallon in dem Bemühen, sich gegen die Bewußtlosigkeit zu wehren, selbst zu sprechen begann.

»Mich beschäftigt etwas am lutheranischen Entlohnungssystem«, sagte er. »Alle werden nach Stunden und Minuten bezahlt, und selbst mit den Faktorenklauseln ist das Maximum dessen, was sagen wir ein erstklassiger Chirurg in einer Stunde verdienen kann, drei Stunden – richtig?«

»Stimmt.« Helen wiederholte vertraute Worte: »›In seiner Weisheit entfernte der erste Weltliche Moderator die Versuchungen unbegrenzten materiellen Gewinns von unserem Weg des religiösen Fortschritts.‹«

»Lassen wir den Katechismus. Was ich wissen möchte, ist, wie jemand wie Ihr Bruder und vermutlich der Rest Ihrer Familie auch so viel mehr Geld haben kann als alle anderen Leute? Wie verträgt sich beispielsweise Carls Landsitz mit dem System?«

»Er verträgt sich, wie Sie sich ausdrücken, mit dem System, weil der Moderator überhaupt keine Bezahlung für seine sämtlichen Dienste zugunsten der Bevölkerung Emm Luthers annimmt. Seine Bedürfnisse werden durch freiwillige Spenden seiner Gemeinde gedeckt. Alles, was er darüber hinaus empfängt, verteilt er nach Belieben – gewöhnlich, um Leid oder Not zu lindern.«

»Der Häuptling teilt sich seine Beute mit Freunden und Verwandten«, meinte Tallon. »Doc Winfield müßte hier sein.«

»Ich verstehe nicht.«

»Wer tut das schon? Auf welchem Gebiet der Mathematik war Ihr Bruder tätig?«

Helen wollte eine sarkastische, ausweichende Antwort geben, passend für einen politischen Agenten, der seine Nase in das Reich der höheren Mathematik steckt, aber dann fiel ihr Tallons Arbeit an den Sehgeräten ein. Und ein Vermerk in seiner Akte sagte, wie sie sich jetzt erinnerte, daß er seine Laufbahn als Domänenphysiker begonnen hatte, bevor er auf unerklärliche Weise zu einem Supertramp und schließlich zum Agenten geworden war.

»Ich verstand nichts von Carls Arbeit«, sagte sie. »Sie hing mit der Theorie zusammen, daß das Null-Raum-Universum viel kleiner sei als das unsrige. Er sagte einmal zu mir, die zwei Lichtsekunden-Sphären, die wir Portale nennen, könnten einzelnen Atomen im Null-Raum-Kontinuum entsprechen.«

»Von diesen Überlegungen habe ich gehört«, erwiderte Tallon. »Kam er damit weiter?«

»Sie wissen, daß alle Informationen über Raumsonden-Technik streng geheim sind.«

»Ich weiß, aber Sie sagen doch, daß Sie davon nichts verstehen, was könnten Sie also schon verraten?«

»Hm – soviel ich weiß, war Carl bei dem Team, das positives Sprung-Differenzial und Koordinaten für die Ha Mühlenberg-Sonde berechnet hat. Der Rundflug besitzt eine kleinere Anzahl von Portalen als jede andere Route in der Galaxis. Carl sagte, das bedeute, daß man billigere Raumschiffe bauen könne, wenn ich auch nicht verstehe, weshalb.«

»Schiffe für Ha Mühlenberg wären billiger, weil sie für die Positionskontrolle keine so hochzuverlässigen Geräte brauchen würden. Bei einer kleineren Anzahl von Sprüngen ist die Möglichkeit, daß unterwegs etwas schiefgeht, erheblich geringer. Aber diese Sonde war ein einmaliger, isolierter Erfolg, nicht wahr? Man konnte mit der gleichen Art Mathematik keine anderen Welten mehr finden?«

»Ich glaube nicht«, sagte Helen, während sie sich auf die ansteigenden Straßenkurven konzentrierte, »aber Carl war nicht der Meinung, daß das reiner Zufall sei.«

»Ich weiß, wie ihm zumute war. Es ist hart, eine wirklich gute Theorie nur deshalb aufgeben zu müssen, weil sie nicht mit den Tatsachen übereinstimmt. Beschäftigt er sich noch damit?«

»Er ist blind.«

»Na und?« sagte Tallon rauh. »Man braucht ja nicht einfach aufzugeben, wenn man seine Augen verliert. Ich brauchte natürlich jemanden wie Lorin Cherkassky, der mir das beibrachte, also bin ich Ihrem Bruder gegenüber vielleicht im Vorteil.«

»Mr. Cherkassky«, sagte Helen ungeduldig. »ist ein hoher Regierungsbeamter und –«

»Ich weiß. Wenn es auf Emm Luther Fliegen gäbe, könnte er keiner einzigen etwas zuleide tun. Die Regierung der Erde hat ihre Fehler, aber wenn eine schmutzige Arbeit zu machen ist, dann tut sie sie. Sie vergibt den Auftrag nicht an jemand anders und stellt sich so, als geschähe nichts. Ich will Ihnen etwas sagen: Ich verrate Ihnen, was Mr. Cherkassky in Wirklichkeit ist.«

Helen unterbrach ihn nicht, als er ihr von seiner Festnahme, von der Anwendung des Gehirn-Löschers, von seinem Angriff auf Cherkassky, der Blendung und seiner Gewißheit erzählte, daß Cherkassky ihn bei der ersten Gelegenheit endgültig erledigen würde.

Helen Juste ließ Tallon reden, weil ihn das wachhielt, und das hieß, daß er später um so fester schlafen würde; und irgendwann begriff sie, daß alles, was er sagte, der Wahrheit entsprach. Bedauerlicherweise spielte das keine Rolle: Er war nach wie vor ein Feind ihrer Welt, und seine Gefangennahme blieb ihr Paß zurück zu ihrer früheren Position.

Sie fuhr jetzt langsamer. Tallon unterhielt sich weiter mit ihr, und es fiel ihr leicht, sich am Gespräch zu beteiligen. Bis die Abenddämmerung in winzigen grauen Flocken vom Himmel herabtropfte, waren sie über das bloße Gespräch hinaus zu echter Kommunikation gelangt – eine für Helen völlig neue Erfahrung. Sie hatte riskiert, ihn Sam zu nennen, es bei Gelegenheit so natürlich wie möglich einfließen zu lassen, und er hatte die angedeutete Veränderung ihrer Beziehung ohne Kommentar hingenommen. Er schien kleiner geworden zu sein, als habe ihn seine Krankheit körperlich schrumpfen lassen; geistig litt er an Erschöpfung. Helen nahm seinen Zustand wahr und unternahm den ersten Schritt.

»In der Nähe gibt es ein Motel, Sam, und Sie müssen schlafen.«

»Und was würden Sie in der Zwischenzeit tun?«

»Ich schlage einen Waffenstillstand vor. Ich habe auch lange Zeit nicht geschlafen.«

»Einen Waffenstillstand, Süße – warum?«

»Ich sagte schon – ich bin müde. Außerdem haben Sie ein

Risiko auf sich genommen, um Carl zu helfen, und nach allem, was Sie mir von Mr. Cherkassky erzählt haben, möchte nicht ich es sein, die Sie ihm ausliefert.« Es entsprach alles der Wahrheit, und sie stellte fest, daß das Lügen leicht war, wenn man die Wahrheit sagte.

Tallon nickte nachdenklich, mit geschlossenen Augen, glitzernde Schweißtropfen auf der Stirn.

Das Motel befand sich am Rand eines kleinen Ortes, der sich auf einem flachen Vorsprung des Gebirges zusammendrängte. Im Mittelteil der Hauptstraße leuchteten Schaufenster im abendlichen Zwielicht, und farbige Neonröhren lagen als helle Fäden vor der hochragenden schwarzen Masse der Gipfel dahinter. Die Stadt war still, schon um diese frühe Stunde.

Helen hielt vor dem Motel-Büro und bezahlte für einen Doppel-Bungalow. Der Geschäftsführer war ein älterer, träg blickender Mann, der mechanisch ihr Geld nahm und kaum ihre Erklärung zu hören schien, daß ihr Mann an einer Erkältung leide und sich so schnell wie möglich hinlegen müsse. Sie nahm den Schlüssel und fuhr mit dem Wagen die Reihe rankenumwachsener Bungalows entlang zu Nummer 9.

Tallon hielt die Pistole in der Rechten, als Helen die Wagentür auf seiner Seite öffnete, aber er fröstelte so heftig, daß sie beinahe versucht war, ihn zu entwaffnen. Es war aber nicht erforderlich, auch nur so viel zu riskieren. Sie half ihm aus dem Wagen in den Bungalow und mußte ihn unterwegs halb tragen. Er murmelte Entschuldigungen und Dank an unbestimmte Adressen, und sie wußte, daß er dem Delirium nahe war. Die Zimmer waren kalt und rochen wie Schnee. Sie legte ihn ins Bett, und er rollte sich dankbar zusammen, als sie ihn zudeckte.

»Sam«, flüsterte sie, »ein paar Straßen weiter gibt es einen Drugstore. Ich hole Ihnen etwas. Ich bin nicht lange fort.«

»Gut . . . Besorgen Sie mir etwas.«

Helen stand auf, die Pistole in der Hand. Sie hatte gewonnen, und es war leicht gewesen. Als sie zur Tür hinausging, begann er zu sprechen.

»Helen«, sagte er schwach und nannte sie zum erstenmal bei

ihrem Namen, »bitten Sie die Polizei, ein paar Decken zusätzlich mitzubringen.«

Sie schloß schnell die Tür hinter sich und lief durch den kleinen Wohnraum hinaus in die scharfe Nachtluft. Was spielte es für eine Rolle, daß er wußte, wohin sie ging?

In Wahrheit war die Sache die, entschied sie, daß sie sich schuldig fühlte, wenn sie ihn auslieferte –, seit sie über Cherkassky Bescheid wußte, seit sie Tallon genauer kannte. Er war zu krank, um etwas dagegen tun zu können, aber es war wichtig für sie gewesen, Tallon genau auf die Weise zu übertölpeln, wie sie es getan hätte, wäre er gesund gewesen. Nun gut. Er hatte den Trick durchschaut. Ein wenig mehr Schuldgefühl konnte sie noch ertragen.

Helen öffnete die Wagentür und stieg ein. Seymour entrollte sich auf dem Nebensitz und stieß mit der Schnauze an ihre Hand. Sie schob das Tier weg und griff nach den Bedienungsknöpfen des Funkgeräts, dann zog sie die Hand zurück. Ihr Herz hatte stark und gleichmäßig zu hämmern begonnen, ein Hämmern, das die Haare an ihren Schläfen erzittern ließ. Sie stieg aus, ging zurück in den Bungalow und schloß die Tür hinter sich ab.

Als sie vor dem Bett stand und ihm das Sehgerät vom Gesicht nahm, bewegte sich Sam Tallon unruhig im Schlaf und stöhnte.

So fängt es an, dachte sie, als sie ihre Uniformbluse aufknöpfte.

16

Ein Frühlingsmorgen mit herrlichem, pastellfarbenem Nebel war über Neu-Wittenburg heraufgezogen, brachte ein Gefühl des Lebens in die Alleen, legte Streifen klaren, frischen Sonnenlichts über die Betonwüste des Raumflughafens.

»Genau bis hierher«, sagte Tallon, als der Wagen über eine Anhöhe fuhr und er die Stadt unter sich ausgebreitet sah. »Von hier aus kann ich zu Fuß gehen.«

»Müssen wir uns trennen?« Helen lenkte den Wagen von der

Straße und ließ ihn zu Boden sinken. »Ich bin sicher, daß ich dir helfen könnte.«

»So muß es gemacht werden, Helen. Wir haben schon alles besprochen.« Tallon sprach mit Nachdruck, um sein eigenes Gefühl der Bestürzung bei dem Gedanken, sie verlassen zu müssen, zu unterdrücken. Die fünf Tage, die sie miteinander im Motel verbracht hatten, waren vergangen wie ebenso viele Sekunden. In dem Sinn, wie sie sich jedoch auf sein Leben auswirkten, mochten es Jahrzehnte gewesen sein. In der Liebe zu ihr hatte er gleichzeitig die Jugend und eine neue Ebene der Reife gefunden. Aber nun war die in seinem Gehirn verborgene erbsengroße Kapsel noch wichtiger geworden als der brandneue Planet, den sie repräsentierte. Zwei weitere Welten standen noch auf dem Spiel, denn wenn es zum Krieg kam, würden weder die Erde noch Emm Luther in ihrer jetzigen Gestalt überleben.

Er hatte einige Zeit gebraucht, Helen klarzumachen, daß sie sich trennen sollten, sobald sie Neu-Wittenburg erreichten. Sie war unbeeindruckt geblieben, als er betont hatte, das heimliche Verlassen des Pavillons entgegen den Anweisungen sei eine Sache, in seiner Begleitung gefaßt zu werden eine andere. Am Ende hatte er ihr versichert, er könne mit seinen Agenten nicht Kontakt aufnehmen, solange er in Begleitung einer Gefängnisbeamtin sei.

»Du rufst mich in meinem Hotel an, ja, Sam?«

»Ich melde mich.« Tallon küßte sie kurz und stieg aus. Als er die Tür schließen wollte, faßte sie nach seinem Ärmel.

»Du rufst wirklich an, Sam. Du fliegst nicht ohne mich weg?«

»Ich gehe nicht ohne dich«, log Tallon.

Mit Seymour unter dem Arm ging er in die Stadt. Der hellblaue Wagen schwebte vorbei, und er versuchte einen letzten Blick auf Helen zu werfen, aber Seymour riß den Kopf in die falsche Richtung. Er hatte es für notwendig gehalten, daß sie sich trennten, denn wenn er und Cherkassky noch einmal zusammentreffen würden, dann hier in Neu-Wittenburg. Das Problem war, daß, gleichgültig, wie sich die Dinge entwickelten, die Trennung endgültig sein würde. Wenn er unentdeckt den Planeten verlassen konnte, würde es keine Rückkehr geben; und bei dem, was sein

Entkommen Emm Luther kosten würde, bestand keine Hoffnung darauf, daß Helen Gelegenheit finden würde, ihm zu folgen.

Tallon ging entspannt und mit schnellen Schritten, achtete aber auf Streifenwagen und uniformierte Männer zu Fuß. Er hatte keinen festen Plan für die Kontaktaufnahme, aber Neu-Wittenburg war die einzige Stadt, wo der Block auf Emm Luther eine wirksame Organisation hatte aufbauen können. Die Anweisungen für ihn hatten ursprünglich gelautet, in der Nähe des Raumflughafens unterwegs zu sein, bis man Verbindung mit ihm aufnahm, und das hatte er jetzt auch vor, drei Monate später. Angesichts des Aufsehens, das seine Flucht aus dem Pavillon erregt hatte, mußte die Organisation Vorbereitungen getroffen haben, um ihn zu empfangen.

Der Kontakt kam früher, als er erwartet hatte.

Tallon ging durch eine stille Straße, ungefähr in Richtung des Hotels, wo alles begonnen hatte, als er plötzlich nichts mehr sah. Er blieb stehen, kämpfte die aufsteigende Panik nieder und entdeckte, daß er wieder sah, wenn er die Augen ein wenig nach links drehte. Offenbar war der Signalstrahl aus dem Sehgerät von der Fugenverbindung mit dem Sehnerv abgelenkt worden, was darauf hindeutete, daß er in ein starkes Kraftfeld irgendeiner Art geraten war. Er war eben zu der Erkenntnis gelangt, daß es vom Inneren eines schweren, neben ihm am Randstein geparkten Lastwagens ausgehen mußte, als – *schnapp!*

Tallon taumelte und suchte nach Halt. Er war in einem langen, schmalen Kasten mit Stromkabeln an den Wänden, der von einer einzelnen Leuchtstoffröhre an der Decke erhellt wurde. Von hinten griffen Hände nach ihm und stützten ihn.

»Flott gemacht«, sagte Tallon. »Ich nehme an, ich bin im Lastwagen.«

»Genau«, sagte eine Stimme. »Willkommen in Neu-Wittenburg, Sam.«

Tallon drehte sich um und sah einen hochgewachsenen, noch jungen, schmalschultrigen Mann mit zerzausten Haaren und ein wenig eingedrückter Nase.

»Ich bin Vic Fordyce«, sagte er. »Ich dachte schon, Sie kommen nie mehr her.«

»Ich auch. Warum ist keiner nach Süden gegangen, um unterwegs nach mir Ausschau zu halten?«

»Das sind sie. Und die meisten waren im Pavillon, bevor Ihre Koje noch ganz ausgekühlt war. Die Leute von der E.L.S.P. müssen jeden Mann von der Erde überwacht haben. Ein verdächtiger Schritt, und aus.«

»So etwa habe ich mir das vorgestellt«, meinte Tallon. »Cherkassky ist auf jeden Fall gründlich. Aber warum mich einfach vom Gehweg reißen? Wäre es nicht einfacher gewesen, die Tür aufzumachen und zu pfeifen?«

Fordyce grinste.

»Das habe ich auch gemeint, aber das Gerät hier ist eigens konstruiert worden, um Sie aus einem E.L.S.P.-Wagen herauszuheben, falls nötig, und man wollte wohl das erstklassige Schwerkraft-Negations-Material nicht einfach versauern lassen. Weil wir schon von Spezialausrüstung sprechen – ist die Brille da das radarähnliche Gerät, von dem wir gehört haben? Wie, zum Teufel, bekamen Sie Gelegenheit, so etwas zu bauen?«

Tallon dachte an Helen, und es schmerzte.

»Eine lange Geschichte, Vic. Was geschieht jetzt?«

»Tja, ich habe eine Drogenpackung hier. Ich soll sie Ihnen geben, während die Jungs vorn in der Stadt herumfahren; dann bringen wir Sie zum Raumflughafen. In einer Stunde müßten Sie an Bord Ihres Raumschiffs sein.«

»In einer Stunde! Aber der Plan –«

»Plan!« unterbrach Fordyce aufgeregt. »Sam, Sie sind jetzt ein wichtiger Mann. Für Sie hält man sich nicht mehr an Flugpläne. Der Block hat ein eigenes Schiff für Sie geschickt. Es ist auf Parane als Handelsschiff registriert, und Sie gehen als Ersatz für einen ausgefallenen Mann der Besatzung an Bord.«

»Sieht das nicht verdächtig aus? Wenn nun ein Flughafenbeamter nachprüft, warum ein paranisches Raumschiff nur nach Emm Luther kommt, um ein neues Besatzungsmitglied aufzunehmen?«

»Das würde Zeit in Anspruch nehmen, und sobald Sie an Bord sind, ist die ›Lyle Star‹ schon so gut wie zu Hause. Sie sieht aus wie ein Handelsschiff, ist aber sehr schnell und besitzt die Feuerkraft von mehreren Schlachtschiffen. Man würde notfalls die ganze Stadt zerbomben, um Sie herauszuholen.«

Fordyce ging im leicht schwankenden Inneren des Lastwagens herum und schaltete die Anti-Schwerkraft-Geräte ab. Tallon setzte sich auf eine Kiste und streichelte Seymour, der auf seinem Schoß lag und zufrieden vor sich hin knurrte. Nach allem, was ich durchgemacht habe, dachte Tallon, kann ich einfach nicht glauben, daß ich praktisch schon in Sicherheit bin. Binnen einer Stunde würde er an Bord eines Raumschiffes sein, im Begriff, von Neu-Wittenburg abzuheben, um Lorin Cherkassky hinter sich zu lassen, den Pavillon, den Sumpf, Amanda Weisner – alles, was mit dieser Welt zusammenhing. Und Helen. Der Gedanke an sie war nun besonders schmerzhaft, der die endgültige Trennung unmittelbar bevorstand.

Fordyce entfaltete ein langes, tragbettähnliches Gestell am Boden und öffnete einen schwarzen Plastik-Kasten. Er deutete auf das Bett.

»Hier, Sam. Legen Sie sich hin, dann machen wir weiter. Es soll ein bißchen weh tun, heißt es, aber nach ein paar Stunden vergeht es.«

Tallon legte sich hin, und Fordyce beugte sich über ihn.

»In gewisser Beziehung haben Sie Glück«, sagte Fordyce, während er eine Injektionsspritze ans Licht hob. »Die Veränderung von Augenpigmentation und Irisstruktur ist immer am schmerzhaftesten, aber in dieser Beziehung haben Sie ja keine Sorgen, oder?«

»Sie reden wie der Arzt im Pavillon«, erwiderte Tallon mit schiefem Lächeln. »Dem schien seine Arbeit auch Spaß zu machen.«

Die Behandlung war nicht so schlimm, wie Tallon sie sich vorgestellt hatte. Manche Verfahren – die Dunkelfärbung seiner Haut, die hellere Tönung seiner Haare – waren völlig schmerzlos; andere taten ein bißchen weh oder waren unbequem. Fordyce arbeitete schnell und geschickt. Einige der Kanülen wurden nur unter die Haut von Tallons Fingerspitzen geschoben und verzerrten die Fingerabdruckstrukturen. Andere wurden tief in große Muskelgruppen gestoßen, erzeugten Kontraktion oder Entspannung, veränderten unmerklich seine Haltung, seine Körpermaße, sogar seinen Gang. Dieselben Techniken wurden auf sein Gesicht angewendet.

Als die Drogen zu wirken begannen, half Fordyce ihm, sich völlig neu einzukleiden. Der Anzug war grau, bequem und ganz unauffällig, genau das Richtige für einen Raumfahrer zwischen Heuern.

»Das wär's, Sam«, sagte Fordyce schließlich mit offenkundiger Befriedigung. »Hier sind Ihre Papiere und Ihre neue Identität. Mehr als gut genug, um Sie durch die Kontrollstellen im Raumflughafen zu schleusen.«

»Geld?«

»Das brauchen Sie nicht. Wir setzen Sie direkt am Abfluggebäude ab. Der Hund muß natürlich weg.«

»Seymour bleibt bei mir.«

»Aber wenn –«

»War die Rede davon, daß ich einen Hund bei mir hatte – bei amtlichen Meldungen oder in einer der Zeitungen?«

»Nein, aber –«

»Dann bleibt Seymour.« Tallon erklärte, daß sein Sehgerät durch die Übernahme von optischen Signalen der Augen des Hundes funktionierte. Außerdem mochte er Seymour. Fordyce zuckte die Achseln und machte ein unbeteiligtes Gesicht. Der Lastwagen wurde langsamer, und Tallon hob den Hund hoch.

»Da wären wir, Sam«, sagte Fordyce. »Raumflughafen. Wenn Sie das Haupttor hinter sich haben, benutzen Sie den Gleitweg zur Nordseite. Die ›Lyle Star‹ finden Sie auf dem Anlegeplatz N. 128. Kapitän Tweedie erwartet Sie.«

Plötzlich widerstrebte es Tallon, zu gehen. Der Weltraum war groß, kalt und endlos, und er war nicht auf ihn vorbereitet.

»Hören Sie, Vic«, sagte er hinhaltend, »das ist ein bißchen plötzlich, nicht? Ich sollte doch eigentlich mit jemandem hier in Neu-Wittenburg reden. Will mich der Zellenleiter nicht sehen?«

»Wir schaffen Sie genauso hinaus, wie der Block das wünscht. Leben Sie wohl, Sam.«

Der Lastwagen setzte sich in Bewegung, als Tallon ausgestiegen war. Er hob Seymour an die Brust und überblickte den über eine halbe Meile reichenden Bereich von Passagier- und Frachtzugängen, von denen aus Gleitwege und Straßen zu einem grellweißen Betonhorizont ausfächerten. Fahrzeuge aller Formen und Größen fuhren zwischen den Empfangsgebäuden, Lagerhäusern und riesigen Wartungshangars dahin. Die schimmernden Walrücken von Raumschiffen in ihren Startgerüsten funkelten in der Morgensonne.

Tallon atmete tief ein und setzte sich in Bewegung. Er entdeckte, daß die Behandlung nicht nur sein Aussehen verändert hatte; er fühlte sich auch anders. Er ging gleichmäßig, aber in einem seltsamen Rhythmus. Er schloß sich dem Strom von Passanten an und fand den für Flughafenangestellte und Besatzungsmitglieder reservierten Zugang. Der gelangweilt wirkende Kontrolleur warf kaum einen Blick auf seine Papiere, bevor er sie zurückgab. Tallon entdeckte zwei weitere Männer, die im Büro hinter dem Kontrolleur herumlungerten. Auch sie schienen sich für Besatzungen überhaupt nicht zu interessieren; aber Tallon hegte keine Zweifel, daß mit einem Computer verbundene Sensoren ihn von Kopf bis Fuß vermessen und geprüft hatten und in lautes Geschrei ausgebrochen wären, hätte er ihren Daten entsprochen.

Tallon konnte kaum glauben, daß er die Kontrollstelle so leicht passiert hatte, und bestieg den Gleitweg Richtung Norden, um nach der ›Lyle Star‹ zu suchen, als ihn das schnelle Transportband zwischen den Reihen von Raumschiffen dahintrug. Es war lange her, seit er Raumfahrzeugen so nah gekommen war, und durch Seymours Augen sah er sie mit neuer Klarheit. Es kam ihm auf einmal zum Bewußtsein, wie unwirklich sie im Morgenlicht aussahen. Die riesigen Metall-Ellipsoide lagen hilflos in ihren Gerüsten, viele von ihnen mit geöffneten Luken, die wie Käfer-Deckflügel herausragten. Fracht- und Versorgungsfahrzeuge umdrängten die offenen Luken.

Im lutheranischen System gab es sonst keine nutzbaren Welten, so daß alle Schiffe Interstellar-Fahrzeuge waren, mit drei voneinander völlig unabhängigen Antriebssystemen. Beim Start wurden Schwerkraft-Negierer eingesetzt, wodurch die großen Raumschiffe empor in den Himmel fielen, aber diese wirkten nur, solange es ein starkes Schwerkraftfeld gab, das in sich selbst zurückgebogen werden konnte. Wenn ein Planetenportal weit entfernt war, stieß ein Ionenreaktor-Antrieb die Schiffe auf altmodische Weise dorthin. Dann kam der Null-Raum-Antrieb, der – auf nur halb begriffene Weise – die großen Raumschiffe in ein anderes Universum saugte, wo das Spiel Energie gegen Masse mit anderen Regeln gespielt wurde.

Tallon bemerkte, daß unter den Uniformen, die er in und am Flughafen sah, das Grau der E.L.S.P.-Leute am häufigsten vertreten war. Es gab keinen Zweifel, daß das Netz nach ihm ausgeworfen war, und dabei war er doch hindurchspaziert.

Ein Schild ›N. 128‹ tauchte auf, und Tallon stieg auf die fortschreitend langsameren Gleitwege um, bis er auf den Beton hinuntertreten konnte. Er ging eine Querreihe von Schiffen entlang und suchte nach dem Zentauren-Emblem der paranischen Raumfahrzeuge. Nach einigen Schritten trat ein Riese mit kolossalen Schultern, in schwarzer Uniform mit goldenen Abzeichen, hinter einem Kran hervor.

»Sie sind Tallon?«

»Richtig.« Tallon war von der Größe des Fremden betroffen. Tallon kam alles groß vor, während er seine Augen unter dem Arm trug, aber dieser Mann war eine Ausnahmeerscheinung, eine hochragende Pyramide aus Muskeln und Knochen.

»Kapitän Tweedie von der ›Lyle Star‹. Freut mich, daß Sie es geschafft haben, Tallon.«

»Mich auch. Wo ist das Schiff?« Tallon gab sich große Mühe, froh zu erscheinen, aber er dachte immer wieder an die achtzigtausend Portale zwischen Emm Luther und der Erde. Bald würden sie zwischen Helen und ihm liegen. Sie würde in einem Hotelzimmer in Neu-Wittenburg warten, und er würde achtzigtausend Portale entfernt sein.

Tweedie wies nach hinten und begann eilig auszuschreiten. Tallon hielt ein paar Meter Schritt, dann begriff er, daß es so keinen Sinn hatte.

»Kapitän«, sagte er ruhig. »Gehen Sie nur zum Schiff und warten Sie auf mich.«

»Was soll das heißen?« Tweedie fuhr sofort herum wie eine

Riesenkatze. Seine Augen funkelten unter dem Schirm seiner Mütze.

»Ich muß noch auf eine Stunde in die Stadt; ich habe etwas zurückgelassen.« Tallon sprach mit tonloser, kühler Stimme, während sein Verstand leierte: Was mache ich? Was mache ich? Was ...

Tweedie lächelte und zeigte ungewöhnlich große Zähne.

»Tallon«, sagte er mit übertriebener Geduld, »ich weiß nicht, was Sie vorhaben, und ich will es auch nicht wissen. Ich weiß nur, daß Sie mein Schiff besteigen – und zwar sofort.«

»Ich besteige Ihr Schiff in einer Stunde«, sagte Tallon. Er trat einen Schritt zurück. »Seit wann erteilen Chauffeure Befehle?«

»Das ist eine neue Form von Verrat, Tallon. Sie werden das nicht überleben.«

»Was wollen Sie dagegen tun, Kapitän?«

Tweedie verlagerte sein Gewicht und beugte sich ein wenig vor, wie ein Ringer, der einen kleineren Gegner schlagartig erledigen möchte.

»Drücken wir es so aus«, sagte er steif. »Der Block ist daran interessiert, daß Ihr Kopf zur Erde zurückgebracht wird. Ob er noch an Ihrem Körper ist oder nicht, erscheint nebensächlich.«

»Es wird aber anstrengend, mich zu fangen«, sagte Tallon zurückweichend, »außer Sie möchten einen Polizisten rufen. Zur Zeit sind ja viele in der Nähe.«

Tweedie krümmte seine Finger, daß die Gelenke krachten, und schaute sich hilflos um. Zwei E.L.S.P.-Leute glitten nur wenige Schritte von ihm entfernt vorbei, und sein Raumschiff war gute vierhundert Meter auf dem überfüllten Betonfeld entfernt.

»Tut mir leid, Kapitän.« Tallon ging zuversichtlich auf das rollende Band zu. »Sie müssen noch ein wenig Geduld haben. Sie können Ihre bequemste G-Zelle bereithalten, wenn ich zurückkomme.«

»Ich warne Sie, Tallon.« Tweedies Stimme klang heiser vor Zorn und Enttäuschung. »Wenn Sie auf den Gleitweg steigen, machen Sie die Rückfahrt zur Erde in einer Hutschachtel.«

Tallon hob die Schultern und ging weiter. Zehn Minuten später war er wieder auf der Straße vor dem Flughafen. Hinauszugelangen war noch einfacher gewesen, als hineinzukommen. Er stopfte seine Papiere in eine Innentasche und faßte den geduldigen Seymour bequemer, während er sich den besten Weg zu Helens Hotel überlegte. Rechts von ihm gab es an einem der Zugänge einen Tumult, und er wandte sich automatisch in die andere Richtung.

Es würde einige Zeit dauern, Helen zu erreichen, und er mußte vorsichtiger sein denn je. Tweedie hatte keine Witze gemacht. Sam Tallon hatte sich in Widerspruch zum Block gesetzt – etwas, was man nur einmal machte – und jetzt würden zwei Gruppen von Agenten in der ganzen Stadt ausschwärmen, um ihn zu suchen. Da Tallon den Block nur zu gut kannte, war ihm auf peinliche Weise klar, daß seine Überlebenschance vermutlich größer war, wenn ihn die E.L.S.P. zuerst faßte.

Er zog die Schultern hoch, um sich eine Zigarette anzuzünden, und marschierte in die Stadt.

17

Tallon entdeckte zu seiner Überraschung, daß er seinen Gegnern gegenüber einen Vorteil besaß. Die Erkenntnis kam ihm, als er zufällig sein Spiegelbild in einem Schaufenster sah und sich im ersten Augenblick nicht erkannte. Was er sah, war ein hochgewachsener, blonder Fremder mit runden Schultern und professoralem Gang. Sein Gesicht wirkte breiter und flacher, und Tallon erkannte sich nur an dem Hund unter seinem Arm.

Das würde auch ein nützlicher Hinweis für die Erd-Agenten sein, entschied er. Er dachte eine Zeit nach, dann kam ihm ein Einfall. Es lohnte sich, das Risiko einzugehen.

»Herunter mit dir, Seymour«, flüsterte Tallon. »Du bist lange genug Passagier gewesen.«

Er stellte den Hund auf die Beine und befahl ihm, bei Fuß zu bleiben. Seymour bellte und rannte mehrmals um Tallon herum. Tallon suchte sein Gleichgewicht in einem sich plötzlich wirbelnd drehenden Universum, befahl dem Hund noch einmal, bei Fuß zu gehen, und war erleichtert, als Seymour sich ihm gehorsam anschloß.

Er ging weiter, geleitet von Seymours liebevollem Blick auf seine sich hebenden und senkenden Fersen, aber das erwies sich als zu schwierig, so daß er die Sehgerät-Steuerung verstellte, bis er durch eine hinter ihm gehende Person sehen konnte. Helen wohnte im Hotel ›Conan‹ in der 53. Straße, wo sie auch bei früheren Besuchen in der Stadt abgestiegen war. Es war vom Raumflughafen etwa vier Meilen entfernt.

Er verfluchte, daß er kein Geld für ein Taxi hatte, und es blieb ihm nichts anderes übrig, als in der Hitze weiterzustapfen. Bald spürte er, daß er sich durch die hohen Absätze Blasen lief. Mehrmals sah er Streifenwagen auftauchen, aber sie befanden sich offenbar auf normaler Rundfahrt durch die Stadt. Wieder ertappte sich Tallon bei dem Gedanken, daß alles zu einfach war, daß er zuviel Glück hatte.

Das ›Conan‹ erwies sich nach den Maßstäben auf Emm Luther als Hotel ersten Ranges. Tallon blieb in einem Eingang auf der anderen Straßenseite stehen und beschäftigte sich mit einem neuen Problem. Helen Juste war vermutlich eine kleine Berühmtheit – als Verwandte des Weltlichen Moderators, als Mitglied der Gefängnisverwaltung und als begüterte Frau – und damit eine auffällige Erscheinung für die Polizei, vor allem, solange sie in einem Hotel wohnte, wo sie bekannt war. Zum Empfang zu gehen und nach ihr zu fragen würde der letzte Fehler sein, den zu begehen er Gelegenheit hatte.

Er beschloß, zu warten, wo er stand, und darauf zu achten, ob sie das Hotel verließ oder betrat. Eine halbe Stunde verging, und sie war wie eine Ewigkeit. Tallon spürte, daß er weitergehen sollte. Dann kam er auf einen anderen Gedanken: Woher wußte er überhaupt, daß Helen im Hotel war? Vielleicht hatte man sie schon abgeholt, oder sie hatte kein Zimmer bekommen oder es sich anders überlegt. Er zauderte weitere zehn Minuten, bis Seymour unruhig wurde und an seinem Hosenbein zu zerren begann. Tallon kam auf eine Idee; der Hund schien intelligent zu sein, warum also nicht . . .?

»Paß auf, du«, flüsterte Tallon und kauerte nieder. »Such Helen. Da im Haus. Such Helen.« Er deutete auf den Hoteleingang, wo mehrere Personengruppen beieinanderstanden.

Durch die Augen eines Passanten sah Tallon Seymour über die Straße rennen und mit wedelndem Schwanz in der Halle verschwinden. Er wählte wieder Seymours Blicksignale und schlängelte sich augenblicklich wild durch die Halle, nur Zentimeter über dem Teppich. Nahaufnahmen von Treppenstufen, Fußleisten und Türpfosten jagten einander. Tallon konnte, fasziniert vom Lauf des Hundes, ihn beinahe schnuppern hören, als er Helens Duftnote aufzuspüren versuchte. Schließlich sah er das Weiß einer Tür vor sich, an dem Hundepfoten scharrten, dann tauchte Helens Gesicht auf, neugierig, überrascht, lachend.

Als sie Seymour auf die Straße hinaustrug, erkannte Tallon seine eigene, graugekleidete Gestalt im Hauseingang gegenüber. Er winkte, sie überquerte die Straße und kam auf ihn zu.

»Sam! Was ist mit dir passiert? Du siehst –«

»Wir haben keine Zeit, Helen. Möchtest du immer noch Flakker-Übergänge erleben?«

»Das weißt du. Was muß ich packen?«

»Dafür bleibt auch keine Zeit mehr.« Nun, da er soweit gekommen war, fühlte sich Tallon plötzlich krank vor Angst; er ahnte, daß sein Glück nicht halten konnte. »Wenn du Fahrgeld fürs Taxi hast, machen wir uns sofort auf den Weg.«

»Gut, Sam. Das Fahrgeld habe ich.«

Er nahm Seymour unter den Arm und ergriff Helens Hand. Sie machten sich auf die Suche nach einem Taxi. Unterwegs erklärte er ihr die Lage. Wenige Minuten später erwischten sie ein leeres Robo-Taxi. Tallon ließ sich in den Sitz fallen, während Helen das Ziel einprogrammierte und einen Geldschein zwischen die wartenden Gummirollen schob. Tallons Nerven schwirrten eine dünne, scharfe Melodie, wie Hochspannungskabel im Sturm. Er hätte am liebsten geschrien. Daran änderte selbst nichts, daß er Helen berühren und sie ansehen konnte; das ganze Universum stürzte über ihm zusammen, und er würde sehr, sehr schnell laufen müssen . . .

Im letzten Straßengeviert vor dem Raumflughafen streckte Tallon die Hand aus und drückte den Knopf, der das Taxi zum

Stehen brachte. Sie stiegen aus und gingen den Rest des Weges zu Fuß, weil Tallons Instinkt ihm sagte, daß sie so sicherer waren.

»Wenn wir am Eingang sind, müssen wir uns ein paar Minuten trennen«, sagte er. »Ich bin angeblich ein paranisches Besatzungsmitglied, habe also den Personaleingang rechts zu benützen. Du nimmst dir eine Besucherkarte und gehst durch eine andere Tür hinein. Wir treffen uns am Ende der Hauptgleitbahn nach Norden.«

»Wird es denn klappen, Sam? Es kann doch sicher niemand einfach ohne alle Formalitäten ein Raumschiff betreten und davonfliegen.«

»Keine Sorge. Raumflughäfen wie dieser sind zu groß für eine zentrale Zoll- und Einreise-Abfertigung. In jedem Landegerüst befindet sich ein Feld-Neutralisator, der das Raumschiff am Abheben hindert, bis die Zoll- und Paß-Teams es überprüft haben.«

»Ist das nicht genauso schlimm, von uns aus gesehen?«

»Das ist kein gewöhnliches Schiff. Es wird etwas an Bord haben, um den Neutralisator außer Betrieb zu setzen. Wir werden nicht auf eine Abfertigung warten müssen.«

»Aber deine Seite rechnet doch nicht damit, daß du mich mit an Bord bringst.«

»Vertrau mir, Helen. Alles wird gutgehen.« Tallon dehnte seine Lippen zu einem Lächeln. Er hoffte, daß es besser aussah, als es sich anfühlte.

Als er sich dem schwarzen Tunnel des Zugangs für Besatzungen näherte, spürte Tallon, wie auf seiner Stirn eiskalter Schweiß ausbrach. Als Seymours Augen sich an das trübe Licht im Tunnel gewöhnt hatten, entdeckte Tallon, daß sich nichts verändert hatte. Derselbe gelangweilte Angestellte prüfte oberflächlich seine Papiere; dieselben Sicherheitsbeamten in Zivil hockten in dem engen Büro. Tallon griff nach seinen Ausweisen, ging weiter zum sonnenbeschienenen Rand des Betonfeldes und sah Helen warten. Sie wirkte unvorstellbar vollkommen und lächelte, als wollten sie zum Tanz.

Tallons Angst wuchs, obwohl er ihre Ursache nicht zu erkennen vermochte. Als sie auf den Gleitweg traten, stieg die Idee, die sein Unbewußtes durchstreift hatte, an die Oberfläche.

»Helen«, sagte er, »wie weit ist es von hier bis zum Pavillon?«

»Ungefähr tausend Meilen – ein bißchen mehr. Ich weiß es nicht genau.«

»Ein weiter Weg für einen Blinden, ohne gefaßt zu werden, zumal wenn ihn ein Mann wie Cherkassky verfolgt.«

»Na ja, du hast eben Glück gehabt.«

»Das ist es ja, was mir Sorgen macht – ich hatte vorher noch nie Glück. Ich werde das Gefühl nicht los, daß Cherkassky mit mir spielt. Mich unterwegs zu erwischen wäre kein besonderer Anlaß für ihn gewesen, stolz zu sein, aber nimm einmal an, er läßt mich zunächst mein Ziel erreichen. Dann könnte er ein Raumschiff der Erde und seine Besatzung kassieren.«

Helen sah ihn bedrückt an.

»Er würde eine große Verantwortung auf sich laden.«

»Vielleicht auch nicht. Die Verhandlungen auf Akkab über territoriale Erwerbungen sind abgebrochen, aber viele Leute in der Föderation finden, daß die Lutheraner sich zu sehr festbeißen und zu futterneidisch sind. Es würde Emm Luther sehr gut ins Konzept passen, wenn es einen schweren Zwischenfall gäbe – wenn zum Beispiel ein Schiff in Blockbesitz, als paranisches Handelsschiff getarnt, dabei erwischt wird, wie es einen Spion hinauszuschmuggeln versucht.«

Der Wind spielte mit Helens Haar, als sie auf die schnelleren Bänder der Gleitbahn umstiegen. Sie hielt die kupferfarbenen Locken mit gespreizten Fingern fest.

»Was willst du tun, Sam? Umkehren?«

Tallon schüttelte den Kopf.

»Mit dem Umkehren ist Schluß. Außerdem schätze ich Cherkassky vielleicht zu hoch ein. Es ist aber merkwürdig, daß ich, ohne von der einen oder anderen Seite belästigt zu werden, in die Stadt und zu deinem Hotel gelangen konnte. Wieder Glück, dem Anschein nach.«

»Sieht so aus.«

»Wir steigen hier lieber ein bißchen früher ab, für alle Fälle.«

Sie traten bei N. 125 vom Gleitweg, drei Reihen vor jener, in der er mit Tweedie zusammengetroffen war. Tallon bemerkte, daß Helen noch immer ihre grüne Uniform trug und im Gewimmel des Flughafens durchaus nicht fehl am Platz wirkte. Sie brauchten zwanzig Minuten, um das Ende der Reihe zu erreichen, wo sie sich wieder nach Norden wandten. Tallon blieb stehen, als er den grünen Zentaur Paranes am Bug des dicken, silbergrauen Raumfahrzeugs vor sich sah.

»Kannst du den Namen lesen? Seymour ist ein bißchen kurzsichtig.«

Helen beschattete die Augen vor der tiefersinkenden Sonne. »›Lyle Star‹.«

»Das ist es.«

Er ergriff ihren Arm, zog sie in die Windschattenseite einer Reihe von Frachtpaletten mit hoch übereinandergetürmten Kisten, und sie gingen weiter. Dabei mieden sie die Sichtlinie aller Personen, die sie vielleicht vom Schiff aus beobachten mochten. Als Tallon näher herankam, sah er, daß keines der Landegerüste neben der ›Lyle Star‹ besetzt war. Das mochte ein Zufall sein – es konnte aber auch daran liegen, daß jemand Platz für rasche Aktion geschaffen hatte. Das Raumschiff selbst war für die Flug-Konfiguration völlig versiegelt, mit Ausnahme des Besatzungseingangs in der Nähe der Bugspitze. Kein Anzeichen von Leben war am oder im Schiff zu entdecken.

»Es sieht nicht richtig aus, und es sieht nicht falsch aus«, meinte Tallon. »Ich finde, wir sollten uns irgendwo verstecken und das Schiff eine Weile beobachten.«

Sie rückten näher, überquerten freie Stellen nur, wenn fahrbare Kräne Deckung boten, und kamen auf etwa hundert Meter an die ›Lyle Star‹ heran. Das Tageslicht verblaßte, und die meisten Angehörigen der Tagschicht verließen den Flugplatz, so daß die Anwesenheit von zwei unbefugten Personen verdächtig erscheinen mochte. Tallon schaute sich nach einem Versteck um und entschied sich für einen in der Nähe stehenden Kran. Er führte Helen zu der riesigen, gelben Maschine, die hoch über ihnen emporragte. Tallon öffnete eine Prüfplatte im Motorteil, zog die Papiere heraus und blickte von ihnen zur offenen Luke und wieder zurück, in der Hoffnung, wie ein Wartungsinspektor im Dienst zu erscheinen.

»Paß auf, daß dich niemand beobachtet«, befahl er, »dann steig hinein.«

Helen sog überrascht den Atem ein und gehorchte. Tallon besichtigte die Umgebung, stieg ihr nach und schloß die Luke. In der stickigen, nach Öl stinkenden Dunkelheit zwängten sie sich an den großen Turbinen vorbei zu der Seite des Krans, die zur ›Lyle Star‹ wies. Eine Reihe von Ventilationsschlitzen erlaubte einen klaren Blick auf das Raumschiff und die Betonfläche dazwischen.

»Tut mir leid, daß dieser Unfug sein muß«, sagte Tallon. »Du kommst dir wohl vor wie ein kleines Kind, das sich im Gebüsch versteckt.«

»So ungefähr«, flüsterte sie und rückte in der Dunkelheit näher an ihn heran. »Machst du so etwas oft?«

»Gewöhnlich ist es nicht so albern, aber kindisch geht es in diesem Beruf oft zu.«

»Warum machst du nicht Schluß?«

»Das habe ich vor. Deshalb möchte ich in diesem Stadium auch nicht Cherkassky in die Arme laufen.«

»Aber du glaubst doch nicht wirklich, daß er in diesem Schiff ist?«

Tallon hielt Seymour an den nächsten Schlitz, um hinauszublicken.

»Nein, es ist nur eine Möglichkeit. Aber da drüben sieht es zu still aus.«

»Kannst du nicht dein Sehgerät auf irgend jemanden drüben einstellen, um zu erfahren, wer da ist?«

»Gute Idee, aber es funktioniert nicht. Ich habe es eben ausprobiert. Die Signale sind zu scharf ausgerichtet, und der Rumpf muß so dick sein, daß er sie nur an den Sichtplatten durchläßt – und die sind alle ganz vorn am Bugteil.«

»Wie lange warten wir dann hier?« Helens Stimme klang bedrückt.

»Nur, bis es ein bißchen dunkler wird, dann probieren wir es mit Seymour. Wenn er durch die Luftschleuse kommt, müßte ich lange genug mit ihm in Kontakt bleiben können, um zu sehen, ob eine Empfangsparty auf uns wartet.«

Als die Sonne untergegangen war und die blauen Lichter rund um den Flughafen aufstrahlten, schob Tallon den kleinen Hund hinunter auf den Betonboden, hinaus durch die Luke und richtete ihn auf das Schiff aus. Seymour wedelte unsicher mit dem Schwanz und trottete auf den dunklen Rumpf der ›Lyle Star‹ zu. Tallon gebrauchte kurz Helens Augen und sah den Hund über die Betonfläche laufen und die kurze Rampe hinauf. Seymour zeichnete sich einen Augenblick vor den zitronenfarbenen Strahlen ab, die aus dem Schiffsinneren drangen. Tallon drückte Seymours Stift am Sehgerät gerade rechtzeitig, um den Hundeblick auf einen Stiefel zu erhaschen, der nach ihm zuckte.

Tallon, der hundert Meter entfernt im Maschinenraum des Krans kauerte, hörte Seymours erschrockenes Jaulen. Einige Augenblicke später war der Hund zum Kran zurückgestürmt und zitterte in Tallons Armen. Tallon beruhigte den Terrier, während er sich überlegte, wie es weitergehen sollte.

Es war nur ein Sekundenbruchteil gewesen, aber mehr hatte er nicht gebraucht, um den blonden, stämmigen Sergeanten zu erkennen, der Cherkassky in der Nacht, als sie Tallons Geist auszulöschen versucht hatten, behilflich gewesen war.

18

Einige Zeit vor Anbruch des Tages spürte Tallon Krämpfe in den Beinen. Er massierte heftig die verknoteten Muskeln und fragte sich, ob die Drogen an Wirkung verloren oder ob das eine natürliche Auswirkung der Kälte war.

»Was ist denn, Liebling?« Helens Stimme klang schläfrig.

»Meine Beine bringen mich um. Wie spät ist es?«

»Meine Uhr liegt im Hotel. Es muß aber bald Morgen sein. Ich kann Vögel zwitschern hören.«

»Vögel sind ja gut, aber wenn du in der Kabine über uns Leute hörst, müssen wir ’raus.« Er legte den Arm um Helens Schultern. Sie fühlte sich klein und kalt an, und plötzlich tat sie ihm leid. »Vielleicht sollten wir auf jeden Fall abziehen. Niemand wird das Schiff verlassen.«

»Aber wenn du in die Stadt zurückgehst, wird man dich früher oder später erwischen. Deine einzige Chance, zur Erde zurückzukehren, liegt hier im Raumflughafen.«

»Feine Chance.«

Es blieb lange still, bevor Helen antwortete, und als sie es tat, klang ihre Stimme kühl und fest – genauso wie bei ihrer ersten Begegnung im Pavillon. »Sie kämen heraus, wenn ich ihnen verrate, wo du bist, Sam. Ich könnte in das Schiff gehen und sagen, du versteckst dich hier in einem anderen Teil des Flughafens.«

»Ach was.«

»Nein, hör zu, Sam. Ich könnte behaupten, ich wäre dir eben entwischt und du hättest vor, irgendein anderes Raumschiff zu erreichen.«

»Cherkassky oder wer immer dort drüben wartet würde dir sofort auf die Schliche kommen. Solche Geschichten wirken nie, jedenfalls nicht bei einem Profi. Wenn du eine Lüge erzählst, dann muß sie so ausgefallen sein, daß jeder sie glaubt, weil du so etwas nie behaupten würdest, wenn es nicht wahr wäre; oder besser noch, sag die Wahrheit, aber auf eine solche Weise, daß –« Tallon verstummte plötzlich.

»Helen, hat man dir im Pavillon gesagt, weshalb ich überhaupt festgenommen worden bin?«

»Ja. Du hast herausbekommen, wie man Ha Mühlenberg findet.«

»Was würdest du sagen, wenn du erfährst, daß ich diese Information noch immer besitze?«

»Das würde ich als eine Lüge auffassen. Das ist alles gelöscht worden, und man hat es bei dir wiederholt nachgeprüft.«

»Da unterschätzt du die Erde, Helen. Die Kolonien haben vergessen, wie gut wir uns auf manche Dinge verstehen.«

»Worauf willst du hinaus, Sam?«

Tallon berichtete von der Kapsel, die über einem Fragment seines Gehirns zugeschnappt war und es vor allen Löschversuchen geschützt hatte, wodurch in seinen submolekularen Strukturen die vom Block erhoffte Information bewahrt wurde. Er spürte, wie Helen erstarrte.

»Deshalb geben sich deine Leute also solche Mühe, dich zurückzuholen«, sagte sie schließlich. »Ich habe nicht geahnt, daß ich dir dabei behilflich bin, einen ganzen Planeten an die Erde auszuliefern. Das macht einen Unterschied.«

»Und ob«, sagte er. »Weißt du nicht, daß es um diesen Planeten Krieg geben wird? Wenn ich hier herauskomme, findet der Krieg nicht statt.«

»Natürlich nicht, die Erde hat ja dann, was sie will.«

»Ich denke nicht an die Regierungen«, meinte Tallon drängend. »Alles, worauf es ankommt, sind die Menschen, die Zivilisten, die Kinder auf den roten Dreirädern, die nicht zu sterben brauchen, wenn ich zum Block zurückgelange.«

»So empfinden wir alle, aber es bleibt doch die Tatsache –«

»Ich hätte entkommen können«, unterbrach Tallon ruhig. »Ich war am Schiff und bin umgekehrt.«

»Spiel nicht den Tragöden, bei mir wirkt das nicht. Wir haben schon klargestellt, daß der Sicherheitsdienst vorhatte, sich von dir zum Raumschiff führen zu lassen. Selbst wenn es abgehoben hätte, wäre es vor dem Portal abgefangen worden.«

»Nun gut. Dann wäre ich wahrscheinlich tot. Ich hätte keine Megatoten auf dem Gewissen.«

»Dein Edelmut kommt noch schlechter an als der meine.«

»Verzeihung«, sagte Tallon steif. »Mein Humor scheint in den letzten Monaten verkümmert zu sein.«

Helen lachte fröhlich.

»Jetzt scheinst du sogar beleidigt zu sein.« Sie lehnte sich an ihn und küßte ihn auf die Wange. Ihr Gesicht fühlte sich kalt an. »Verzeih, Sam. Du hast natürlich recht. Was soll ich tun?«

Tallon erläuterte seine Idee.

Eine Stunde später überprüfte Tallon im zinnernen Morgenlicht die Munition in der Pistole und streckte seine Beine ein paarmal, um sich auf den Lauf vorzubereiten.

Seine Idee war einfach, aber mit neunzigprozentiger Wahrscheinlichkeit würde Helen von ihm getrennt werden, wenn er diese Idee in die Tat umsetzte. Und diesmal würde es keine Umkehr geben. In der taukalten Dunkelheit des Motorraums sahen sie dieser Möglichkeit ins Gesicht und akzeptierten sie. Beide Seiten sahen ein, daß er, selbst wenn er abzuheben vermochte, das Portal vielleicht nicht erreichte; und wenn er es erreichte, würde ihre persönliche Zukunft so sehr auseinanderstreben wie die ihrer beiden Welten. Sie mußten sich Lebewohl sagen.

Der Plan sah vor, daß Helen, vom Schiff aus unbeobachtet, zum Gleitweg zurückschlich und dann von der anderen Seite her ganz normal herankam. Sie sollte behaupten, Tallon habe sie gezwungen, ihn zur Stadt zu fahren, und sie sei eingesperrt worden, nachdem er mit den Zellenmitgliedern in Neu-Wittenburg Kontakt aufgenommen habe. Tallon sei dorthin zurückgekehrt, als er erkannt habe, daß ihn in der ›Lyle Star‹ eine Falle erwarte. Sie sollte eine Adresse im Lagerhaus-Gürtel nennen und behaupten, sie sei entkommen, während Tallon und die anderen geschlafen hätten. Aus Angst, sie könnten vor Polizeistationen oder in der Straße auf sie warten, habe sie beschlossen, zum Raumflughafen zu fliehen, dem einzigen Ort, den der Mann von der Erde meiden würde. Dann sollte sie von der Gehirnkapsel berichten.

Tallon spürte eine leichte Übelkeit, wenn er über die dürftige Geschichte nachdachte. Er setzte alles darauf, daß Cherkassky sich nicht die Zeit zum Überlegen würde nehmen können, wenn sie ihm erzählte, was in Tallons Gehirn verborgen war. Von einem halb privaten Rachefeldzug Cherkasskys oder auch einem politischen Schachzug Emm Luthers würde der Zwischenfall zu jener Art von Großkrise werden, die Regierungen stürzt. Wie es danach weiterging, würde von Cherkasskys Reaktion abhängen. Wenn er in die Stadt stürmte und Helen unter Bewachung im Schiff zurückließ, gedachte Tallon an Bord zu gehen und auf die gefährliche kleine Pistole zu vertrauen, um für sie beide durchzusetzen, daß sie den Planeten verlassen konnten. Cherkassky mochte darauf bestehen, daß Helen ihn als Führerin begleitete, und in diesem Fall würde Tallon es auf eigene Faust versuchen müssen.

Seymour winselte und drehte den Kopf vom Luftschlitz, so daß Tallon keinen Blick mehr nach draußen hatte. Er streichelte den wuscheligen Kopf.

»Nur ruhig, mein Kleiner. Wir können hier bald heraus.«

Er hielt Seymour fest und hob ihn wieder vor den schmalen Schlitz. Am Boden des Motorgehäuses befand sich eine Öffnung, und wenn der Hund dort hinauskam, würde er nicht mehr zurückkehren wollen. Tallon nahm es ihm nicht übel, aber er brauchte jetzt Seymours Augen nötiger denn je. Es war gerade Zeit, daß Helen unter den Frühschicht-Mannschaften auftauchte, die zu ihren Arbeitsplätzen schlenderten. Der Flughafen erwachte nach der langen Nacht wieder zum Leben, und wieder meldete sich der Gedanke, daß jemand den Kran, in dem er sich befand, in Betrieb nehmen könnte.

Plötzlich fingen Seymours kurzsichtige Augen den kupfernen Farbfleck von Helens Haar auf und ein verschwommenes Grün, ihre Uniform.

Sie ging die Rampe hinauf und betrat die ›Lyle Star‹. Tallon kauerte in der Dunkelheit, nagte an seinen Knöcheln und fragte sich, welche sichtbaren Resultate er von Erfolg oder Mißerfolg des Schachzuges erhalten würde. Eine Minute schleppte sich dahin; dann zwei ... drei ... Die Zeit dehnte sich quälend, es gab kein Anzeichen für irgendeine Bewegung im oder am Raumschiff. Und dann wurde seine Frage beantwortet!

Der Himmel verdunkelte sich.

Tallons Herz erstarrte vor Schrecken, als er sah, was geschah. Eine Formation von sechs Geschützen auf Selbstfahrlafetten glitt keine dreißig Meter hoch über das Flugfeld und schnitt das Licht ab. Dunkle Wolken aus Erde und Steinen wirbelten unter ihnen gewichtslos in den Strudelströmungen ihrer Negativ-Schwerkraft-Felder. Sie schwärmten aus und sanken in der Nähe der Nordgrenze des Flughafens, etwa eine halbe Meile entfernt, nieder. Im gleichen Augenblick kreischten Sirenen ihren ohrenbetäubenden Alarm. Die winzigen Figuren der Techniker, die zwischen den Raumschiffen herumliefen, kamen zum Stehen, als dem Sirenengeheul eine ins Ungeheure verstärkte menschliche Stimme folgte.

»Hier spricht General Lucas Heller im Namen des Weltlichen Moderators. Der Raumflughafen steht ab sofort unter Kriegsrecht. Das gesamte Personal hat sich augenblicklich zum Südrand des Feldes zu begeben und sich im Empfangsbereich zu melden. Die Zugänge sind abgesperrt, jeder, der den Raumflughafen auf anderem Wege zu verlassen versucht, wird erschossen. Ich wiederhole: erschossen. Geraten Sie nicht in Panik, aber führen Sie den Befehl sofort aus. Es handelt sich um einen planetarischen Notstand.«

Während die Echos der Stimme in flachen Wellen über die Reihen der Raumschiffe hinwegrollten, wurde der Himmel wieder von Laser-Flößen verdunkelt, die lautlos auf dem ganzen Feld Aufstellung nahmen. Tallon fühlte, wie sich seine Lippen zu einem bebenden, ungläubigen Lächeln verzerrten. Sein Spiel war verloren – und wie verloren! Cherkassky mußte Helens Bericht über die Kapsel akzeptiert und alles andere durchschaut haben. Er mußte erraten haben, daß Tallon in der Nähe war und mit Hilfe der Funkanlage des Schiffes den Notstand verkündet haben.

Tallon sah betäubt zu, als das Flughafenpersonal die Arbeit einstellte und in die Autos stieg oder zu den Gleitwegen lief. Binnen fünf Minuten erschien das riesige Flugfeld völlig verlassen. Die einzige sichtbare Bewegung rührte von den quirlenden Staubvorhängen an den Laser-Flößen her.

Seitdem Helen die ›Lyle Star‹ betreten hatte, war niemand herausgekommen, und er konnte nicht ahnen, was mit ihr geschehen war. Tallon saß still im Dunkeln und wartete, obwohl es nichts mehr gab, worauf er warten konnte. Er preßte die Stirn an das kühle Metall des Motorgehäuses und fluchte.

Weitere fünf Minuten vergingen, dann hörte Tallon Schritte auf dem Beton scharren. Er hob Seymour wieder an den Ventilationsschlitz und sah mehrere Männer in den grauen Uniformen der E.L.S.P. von der Rampe treten. Ein offenes Militärfahrzeug raste an den Raumschiffen entlang und hielt vor der Gruppe. Die meisten der Männer stiegen ein und wurden in Richtung Stadt gefahren; zwei andere stiegen die Rampe wieder hinauf und verschwanden im Schiff.

Tallon zog die Brauen zusammen. Es sah so aus, als kontere Cherkassky Tallons Haupteinsatz, indem er den Rest von Helens Erzählung überprüfte, wodurch Tallons Lage doppelt hoffnungslos wurde. Und wenn die E.L.S.P. das Lagerhaus erreichte und dort nichts fand, steckte Helen ebenso tief in der Sache wie er. Cherkassky ist tüchtig, räumte Tallon ein, während er sehnsüchtig die Pistole betastete. Wenn der Mann nur aus dem Raumschiff getreten wäre, hätte Tallon vielleicht nah genug herankommen können, um zu beenden, was er in der Nacht, als er Cherkassky aus dem Hotelfenster gestürzt, begonnen hatte. Vielleicht war das der

Grund, warum Cherkassky im Schiff blieb, obwohl er nicht mehr damit rechnen durfte, daß ihm Tallon ins Netz lief.

Wenn er glaubt, daß ich hier draußen bin, bereit, alles für eine letzte Chance, ihn zu töten, in die Waagschale zu werfen, dachte Tallon, wie wird er dann logischerweise vorgehen? Antwort: Er wird eine gründliche Durchsuchung des Gebiets anordnen.

So, als hätten sie seine Gedanken gelesen, erschienen in diesem Augenblick die ersten E.L.S.P.-Leute. Sie waren noch mehrere hundert Meter entfernt, aber die Tatsache, daß er in seinem winzigen Sichtausschnitt mehrere graue Uniformen sehen konnte, bedeutete, daß sie überall sein mußten. Tallon lehnte sich an den Motorflansch und drückte den Hund an seine Brust. Sein Versteck hatte nichts Raffiniertes an sich; es war eine der ersten Stellen, wo die Männer nachschauen würden, sobald sie herankamen.

Tallon wog die Pistole in der Hand und traf seine Entscheidung. Er konnte hierbleiben, bis er aufgespürt wurde, oder versuchen, Cherkassky zu erschießen. Die Chancen, daß er überleben würde, standen dabei eins zu einer Million.

»Komm, Seymour«, flüsterte er. »Ich hab' ja gesagt, daß wir bald hier herauskommen.«

Er tastete sich um den Motor herum zur Luke, zögerte einen Augenblick, dann öffnete er langsam die Tür und ließ einen grellen Streifen Tageslicht herein. Er schob den Fuß durch die Luke, als er das Trommeln schwerer Reifen und das Heulen eines Automotors herankommen hörte.

Tallon zog den Fuß schnell zurück und hastete wieder durch den Motorraum. Das Geräusch stammte von einem Mannschaftswagen. Er brauste über den freien Platz, bremste stark und kam zwischen Tallon und der ›Lyle Star‹ zum Stehen. Die erste Gruppe von E.L.S.P.-Leuten sprang heraus, lief zum Schiff und die Rampe hinauf. In der jetzigen Position würde ihm das Fahrzeug Deckung für seinen Sturm auf das Schiff bieten, auch wenn das nicht viel nützte, aber wenigstens hatte er jetzt keinen Grund mehr, noch länger zu warten.

»Komm, Seymour. Es ist soweit.«

Draußen auf der anderen Seite der Betonfläche stieß ein Mann ein dünnes, hohes Lachen aus. Mit einem süßen, eisigen Schlag erkannte Tallon die Stimme Lorin Cherkasskys. Warum hatte er das Schiff verlassen? Tallon preßte Seymours Kopf an den Schlitz, aber die Augen des Hundes rollten hin und her und lieferten nur lockende Kurzaufnahmen der Szene, die Tallon sehen wollte. Endlich konnte er die schwarzgekleidete Gestalt Cherkasskys erkennen, der mit Helen und mehreren E.L.S.P.-Leuten unterwegs zum Mannschaftswagen war. Cherkassky schien sie anzulächeln, aber Seymours Kurzsichtigkeit erschwerte es Tallon, Gewißheit zu erlangen. Was, zum Teufel, ist passiert? dachte er.

Erst jetzt erinnerte er sich an die Möglichkeit des Sehgeräts, drückte auf den zweiten Stift, der noch immer auf Helen eingestellt war, und gelangte hinter ihre Augen. Cherkasskys hageres Gesicht und das so gar nicht zu ihm passende üppige, gewellte Haar wurden sichtbar. Seine Augen glitzerten vor Erregung, während er sprach, und Tallon konzentrierte sich auf seine Lippen, um die Worte abzulesen.

». . . meine Lage richtig sehen, Miss Juste. Ihre Geschichte klang unter den Umständen ein wenig phantastisch, aber seit meine Leute Häftling Tallon an der angegebenen Stelle gefaßt haben, kann ich nichts anderes tun, als mich für meine Zweifel bei Ihnen zu entschuldigen. Tallon wehrte sich zunächst, aber als er einsah, daß es keinen Zweck hatte, gab er auf und gestand, wer er war, also . . .« Sein Gesicht verschwand, als Helen den Blick von ihm abwandte und auf das gelbe Motorgehäuse richtete, in dem sich Tallon verbarg.

Tallon fragte sich, ob sie ebenso verwirrt war wie er. Die Adresse, die Helen Cherkassky gegeben hatte, hatten sie willkürlich gewählt. Cherkasskys Leute waren aber offenbar hingefahren und hatten einen Mann gefunden, den sie für Sam Tallon hielten. Nicht nur das, der Mann gab sogar zu, Sam Tallon zu sein!

19

Tallon schaltete zurück auf Seymours Augen und beobachtete Helen, Cherkassky und die anderen auf dem Weg zum Mannschaftswagen. In wenigen Minuten würde sein Weg zum Schiff frei sein, dank des anderen Tallon, dessen wunderbares Auftreten ein Rätsel war.

Cherkassky würde jedoch früher oder später auf die Wahrheit stoßen, und dann konnte Helen nichts vor seinem Zorn schützen. Sie ging ruhig neben den anderen her, scheinbar unbeteiligt, aber Tallon sah sie von Zeit zu Zeit zu seinem Versteck herüberschauen. Das ist, dachte er, das letztemal, daß ich sie sehen werde – und ich kann nichts tun.

»Helen«, flüsterte er.

Als Seymour ihren Namen hörte, wand er sich wild in Tallons Armen, sprang hinunter und lief durch die Bodenöffnung hinaus ins Freie, auf die Gruppe zu.

Tallon, der noch immer die Augen des Hundes geschaltet hatte, sah, wie die Figuren größer wurden. Cherkasskys eingefallenes Gesicht wandte sich dem Hund – und Tallon – in plötzlicher Anspannung zu.

Als Seymour sich der Gruppe näherte, schlug er einen Bogen, um zu Helen zu gelangen, und das Bild, das er übertrug, wurde zu schwankend, um zu genügen. Tallon schaltete auf Helens Augen um und sah den kleinen Hund heranspringen, während einer der Männer ihn mit Armbewegungen zu verscheuchen versuchte und – am Rand ihres Gesichtsfelds – Cherkassky auf den Kran deutete und hastig etwas sagte. Cherkasskys schrille Kommandos drangen bis in Tallons Versteck.

Tallon fluchte wild, torkelte durch den Maschinenraum, weil er nur sehen konnte, was Helen sah, und stürzte sich durch die Luke. Er sah seine eigenen Füße auf der fernen Kranseite auftauchen, wie Helen sie sah, dann tauchte seine graue Gestalt auf, in wildem Lauf, und schlug einen Haken, als sie den grellgelben Kran umrundete.

Geleitet von Helens Augen rannte Tallon verzweifelt auf das Raumschiff zu. Seine Beine waren von dem langen Aufenthalt in dem engen Gehäuse taub und zwangen ihn, mit grotesk stolpernden Schritten zu laufen. Während er mit Armen und Beinen pumpte, um etwas mehr Tempo herauszuholen, sah er, wie die Männer ausschwärmten und Waffen aus ihren Halftern rissen.

Er hörte das vertraute, zornige Surren von Hornissen-Pistolen. Die Entfernung war ein bißchen zu groß, und die drogengeladenen Pfeile klirrten um seine Füße. Dann hörte er, womit er gerechnet hatte – das trockene Bellen von Pistolenschüssen, gefolgt von fernen Schreien. Ein Schnellfeuergewehr ratterte und füllte die Luft mit heulenden Querschlägern.

Tallon sah die kleine, verschwommene Gestalt Seymours, außer sich vor Angst, auf sich zustürmen. Der Hund sprang auf Tallons Arme, und der Anprall warf Tallon beinahe um. Er taumelte und rannte weiter, schon auf halbem Weg zur Rampe der ›Lyle Star‹.

Immer noch durch Helens Augen sah er Cherkassky ein paar Schritte hinter ihm herlaufen, dann stehenbleiben und mit einer Pistole sorgfältig zielen. Im Augenblick des Abdrückens schwankte Cherkassky, als Helen seinen Arm packte und mit ihm um die Waffe rang. Cherkasskys Gesicht verzerrte sich vor Wut, als er sie abschüttelte und wieder zielte. Helen stürzte sich erneut auf ihn, fuhr ihm mit krallenden Fingern ins Gesicht.

Tallon sah weiße Höfe um die Augen Cherkasskys leuchten, als dieser herumfuhr, sah die schwarze, runde Mündung der Pistole Feuer speien, sah die Dunkelheit über Helens Blick auf seine eigene, immer noch laufende Gestalt fluten. Dann war er blind und fauchte vor Haß. Er schaltete auf Seymours Augen um und sah graue Uniformen neben Helens Körper stehen.

Die Pistole zuckte in Tallons Hand, als er sich damit umdrehte und den Abzug betätigte, so schnell es ging. Männer in Grau taumelten und brachen unter dem Hagel vielfacher Geschosse zusammen, aber nicht Cherkassky, der dastand und endlich doch einen Schuß auf Tallon abgab.

Tallon spürte, wie etwas an seinem Ärmel zupfte, hörte, wie Seymour einen beinahe menschlichen Schmerzenslaut von sich gab. Dann war er am Fuß der Rampe und stürmte die federnde Steigung hinauf. Der blonde Sergeant tauchte oben auf, den Mund vor

Überraschung aufgerissen, während er nach seinem Halfter tastete. Tallon drückte instinktiv ab, und der Sergeant wurde von der Rampe gerissen, als ihn alle sechs Geschosse trafen.

»Los, ihr Narren«, brüllte Cherkassky zornig. »Knallt ihn ab.«

Tallon raste durch die Luftschleuse, geduckt unter einem Hagel von Blei, und warf den Handhebel herum. Als Motoren aufheulten und die schwere Außentür hochhievte, sah Tallon Männer auf die Rampe zulaufen. Er schoß auf sie, dann knackte die Waffe kraftlos.

Tallon warf sie weg, rannte weiter den kurzen Laufgang zum Steuerdeck hinauf, durch einen Korridor, in den Kontrollraum. Die Bildschirme waren leer, die Steuerkonsole tot. Seine rechte Hand raste über die Reihe der Hauptschalter, die Stromkreise und Systeme in Betrieb setzten. Es würde etwa eine Minute dauern, bis die Negativ-Schwerkraft-Anlagen das Schiff in den Himmel fallen lassen konnten. Grünes Licht zeigte an, daß die Luftschleuse geschlossen und das Raumschiff flugfertig versiegelt war. Für den Augenblick in Sicherheit, sank Tallon in den Mittelsessel und schaltete die Bildschirme ein. Er war dem Block dankbar für die gründliche Ausbildung in der Handhabung aller wesentlichen Steuerfunktionen.

Die Schirme glühten farbig auf und lieferten ihm, den Direkt-Sichtplatten entsprechend, Aussicht auf Schiffe und Gerüste. Er sah Helen am Boden vor dem Mannschaftswagen liegen – dunkelgrüne Uniform, kupferfarbenes Haar, eine sich ausbreitende Blutlache.

»Verzeih, Helen«, sagte er laut. »Verzeih mir.«

»Tallon?« Eine Stimme krächzte aus der Decke über seinem Kopf: »Sind Sie das, Tallon?«

Tallon sah keinen Lautsprecher, aus dem die Stimme kommen konnte.

»Ja, hier ist Sam Tallon«, sagte er müde. »Wer sind Sie?«

»Hier spricht Fordyce. Ich habe mich schon gefragt, ob Sie bis zur ›Lyle Star‹ kommen werden.«

»Fordyce!« Tallon begann das Rätsel um das Auftauchen des anderen Tallon zu verstehen. »Sie hatten hier von Anfang an ein Abhörgerät!«

»Natürlich. Wie, glauben Sie, wären wir sonst in der Lage gewesen, einen Mann zu der Adresse zu schaffen, die Ihre Freundin Cherkassky angegeben hat? Schade aber, daß Sie allen von der Gehirnkapsel erzählen mußten; das heißt, daß wir diese Methode nicht mehr anwenden können. Der Block hätte Sie sehr scharf gerügt.«

»Hätte?«

»Ja . . . wenn Sie entkommen wären. Sie schaffen es aber nicht. Über Ihrem Kopf schwebt eine Schwadron Laser-Flöße, und Heller hat sämtliche taktischen Atomwaffen eingesetzt, die in der Gegend hier verfügbar waren. Daran kommen Sie nie vorbei, und selbst wenn Sie es könnten, hätten Sie die Große Flotte auf dem Hals, bevor Sie die Atmosphäre hinter sich brächten.«

Tallon dachte noch immer an Helen Juste.

»Ich glaube, diesmal habe ich wohl mein Soll an Fehlern erfüllt«, sagte er mechanisch.

»Das glaube ich auch.« Fordyces Stimme klang ausdruckslos. »Adieu, Tallon.«

Tallon antwortete nicht. Es war ihm eben aufgefallen, daß die E.L.S.P.-Leute von der ›Lyle Star‹ davonrannten, so schnell sie konnten. Einige schauten dabei zum Himmel hinauf, und das hieß, daß die Laser-Flöße im Begriff waren, ihre grellroten Lanzen zu gebrauchen, daß sein Tod nur noch Sekunden auf sich warten lassen würde. Er würde nicht einmal Zeit haben, mit dem Raumschiff vom Boden abzuheben.

Ohne Hoffnung streckte er die linke Hand aus, um die Startsequenz einzuleiten, und bemerkte, daß seine Finger blutüberströmt waren, obwohl er keine Wunde gefühlt hatte. Dann fiel ihm Seymours Schmerzensschrei beim Sturm auf die Rampe ein. Mit der anderen Hand drehte er den Kopf des kleinen Hundes, um seinen Körper sehen zu können. Im Brustkorb klaffte ein Loch, knapp über dem sich schnell auf- und abbewegenden Bauch. Das bräunliche Fell war blutverkrustet.

»Du auch«, stammelte Tallon und fühlte, wie Seymour schwächlich seine Hand leckte.

Rotes Licht strahlte auf den Bildschirmen auf, und die Alarmsysteme des Schiffes schrillten, als die Laser-Flöße das Feuer auf das hilflose Raumfahrzeug eröffneten. Tallon saß einen Augenblick mit gesenktem Kopf. Dann tat er etwas, was nur ein Mann tun konnte, der entweder wahnsinnig oder völlig verzweifelt war: Er griff nach der Null-Raum-Antriebssteuerung, riß sämtliche Sicherheitssperren herunter und drückte die Sprung-Taste.

Der Sprung in ein anderes Kontinuum brachte augenblicklich Stille und einen sengenden Lichtblitz aus Tallons Sehgerät. Tallon stöhnte vor Qual auf; dann war alles vorbei. Der Sprung war vollendet.

Außerhalb des Raumschiffs war die sanfte, friedliche Schwärze eines Teils der Galaxis, der dem Einfluß des Menschen weit entzogen war. Unbekannte Sternkonstellationen glühten in der Dunkelheit. Tallon versuchte nicht einmal, die Anordnung der glitzernden Punkte zu identifizieren; er verstand zuviel von der feindseligen Geometrie des Null-Raums.

Da der Sprung nicht von einem der etablierten Portale aus erfolgt war, hatte Tallon sich an einen unbestimmbar beliebigen Punkt im galaktischen Rad hinausgeschleudert. Er hatte es aus Verzweiflung getan, aber bewußt, weil er wußte, daß es aus diesen dunklen Unendlichkeiten keine Rückkehr mehr geben konnte.

20

Zunächst gab es nur ein Gefühl der Leere, der Befreiung von unerträglicher Belastung und Anspannung. Er besaß keine Identität und keine der Verantwortlichkeiten der Identität. Für eine Zeit war er niemand, nichts, nirgends, – und zufrieden mit seinem Zustand des Nichtseins. Dann begann ein Teil seines Ichs das Entsetzliche zu begreifen. Furcht ergriff langsam sein ganzes Wesen, bis Tallon die Zähne zusammenbeißen mußte, um sie im Zaum zu halten.

Es gab keinen Weg zurück.

Er konnte einen zweiten Sprung machen und noch einen und wieder einen, bis seine Vorräte zur Neige gingen oder er an Altersschwäche starb –, während ihn die Flacker-Übergänge hier und dort über die Sternenmeere der Unendlichkeit hinwegführten. Aber gleichgültig, wie viele Zufallssprünge er machte, seine Chancen, je wieder in Reichweite einer bewohnbaren Welt aufzutauchen, waren so gering, daß sie praktisch nicht vorhanden waren. Während er älter wurde und immer noch in diesem Sessel saß, würde er beinahe jede Erscheinung von Materie und Energie sehen – Einzelsterne, Doppelsterne, Sternhaufen, Gaswolken, Nebel –, nur daß er natürlich binnen weniger Stunden blind sein würde.

Tallon befreite sich aus der abwärts führenden Spirale und kümmerte sich um Seymour, der in seinem Schoß lag und ein wenig zitterte, zusammengerollt um die dunkle Wunde. Die nach Atem ringenden Bewegungen seines Bauchs wurden schneller, aber gleichzeitig kraftloser. Tallon wußte, daß Seymour im Sterben lag.

Er zog seine Jacke aus, faltete sie auf der Steuerkonsole für das Negativ-Schwerkraft-Antriebssystem zu einer Art Nest zusammen und legte den kleinen Hund hinein. Seymour fiel es schon schwer, die Augen offenzuhalten, und Tallon erlebte immer wieder kurze Bildausfälle. Er stand auf und begann nach einem Verbandkasten zu suchen. Er spürte, wie die künstlich erzeugte Schwerkraft an seinen Füßen zerrte. Das Feld sollte das normale Gewicht eines Menschen erzeugen, aber da es in den Bodenplatten entstand und dem Gesetz der umgekehrten Proportion entsprach, fühlte sich der untere Teil des Körpers stets viel schwerer an als Arme und Kopf.

Auf dem Steuerdeck war in Seymours begrenzter Sichtweite nirgends Verbandszeug zu sehen, und die anderen Abteile zu durchsuchen hieß, daß er Seymour mitnehmen mußte. Tallon zögerte unentschlossen. Er würde Nahrung brauchen, und es war besser, sie zu organisieren, solange er noch sehen konnte.

»Verzeih, Seymour«, sagte er. »Das wird deine letzte Aufgabe sein.«

Tallon hob den Hund vorsichtig hoch und ging nach hinten. Die ›Lyle Star‹ war im Grunde ein konventionelles Frachtschiff mit einem Halbdeck im Bug, fast allen Antriebssystemen im Heck und einem zylindrischen Mittelteil für Fracht. Kontrollraum, Unterkünfte und Vorräte nahmen das Halbdeck ein, darunter befanden sich Astrogations-Anlagen, Energieerzeuger für innere Systeme und verschiedene Vorräte. An der Rückseite des Halbdecks sah man von einem querverlaufenden Laufgang in den riesigen Laderaum. An dessen Rückseite waren Ballen getrockneter Protein-Pflanzen gestapelt, aber der Vorderteil war leer. Tallon wußte, daß das Schiff bewaffnet war, sah aber keine Spur von Waffensystemen und kam zu dem Schluß, daß der Block raffinierte Dinge erfunden haben mußte, seit er zum letztenmal an Bord eines Raumschiffs gewesen war.

Er schaute sich in der kleinen Kombüse um und stellte fest, daß die Inventur-Skalen der Lebensmittel-Magazine Reserven anzeigten, die ihm für fünfzehn Jahre genügen würden. Der Gedanke daran, eine solche Zeitspanne im Dunkeln verbringen und dann verhungern zu müssen, war unvorstellbar deprimierend. Er hastete hinaus und versuchte es bei anderen Türen, blickte kurz in leere Räume.

Was für ein Ende, dachte er; was für eine schäbige, sinnlose Art, zugrunde zu gehen. Seitdem die Menschen erstmals gelernt hatten, Nutzlasten in den Weltraum zu schießen, hatten sie den Kosmos mit Metallhülsen verunreinigt, die von Mikrobenkulturen bis zu Atomsprengköpfen alles nur Denkbare enthielten. Aber ein intelligenzbegabtes fremdes Lebewesen, das einmal auf die ›Lyle Star‹ stoßen mochte, würde das verwirrendste Stück kosmischen Abfalls überhaupt finden – einen Menschen mit braunen Plastikknöpfen anstelle von Augen und mit einem sterbenden Hund in den Armen. Kein fremdes Lebewesen würde jedoch an Bord kommen, weil keine von den Millionen Raumsonden je einen Hinweis auf intelligentes Le . . .

Wa-ang-anggg! Metall prallte irgendwo an der Luftschleuse auf Metall. Der Widerhall verklang in den Weiten des Laderaums.

Tallons Knie knickten beinahe ein, als die Schockwelle durch seinen Körper raste. Er befand sich in einem schmalen Korridor, dessen hinteres Ende auf den über dem Laderaum verlaufenden Gang führte, und er würde sehen können, was das Geräusch verursacht hatte, wenn er dort über das Geländer blickte. Tallon ging auf das dunkle Rechteck zu und trat hinaus auf den Laufgang.

Auf dem Unterdeck bewegte sich ein schattenhafter Umriß, in der Nähe der inneren Schleusentür.

Es war Lorin Cherkassky.

Er hob den Kopf, und Tallon sah, daß er eine blutende Wunde an der Stirn hatte, sah aber auch, daß er noch immer eine Pistole in der Hand hielt. Sie starrten einander mehrere pulsierende Sekunden lang stumm an. Cherkassky zeigte ein sprödes, eisiges Lächeln, und sein Kopf vollführte ruckartige Bewegungen auf dem langen Truthahnhals. Tallon trat unwillkürlich einen Schritt zurück.

»Da sind Sie, Tallon«, sagte Cherkassky liebenswürdig. »Und Ihr kleiner Freund ist auch zur Stelle.«

»Versuchen Sie nicht, hier heraufzukommen.« Tallon sagte es, weil ihm nichts anderes einfiel.

Cherkassky wich an die Metallwand zurück und lächelte noch immer. »Tallon, Sie und ich, wir sind uns erst zweimal begegnet – und jedesmal haben Sie versucht, mich umzubringen. Wenn Ihr letzter Schuß drei Zentimeter tiefer gesessen hätte, wäre ich tot.«

»Es war nicht mein letzter Schuß«, log Tallon.

»Dann war es aber sehr unvorsichtig von Ihnen, Ihre hübsche kleine Pistole zu verlieren. Sie werden wohl gehört haben, wie ich sie in den Laderaum hinuntergestoßen habe? Wenn ich geahnt hätte, daß sie geladen war, hätte ich mehr Vorsicht bewiesen ...«

»Schon gut, Cherkassky. Sie tragen zu dick auf. Das beweist schlechten Geschmack.«

Er trat eilig zurück in den Korridor und überlegte sich, was er verwenden konnte, um sich zu verteidigen. Die einzige Möglichkeit war, etwas zu finden, was er werfen konnte. Er rannte in die Kombüse und riß fieberhaft mit der freien Hand Schränke und Schubladen auf. Es gab keine Fleischmesser, und die Bestecke waren aus leichtem Kunststoff. Die Sekunden verrannen, und was das Schlimmste war, Seymours Augen waren fast ganz geschlossen, was Tallons Sicht auf ein verschwommenes Grau beschränkte.

Die einzigen Gegenstände, die geeignet erschienen, waren mehrere große Obstdosen neben einem der Versorgungsmagazine. Er versuchte sie in einem Arm hochzuheben, aber sie rollten davon und klapperten über den Boden. Tallon legte Seymour auf den Boden, raffte die Dosen zusammen und rannte blindlings den Korridor hinunter zum Kontrollraum; dabei rechnete er jeden Augenblick damit, daß sich eine Kugel in sein Rückgrat grub. Er erreichte den Kontrollraum, sprang zur Seite und tastete an der Steuerung des Sehgeräts herum, bis er Cherkasskys Augen fand.

Er bekam ein scharfes, ruhiges Bild des Korridors, vom anderen Ende her, und begriff, daß Cherkassky auf dem Laufgang gestanden und ihn laufen gesehen, aber nicht geschossen hatte. Das hieß, daß der kleine Mann entschlossen war, eine Marathonveranstaltung daraus zu machen. Tallon hob eine der schweren Dosen auf, schob sich zum Eingang und warf die Dose mit aller Kraft durch den Korridor. Durch Cherkasskys Augen sah er seine Hand auftauchen und die Dose durch die Luft fliegen. Cherkassky wich ihr mit Leichtigkeit aus, und sie fiel krachend in den Laderaum.

Tallon tastete am Boden herum und packte eine zweite Dose. Er beschloß, zu warten, bis Cherkassky den Korridor weiter heraufgekommen war und weniger Zeit hatte, das improvisierte Geschoß zu sehen und ihm auszuweichen. Den Rücken an die Wand gepreßt, sah Tallon das langsam wandernde Bild des Korridors und das wachsende Rechteck der Kontrollraum-Tür. Am Eingang zur Kombüse drehte sich der Blick, um die aufgerissenen Schränke und Schubladen zu erfassen; und da war Seymour, am Boden kriechend, die spitzen Zähne bei dem sinnlosen Versuch gebleckt, zu knurren. Tallon erriet, was nun geschehen würde.

»Zurück, Seymour!« schrie er. »Leg dich hin.«

Abgesehen davon konnte er nichts tun. Er mußte dastehen und mit Cherkasskys Augen visieren. Die Pistole krachte, und Seymours Körper wurde an die Rückwand der Kombüse geschleudert.

Tallon trat hinaus, spannte alle Muskeln seines Körpers an, und schleuderte die Dose. Er hörte den dumpfen Schlag, als sie etwas Weiches traf, und dann flog er durch den Korridor, vorwärtsgetrieben von weißglühendem Haß.

Die Metallwände wirbelten im Kreis, als er mit Cherkassky zusammenprallte. Sie gerieten, halb rutschend, halb rollend, bis an den dunklen Rand des Laufgangs, prallten vom Geländer zurück, wieder durch den ganzen Korridor. Irgendwo wurde das Sehgerät auf seine Stirn hinaufgeschoben, so daß Tallon nichts sehen konnte, aber das machte ihm nichts aus. Er kämpfte mit Cherkassky, und eine laute, skandierende Stimme in seinem Kopf sagte ihm, nichts im ganzen Universum könne seine Hände daran hindern, ihre Aufgabe zu erfüllen.

Er irrte sich.

Mit den vom Block entwickelten Kampfrhythmen hätte er Cherkassky vielleicht in wenigen Sekunden töten können, aber seine Finger gehorchten einem viel älteren Trieb und schlossen sich um die Kehle des Gegners. Cherkasskys Unterarme zuckten im Dreieck hoch, in der ältesten Gegenwehr der Welt, brachen Tallons Griff, und Cherkassky wand sich heraus. Tallon versuchte die Trennung zu verhindern, die Cherkasskys Vorteil sein würde, aber Schläge mit der schweren Pistole lähmten Tallons Arme. Er mußte eine wertvolle Sekunde dafür aufwenden, das Sehgerät auf die Nase herunterzuziehen, und dabei wußte er bereits, daß der Kampf verloren war.

Cherkassky nützte die Gelegenheit, und Tallon erlangte gerade rechtzeitig wieder die Sicht, um zu beobachten, wie der Pistolenlauf in seine Magengrube gerammt wurde. Er stürzte rückwärts in den Kontrollraum. Erneut blickte er durch das Visier von Cherkasskys Pistole, diesmal auf sich selbst. Der Zielpunkt wanderte von seinem Bauch zu seinem Kopf und wieder hinunter.

»Sie haben sich lange gehalten, Tallon«, sagte Cherkassky leise, »aber in gewisser Beziehung bin ich froh. Würde ich irgendeinen anderen Gefangenen erschießen, wäre mein Ruf bei unserem geschätzten Moderator ruiniert, aber Sie haben so viel angestellt, daß sich niemand beklagen wird.«

Tallon schnappte nach Luft und unternahm einen kläglichen Versuch, sich wegzurollen, als er Cherkasskys Finger sich um den Abzug krümmen sah; erst dann erreichte ihn eine letzte Botschaft unerwarteter Hoffnung.

»Warten Sie ... warten Sie ... « Seine Lunge mühte sich, die Luft zu liefern, die er zum Reden brauchte.

»Adieu, Tallon.«

»Warten Sie, Cherkassky ... Sie wissen noch nicht – sehen Sie sich die Bildschirme an!«

Cherkasskys Blicke glitten kurz zu den fremden Sternbildern auf den schwarzen Schirmen, zurück zu Tallon, richteten sich wieder auf die Schirme.

»Das ist ein Trick«, sagte Cherkassky mit einer Stimme, die nicht normal klang. »Sie haben nie – «

»Doch. Wir haben einen offenen Sprung gemacht.« Tallon rang nach Atem. »Sie hatten also recht, als Sie sagten, Sie würden Ihren Ruf nicht ruinieren, wenn Sie mich erschießen. Niemand wird es je erfahren, Cherkassky.«

»Sie lügen. Die Schirme könnten eine Aufzeichnung übertragen.«

»Dann sehen Sie sich die Direkt-Sichtplatten an. Wie, glauben Sie, sind wir trotz der massiven Beschießung, für die Sie gesorgt haben, in den Weltraum gekommen?«

»Man wußte, daß ich im Schiff war. Man hätte nie geschossen, solange ich im Schiff war.«

»Man hat geschossen«, sagte Tallon tonlos, »und wir sind gesprungen.«

»Aber das würden sie nie tun«, flüsterte Cherkassky. »Nicht bei mir.«

Tallon riß die Beine hoch, und Cherkassky stürzte auf ihn. Diesmal kämpfte Tallon kalt und überlegt, unbeeinflußt von Angst oder Haß, unter dem donnernden Schall der Pistole, mit dem Wissen, daß die lebenden Augen seines Feindes sein letztes Tor zum Licht, zur Schönheit, zu den Sternen war.

Tallon schloß dieses Tor für immer.

21

Man kann das Gefühl haben, daß man sterben möchte. Man kann sich sogar auf den Boden legen und den Tod herbeiwünschen. Alles, was dabei herauskommt, ist, daß man weiterlebt.

Tallon machte die Entdeckung langsam, über Stunden hinweg, als er durch das stille Raumschiff ging. Er stellte sich die ›Lyle Star‹ als schimmerndes Bläschen in dunkler Unendlichkeit vor, sah sich selbst als dunkles Pünktchen in einem scharf umgrenzten Licht-Universum. Nichts konnte sinnloser sein, als diesen Zustand um fünfzehn Jahre zu verlängern; und doch hatte er Hunger, und es gab zu essen, warum also nicht essen?

Tallon dachte darüber nach. Ein Kurzzeit-Ziel. Wenn es erreicht war, was dann? Falsche Denkweise, entschied er. Wenn man für kurzfristige Ziele existiert, verzichtet man auf die mit langfristigen Zielen verbundenen logischen Überlegungen. Wenn man Hunger hat, kocht man sich etwas und ißt es. Dann wird man vielleicht müde, also schläft man; und wenn man aufwacht, hat man wieder Hunger ...

Er nahm das Sehgerät ab, entdeckte aber, daß sich seine Plastikaugen ohne ihre schützende Hülle unangenehm nackt anfühlten, und setzte es wieder auf. Das erste kurzfristige Ziel seiner neuen Existenz würde es sein, einen ordentlichen Haushalt zu führen. Er fand Cherkasskys schlaffe Leiche, schleppte sie zur Luftschleuse und lehnte sie an die Außentür. Er brauchte mehrere Minuten dazu, den Toten so aufzubauen, daß er aus der Schleuse getragen werden mußte, sobald die Restluft abgelassen wurde. Schon unter normalen Umständen stellte eine Leiche einen schlechten Reisebegleiter dar, aber sie dem Druck Null auszusetzen, hieß, die Dinge noch zu verschlimmern.

Als er mit seiner Arbeit zufrieden war, holte er Seymour und legte den rührenden, kleinen Körper in Cherkasskys Schoß.

Im Kontrollraum ertastete er die richtigen Knöpfe und pumpte die Schleuse leer. Zwei weitere Spieler ab, dachte er, und Sam Tallon bleibt allein auf der Bühne zurück. Doc Winfield war der erste gewesen; dann Helen, mit dem roten Haar und den whiskyfarbenen Augen. Er kam auf den Gedanken, daß sie vielleicht gar nicht tot war, aber es gab keinen Weg für ihn, das zu erfahren, und er irrte schon wieder in die falsche Denkweise ab.

Tallon ging zur Kombüse, nahm aus jedem Versorgungsmagazin eine Dose und öffnete sie. Er prüfte den Inhalt mehrerer Dosen und merkte sich, aus welchem Automaten sie jeweils stammten. Er entschied sich für Steak – eine willkommene Abwechslung vom Fisch – und während es briet, fand er ein Kühlfach mit Stapeln von Kunststoffzylindern, die Bier enthielten. Dankbar dafür, daß Parane sowohl genügend Eiweißprodukte als auch eine vernünftige Anschauung dem Alkohol gegenüber besaß, setzte er sich zu seiner ersten Mahlzeit im fremden Weltraum. Als er fertig war, räumte er Plastikteller und Pfanne weg, dann setzte er sich und wartete darauf, daß nichts geschah.

Einige Zeit später wurde er müde und machte sich auf die Suche nach einem Bett. Der Schlaf kam lange nicht, weil Tallon viele tausend Lichtjahre von den übrigen Menschen entfernt war.

Tallon hielt vier Zyklen Aktivität und Schlaf durch, bevor er zu dem Schluß kam, daß er den Verstand verlieren mußte, wenn er so weitermachte. Er entschied, daß er ein langfristiges Ziel brauchte, um seinem Leben Richtung zu geben, selbst wenn die Frist länger war als seine Lebensspanne und das Ziel unerreichbar.

Er ging in den Kontrollraum und erkundete die Computer-Zentralsteuerung mit den Fingerspitzen, während er sich wünschte, besser aufgepaßt zu haben, als ihm noch Augen zur Verfügung gestanden hatten. Er brauchte einige Zeit, um sich zu vergewissern, daß es sich um eine Standard-Anlage handelte, gestützt auf den kybernetischen Informations-Verstärker. Der Null-Raumflug verlangte, daß ein Raumschiff sich in Portale begab, die nicht breiter waren als zwei Lichtsekunden. Die Präzisionsmaßstäbe, um die es dabei ging, forderten, daß die Computer-Anlage und der Astrogations-Komplex zu einem einzigen automatischen System vereinigt wurden.

Der Steuerungs-Komplex war für den Umgang mit Varianten voll programmiert, zum Beispiel für Sterne variabler Größe in der erfaßten Himmelssphäre, aber es war auch Vorkehrung dagegen getroffen, daß Positionsbestimmungen durch seltene und unvorhersehbare Erscheinungen wie Novas und Super-Novas beeinflußt wurden. Dies geschah in Form von Daten-Eingabe-Konsolen, die unter anderem Wege direkt in den Anweisungsspeicher eröffneten. Der Daten-Eingeber hatte sich seit den ersten Tagen des Null-Raum-Flugs nicht verändert. Tallon hatte gehört, daß das verhältnismäßig primitive System allein deshalb beibehalten wurde, weil es einem einigermaßen fähigen Ingenieur ermöglichte, ein Raumschiff in eine interstellare Sonde zu verwandeln.

Mit anderen Worten, die Konstruktionstheorie der Erbauer war folgende: Dieses Raumfahrzeug hat volle Garantie und wird Sie stets zu Ihrem Ziel bringen; aber wenn es das nicht tut, können Sie ebensogut versuchen, eine andere Welt zu finden, weil Sie schon einmal unterwegs sind.

Tallon hatte sich persönlich nie mit der Angelegenheit befaßt, verließ sich aber darauf, daß dies der Wahrheit entsprach, weil es für ihn keinen Sinn hatte, weitere Sprünge zu unternehmen, ohne seine Position auf irgendeine Weise bestimmen zu können. Die Möglichkeiten, in fünfzehn Jahren unaufhörlicher Null-Raum-Sprünge in Reichweite einer bewohnbaren Welt zu gelangen, standen vielleicht eins zu einer Milliarde. Er täuschte sich nicht über die Erfolgsaussichten, aber ein anderer Weg stand ihm nicht offen, und dahinzuvegetieren, wie er es vier Tage lang ausprobiert hatte, war unerträglich. Außerdem konnte er in einem wirklich wahlfreien Universum einen einzigen Sprung machen und sich vielleicht plötzlich über der Erde schweben sehen, beinahe fähig, ihre Atomsphäre zu atmen, den Rauch von Laubfeuer durch die dicke, weiche Luft eines Oktoberabends ziehen zu sehen, ihn zu riechen ...

Er machte sich vor der Zentralsteuerung an die Arbeit. Zwei weitere Tage Tätigkeit und Ruhe vergingen, bevor er überzeugt war, das System so programmiert zu haben, daß es seinen neuen Anforderungen entsprach. Er arbeitete blind und erreichte dasselbe Maß an Konzentration, das ihm ermöglicht hatte, das Sehgerät hervorzubringen.

Mehrmals fühlte er sich von einem machtvollen Bewußtsein der Befriedigung erfüllt. Und schließlich hatte er das Astrogations-Netz aus einem Wesen, das nur sprang, wenn es wußte, wo es sich befand, zu einem solchen verwandelt, das sich nicht von der Stelle rühren würde, wenn seine Sinne in Reichweite ein planetarisches System entdeckten.

Als Tallon die Arbeit abgeschlossen hatte, fühlte er sich geistig gesund. Sein Verstand war klar und von durchdringender Schärfe. Er ging zu Bett und schlief fest.

Nach dem Frühstück, wie er die erste Mahlzeit nach dem Schlafen nannte, ging Tallon in den Kontrollraum und setzte sich in den Mittelsessel. Er zögerte, bereitete sich auf den psychischen Schmerz vor und drückte den Knopf, der das Raumschiff in jenes andere, unfaßbare Universum sandte. *Klick!* Ein Blitz von unerträglicher Grellheit zuckte durch seine Augen; dann war der Sprung vorbei.

Tallon riß das Sehgerät vom Gesicht und ließ sich im Sessel zurückfallen, die Hände auf die Augen gepreßt, Fieber im Gehirn. Er hatte den Blitz vergessen, der sich in seine Sehnerven gebrannt hatte, als er mit der ›Lyle Star‹ von Neu-Wittenburg abgesprungen war. In keinem Buch stand etwas von Lichtblitzen im Null-Raum; die meisten Menschen erlebten während des Übergangs sogar eine vorübergehende Blindheit. Er lauschte dem Computer, und der war stumm. Das bedeutete, daß sie nicht in Reichweite irgendeines Planeten in irgendeinem Teil der riesigen, kalten Galaxis aufgetaucht waren.

Achselzuckend bereitete Tallon den nächsten Sprung vor. Diesmal schaltete er die Empfindlichkeit des Sehgeräts fast auf Null herunter, und als der Blitz kam, war er viel weniger grell. Tallon nahm das Sehgerät ab und unternahm einen weiteren Sprung, der überhaupt kein Licht hervorrief. Er setzte es wieder auf, machte einen vierten Sprung, und der Blitz war wieder da.

Tallon geriet in Erregung, ohne zu wissen, warum. Der Blitz hing mit dem Sehgerät zusammen – soviel schien gewiß zu sein. Aber was verursacht ihn? Gab es im Null-Raum irgendeine Form von Strahlung, die das Sehgerät auffing? Wohl kaum, weil die Schaltkreise dazu bestimmt waren, bis auf die unglaublich subtilen ›Phasensynchronisations‹ – Emanationen der Gliazellen alles andere abzuschirmen. Was also sonst? Im Null–Raum-Kontinuum gab es keine Menschen.

Tallon stand auf und begann im Kontrollraum hin und her zu gehen – acht Schritte bis zur Wand, umdrehen, acht Schritte zurück.

Er erinnerte sich an das Gespräch mit Helen Juste über die Arbeit ihres Bruders für das Sondenkonstruktions-Zentrum auf Emm Luther. Carl Juste hatte sich mit der Idee beschäftigt, daß das Null-Raum-Universum vielleicht extrem klein war. Konnte der Grund dafür, daß im Null-Raum keine normale Funkanlage funktionierte, der sein, daß sie sich in ihren eigenen Signalen ertränkten, daß die Täler in den Wellenprofilen sich auffüllten, während sie endlos in dem winzigen Universum herumflogen? Wenn dem so war, konnte das menschliche Auge – das seine Informationen nicht durch Amplitude, Frequenz oder auch durch Phasenmodulation, sondern durch Phasensynchronisation übermittelte – durchaus das einzige ›elektronische‹ Gerät sein, das fähig war, im Null-Raum zu arbeiten, ohne seine eigenen Signalmerkmale völlig auszulöschen. Und das Sehgerät mochte der erste im Null-Raum funktionierende Empfänger sein. Aber es blieb die Frage: Was verursachte den Blitz?

Tallon blieb wie angewurzelt stehen, als ihn die Antwort überfiel: Es *gab* Menschen im Null-Raum-Universum! Die Zeit für die Zerr-Generatoren, ihr Feld zu erzeugen und wieder zusammenbrechen zu lassen, betrug bei einem Sprung mit minimalem positivem Differential weniger als zwei Sekunden, aber die Handelswege der Föderation waren überfüllt. Jede Stunde bewegten sich Millionen Tonnen Fracht und Passagiere durch die Zickzack-Routen des galaktischen Handelsverkehrs, so daß in jedem beliebigen Augenblick sich Tausende von menschlichen Wesen im Null-Raum-Kontinuum befanden. Die verwischende Wirkung, vom Signalempfang im Platzangst erregenden Universum verursacht, mochte ausreichen, alle ihre Sehnerv-Emanationen in *einen* gewaltigen, ununterscheidbaren Ausstoß zu vereinen.

Er spürte, wie sein Herz vor Aufregung klopfte. Die Gliazellen-Emanationen waren so schwach, daß sie praktisch nicht vorhanden waren. Es bestand die Möglichkeit, daß sie das Null-

Raum-Universum nur ein paarmal durchqueren konnten, bevor sie erstarben, was bedeuten würde, daß in dem Blitz, den sie im Sehgerät hervorriefen, sogar Richtungsinformationen enthalten sein mochten – ganz zu schweigen von der Möglichkeit des Null-Raum-Flugs, der vom menschlichen Willen gelenkt wurde, statt von den Diktaten einer fremdartigen Geometrie.

Tallon blieb einen Augenblick ruhig stehen. Dann ging er durch den Korridor zur Wartungs-Werkstatt der ›Lyle Star‹.

Nachdem er einige Minuten in den Werkzeugregalen herumgekramt hatte, konnte Tallon eine schwere Motorsäge mit herkömmlichem Sägeblatt ausfindig machen. Er zog sie einer Lasersäge vor, bei der man als Blinder zu leicht seine Finger verlieren konnte.

Er hob die Säge auf die Schultern, ging ins Heck, tastete sich an den Ballen gepreßter Proteinpflanzen vorbei und machte sich bei der ersten Schicht Strahlungsabschirmung an die Arbeit. Er schnitt drei Platten von je eineinhalb mal einem halben Meter heraus, dann eine kleinere, etwa sechzig Zentimeter im Quadrat. Der metallverstärkte Kunststoff, über zweieinhalb Zentimeter dick, war klobig, und Tallon fiel auf dem Rückweg zum Kontrolldeck mehrmals hin.

Als er die Platten aufgebaut hatte, versuchte er, sie mit einem Multi-Löter zu verbinden, aber seine Blindheit erwies sich als zu große Behinderung. Er legte das Lötgerät weg, stellte primitive Winkelklammern her, indem er leere Dosen plattschlug und zurechtbog, und befestigte sie an den Kunststoffplatten. Die Arbeit nahm viel Zeit in Anspruch, aber schließlich hatte er so etwas wie ein Schilderhaus konstruiert. Er wechselte das Bohrstück aus und bohrte ein kleines Loch in die Mittelwand des Kastens.

Tallons Herz verkrampfte sich, als er den Kasten zu der Stelle tragen wollte, die er vorgesehen hatte, und sein Gewicht spürte. Er versuchte einige Minuten lang erfolglos, den Kasten hochzustemmen, bis ihm einfiel, daß er sich in einem Raumschiff befand, in einer Umwelt also, wo Gewicht ein künstlich erzeugter Luxus war. Er fand den Hauptschalter für das künstliche Schwerkraftsystem, schaltete es ab, und der Kasten war viel leichter zu bewältigen. Er stellte ihn vor dem Kapitänssessel auf, die hohle Seite nach achtern gerichtet, und schaltete wieder auf Schwerkraft um.

Tallon, der auf Erfolg hoffte und eine Enttäuschung fürchtete, kletterte über den Mittelsessel und zwängte sich in den Kasten hinein. Die offene Seite war fast in Berührung mit der Fußraste des Sessels, und wenn er auf dem von den drei Kastenwänden gebildeten Deckgeviert niederkniete, war er von den Direkt-Sichtplatten völlig abgeschirmt. Er schob die rechte Hand hinaus, zog die Null-Raum-Antriebs-Steuerkonsole zu sich heran und ertastete den Sprung-Knopf. Mit der linken Hand fand er das Loch in der Mittelwand – jetzt der einzige Zugang, durch den ihn Sehnerv-Signale erreichen konnten – und schob sich mit den Augen direkt davor.

Diesmal war der Blitz, als er den Sprung-Knopf drückte, wie erhofft nicht mehr als ein plötzliches, kurzes Aufglühen von erträglicher Stärke. Nun wurde es Zeit für den entscheidenden Versuch. Er unternahm eine Reihe von Sprüngen, wobei er darauf achtete, daß sein Kopf immer im gleichen Winkel zum Guckloch war; dann stieg er aus dem Kasten und grinste zufrieden. Die Blitze waren von unterschiedlicher Stärke gewesen.

Tallon ließ den sich meldenden Hunger unbeachtet, schaltete den Null-Raum-Antrieb ab und die Zerr-Generatoren auf Handbetrieb. Die ›Lyle Star‹ war nun bereit, ausgedehnte Besuche im Null-Raum-Universum zu unternehmen, ohne ihre Position in einem der beiden Kontinua zu verändern.

Tallon löste eine einfache numerische Computereinheit aus der Hauptanlage und brachte einige Zeit damit zu, sich mit ihrer Tastatur vertraut zu machen. Als er bereit war, sah er sich im Mittelpunkt einer Hohlkugel, und er wies die Grund-Koordinaten von zweitausend gleichmäßig voneinander entfernten Punkten der Innenfläche der Kugel zu.

Der nächste Schritt des Unternehmens bestand darin, die ›Lyle Star‹ um ihre drei Hauptachsen rotieren zu lassen und den Bug der Reihe nach mit jedem einzelnen Punkt in Übereinstimmung zu bringen. In jeder Position unternahm er den Übergang in den Null-Raum, schätzte nach einem einfachen, willkürlichen Maßstab die Helligkeit des empfangenen Signals, kehrte zurück und fütterte den Computer mit der Information.

Er mußte dreimal eine Schlafpause einlegen, bevor die Arbeit abgeschlossen war, aber schließlich hatte er als erster Mensch die Karte vom Null-Raum-Universum in den Händen.

Genau gesagt, es war das schwach definierte Computermodell der Anordnung aller galaktischen Handelswege, gesehen von einem Punkt im Null-Raum aus. Was er jetzt brauchte, war ein gleichartiges Modell des Normal-Raum-Universums, vom selben Ort aus gesehen. Damit konnte er beides dem großen Computer übergeben und ihn Vergleiche ziehen lassen. In der Föderation gab es neunzehn Welten, und da die Anfangs- und Endportale für alle außer zwei in Erdnähe lagen, würde das Normal-Raum-Modell in diesem Bereich eine deutliche Massierung erkennen lassen. Die Null-Raum-Karte würde keine vergleichbare Konzentration zeigen, da es keine Eins-zu-Eins-Übereinstimmung zwischen den beiden Kontinua gab, aber Tallon hoffte, daß der Computer zwischen den beiden irgendeine Wechselbeziehung entdecken würde. Und wenn er es tat – dann war er am Ziel, in mehr als einer Hinsicht.

Er beschloß, sich eine besonders gute Mahlzeit zu gönnen, während er über den nächsten Schritt nachdachte. Er briet sich ein extra großes Steak und begann methodisch, seinen Biervorrat zu dezimieren. Als er gegessen hatte, setzte er sich in der Küche auf einen Hocker und überdachte die Situation. Er war bislang ohne Augen recht gut ausgekommen, aber das lag daran, daß er vertraute Probleme mit Instrumenten anging, die er beinahe instinktiv zu gebrauchen vermochte. Ein Computermodell seines eigenen Normal-Raum-Universums zu konstruieren würde paradoxerweise schwieriger sein. Er würde die Dichte der verflochtenen Weltraumrouten nicht ›sehen‹ können, und die Alternative bestand darin, die galaktischen Koordinaten aller Portale einzuprogrammieren. Das war eine gewaltige Aufgabe – die Reise vom Emm Luther zur Erde würde beispielsweise erfordern, daß für jedes der achtzigtausend Portale drei Koordinaten einprogrammiert wurden. Zu machen war das natürlich – die Daten mußten irgendwo gespeichert sein –, aber ohne Augen würde die Arbeit

... mühsam sein. Das Wort ›unmöglich‹ war aufgetaucht und sofort abgewiesen worden.

Tallon trank weiter und fühlte, wie seine Hochstimmung zu verfliegen begann. Wegen seiner Blindheit sah es so aus, als würde er die Computer-Hauptanlage im Dunkeln zerlegen und wieder zusammensetzen müssen, nur um sich damit vertraut zu machen. Dann würde er sich alles anhören müssen, was sie gespeichert hatte, bis er die erforderlichen Daten fand. Das konnte fünf oder zehn Jahre dauern. Er konnte verhungern, bevor er geleistet hatte, was ein sehender Mensch, der die Computersprache zu lesen vermochte, in Stunden würde erreichen können.

Tallon begann zu dösen, wurde aber von einem heimlichen-quietschenden Laut geweckt, den er seit vielen Jahren nicht mehr gehört hatte. Er erstarrte einen Augenblick, bevor er das Geräusch identifizierte. Er lauschte einem Nachkommen des ersten blinden Passagiers, der in grauer Vorzeit, als der Mensch sich mit seinen ersten zerbrechlichen Schiffen auf die Meere der Erde gewagt hatte, je an Bord eines Schiffes geschlüpft war.

Es war eine Ratte.

22

Tallon hatte vergessen, daß im Laderaum kein Licht brannte. Er fand die Schalttafel im Kontrollraum und nahm sämtliche Leuchtröhren des Raumschiffes in Betrieb, aber selbst mit dem auf Höchstleistung geschalteten Sehgerät konnte er nichts empfangen. Das lag daran, sagte er sich, daß zuviel Abschirmung zwischen ihm und der Ratte lag, oder daran, daß sich die Ratte außerhalb der Reichweite des Lichts befand.

Er verließ den Kontrollraum und ging den Hauptkorridor entlang. Als er am Geländer des Laufgangs stand, entdeckte er etwas – nicht so sehr einen Lichtschimmer als ein geringes Nachlassen der Dunkelheit. Das war ein neues Problem. Er mußte sich nicht nur darauf einstellen, daß seine Augen von seinem Körper getrennt waren, sondern auch mit Hilfe äußerst dürftiger Hinweise erkunden, wo seine Augen genau waren.

Die Ratte befand sich wahrscheinlich irgendwo in den Proteinpflanzen-Ballen. Tallon beschloß, eine nicht tödliche Falle aufzubauen.

Es gab den alten Trick, einen Kasten aufzustellen, ihn mit einem kurzen Stock an einer Seite zu kippen und die Stütze wegzureißen, sobald das Opfer darunter war. Er verwarf diesen Gedanken, als ihm ein Kindheits-Experiment einfiel. Eine unerwartet schnelle Maus war unter die Kante geraten und plattgequetscht worden. Unter den gegenwärtigen Umständen war die Ratte, die vermutlich auf Parane an Bord gekrochen war, wertvoller als ein Champion-Rennpferd.

Tallon holte etwas Brot aus der Kombüse, legte es in der Nähe der Ballen auf den Boden und streckte sich nicht weit davon entfernt aus. Er schloß die Augen und tat so, als schlafe er. Als die Minuten vergingen, döste er immer wieder ein. Er kämpfte geraume Zeit entschlossen dagegen an; dann fiel ihm eine langsame Steigerung der Helligkeit auf. Trüb schwankten Kanten, Bereiche fleckigen Graus erschienen aus dem Dunkeln, gefolgt von einer unregelmäßigen hellen Fläche wie der Öffnung einer Höhle. Ein großer Umriß regte sich erschreckend in der Nähe; rote Augen funkelten berechnend und kalt. Tallon bemühte sich, gleichmäßig zu atmen. Er wußte, daß seine Ratte auf dem Weg aus ihrem Bau nur an einer Kameradin vorbeigekommen war.

Ganz plötzlich konnte er ganz nah glänzende metallene Bodenplatten sehen, die sich wie eine leblose Wüste hin zu dunklen Horizonten erstreckten. Darüber spannte sich ein fremder Himmel, eine Andeutung höhlenhafter Weite. Das Innere des Laderaums, von einer Ratte gesehen, war ein fremdartiges und feindseliges Universum, in dem der Naturinstinkt verlangte, in die Sicherheit dunkler Löcher, zum Trost rotäugiger Kameraden in den schwarzen Höhlen zu flüchten.

Tallon fragte sich unsicher, ob das Sehgerät ein wirksamerer Empfänger war, als er geahnt hatte. Was war, wenn es eine Verbindung zwischen den dem Sehzentrum übermittelten Signalen und den anderen geistigen Prozessen des betreffenden Tieres oder der jeweiligen Person gab, eine Art Gefühls-Übertragung? Vielleicht würde er, schaltete er sich auf einen Stier, der vor einem geschwenkten roten Tuch stand, Untertöne von Zorn empfangen. Vielleicht hatte ihn der Gebrauch von Cherkasskys Augen zu einem gnadenlosen Mörder gemacht. Und brachten ihm, wenn es so war, Helens Augen Liebe?

Vertieft in seine Idee, bemerkte Tallon kaum, wie das kleine Brothäufchen auftauchte, als die Ratte herankam. Das Häufchen rückte näher, wurde zum Haufen, zu einem Berg aus Brot, dann ragte sein eigenes, gigantisches, bärtiges, träumendes Gesicht am bedrohlichen Horizont auf. Die Szene erstarrte für lange Zeit, und Tallon zwang sich zur Bewegungslosigkeit. Endlich setzte sich die Ratte wieder in Bewegung. Tallon wartete, bis die glänzende Zellstruktur des Brotes ganz nah war, bevor er vorwärts sprang. Durch die Rattenaugen gesehen, war sein Versuch, sie zu fassen, beinahe lachhaft.

Bei der ersten Bewegung der baumstammdicken Finger des schlummernden Riesen verschwamm alles, und er befand sich wieder in der Scheinwelt undeutlich gesehener Umrisse. Er versuchte es noch dreimal mit demselben Ergebnis, bis er sich eingestand, daß er eine bessere Methode würde finden müssen. Was geschieht, dachte er, wenn ich sie nicht fangen kann? Dann wird die Szene noch absurder. Im Metallbläschen aus Licht und Luft kriecht ein Mann mit Plastikaugen hinter einem Nagetier her, ohne es je zu erwischen, denn er sieht es nur, wenn es ihn sieht ...

»Wenn dich ein guter Fechter zum Duell fordert«, sagte Tallon laut, »dann besteh darauf, mit Pistolen zu kämpfen.«

Der Klang seiner Stimme in der einsamen Stille des Raumschiffs erinnerte ihn daran, daß er schließlich ein menschliches Wesen war, ein Angehöriger der Gattung, deren Spezialwaffe das Denken war – was beunruhigend leicht zu vergessen war, während seine Augen in der Dunkelheit unter den Ballen herumkrochen.

Er nahm das Brot mit und legte es auf die Bodenplatten am Ende des Kontrolldeck-Korridors. Er blieb einen Augenblick in der Kombüse stehen, dann ging er in den Kontrollraum und setzte sich. Diesmal wartete Tallon, bis die Ratte mit der ganzen Schnauze im Brotberg steckte, bevor er handelte.

Er schaltete die künstliche Schwerkraft ab.

Als die sich windende, quietschende Ratte in die Luft schwebte, schwamm Tallon darauf zu, ein durchsichtiges Plastikgefäß aus der Kombüse in der Hand. Bei seinem Anblick geriet die Ratte in Verzweiflung und schnellte wie ein an Land gezogener Fisch in der Luft herum, wodurch sie Tallon – der nur bruchstückhafte und wirbelnde Kurzaufnahmen von sich sah – vor ein kompliziertes Problem der Ballistik stellte. Beim zweiten Anlauf erwischte er das strampelnde Tier, schob den Deckel lose auf das Gefäß und kehrte zurück.

Das erste, was Tallon mit seinen neuen Augen unternahm, war, daß er die ›Lyle Star‹ anwies, festzustellen, wo sie sich befand.

Der Astrogations-Komplex brauchte nur einige Sekunden, um Peilungen einfacher Art bei den siebzehn anderen Galaxen des Heimat-Sternhaufens vorzunehmen und seine Resultate mit Quasar-Ortungen zu verfeinern und zu bestätigen. Das Raumschiff war ungefähr zehntausend Lichtjahre vom galaktischen Zentrum entfernt und an die fünfunddreißig Lichtjahre von der Erde. Tallon war ein abgehärteter Weltraum-Tramp, aber es fiel schwer, die über dem Computer in der Luft schwebenden Zahlen ohne ein eisiges Gefühl des Schreckens zu betrachten. Die Entfernung, über die hinweg er sich durchschlagen wollte, war so groß, daß das Licht von Sol ihn nicht erreichen konnte; unterwegs wäre es vom interstellaren Staub verschluckt worden. Aber wenn es keinen Staub gegeben und er ein Fernrohr von unbegrenzter Stärke und Auflösung besessen hätte, wäre er in der Lage gewesen, die Erde zu betrachten und die Menschen der Altsteinzeit zu sehen, wie sie die Herrschaft über die Wälder der Erde antraten.

Tallon versuchte sich vorzustellen, wie er erfolgreich diese unvorstellbare Weite durchquerte – in dem großen Sessel sitzend, die Plastikknopf-Augen blind für die dahinströmenden Sternwolken, eine bösartige gefangene Ratte auf den Knien. Er wurde nur geleitet von einer in Blindheit, in seinem eigenen Gehirn geborenen Idee, die jetzt endlos durch die Gehirnzellen eines Computers wirbelte.

So phantastisch die Vision auch sein mochte, er mußte es versuchen.

Um sein Modell der Weltraumrouten zu konstruieren, übertrug

Tallon die Position jedes Portals, in absoluten Koordinaten ausgedrückt, in das Arbeitsvolumen des Computers und verwandelte sie in Koordinaten, die auf der jetzigen Position der ›Lyle Star‹ beruhten. Das dauerte einige Zeit, aber damit gelangte er zu einer Karte, die das Normal-Raum-Gegenstück zu der schon vorhandenen des Null-Raumes darstellte. Danach schloß er die Einheit mit dem Inhalt der Null-Raum-Karte an den Hauptcomputer wieder an und programmierte ihn darauf, Übereinstimmungen zu finden, falls es welche gab. Es war auch möglich, daß eine so geringe Übereinstimmung bestand, daß sie nur von einem der planetenweiten Computernetze gefunden werden konnte, wie es sie auf der Erde gab. Aber Tallon weigerte sich, darüber nachzudenken.

Eine Stunde später gongte der Computer leise, und eine Reihe von Gleichungen erschien über ihm in der Luft, stumm schwebende Leuchtsymbole auf dem Lösungs-Projektor. Es war nicht notwendig, die Information von sich aus aufzunehmen und danach zu handeln. Doch verständlicherweise wollte er selbst sehen, was für die Umwandlung von Null-Raum-Blei in Normal-Raum-Gold der Stein der Weisen sein mochte.

Einen Augenblick lang wirkten die Gleichungen völlig unbegreiflich, so, als nehme er sie nicht nur mit den Augen, sondern auch mit dem Gehirn einer Ratte auf. Er hielt den Plastikbehälter und starrte die Ziffern an, dann schienen sie sich zu ordnen, als sein mathematisches Denkvermögen angeregt wurde. Tallon erkannte die Elemente einer vierdimensionalen Wellenfront vierten Grades und begriff plötzlich, daß er eine unvollständige und getarnte Definition einer Kummer-Fläche vor sich hatte. Das hieß, daß der Null-Raum einem Singularitäten-Vektorfeld zweiten Grades analog war – eine knollige, verflochtene Einheit mit sechzehn echten Dipolen und ebenso vielen Doppeltangential-Flächen. Kein Wunder also, daß mit einem unbedeutenden Maß an Bezugspunkten die jahrelange Forschung auf dem Gebiet der Null-Raum-Astrogation nichts erreicht hatte.

Tallon lächelte. Wenn er sich aus seiner jetzigen Lage zu befreien vermochte und sich herausstellen sollte, daß der im 19. Jahrhundert lebende deutsche Mathematiker Ernst Kummer ein

Lutheraner gewesen war, würde man von einer grandiosen Ironie des Schicksals sprechen können.

Tallon schloß Astrogations-Anlage und Null-Raum-Antrieb wieder zusammen und programmierte die Koordinaten und positiven Sprung-Differentiale dessen ein, was, wie er hoffte, der erste gesteuerte Flug in der Geschichte des interstellaren Raumflugs war. Er nahm das Sehgerät ab, um einem besonders grellen Blitz zu entgehen, und schleuderte das Raumschiff für die von den neuen Gleichungen verlangten acht Sekunden in das Null-Raum-Kontinuum.

Als er das Sehgerät wieder aufsetzte, saß er da und schwitzte eine Weile, bevor er die Ratte dort hinaufhob, wo sie die Positionsmeldung der Astrogations-Anlage sehen konnte. Sie lieferte eine lange Reihe absoluter Koordinaten, die zu begreifen Tallon zu aufgeregt war. Er wies den Computer an, die Information auf eine einzige, einfache Zahl zu reduzieren: auf die geodätische Entfernung zwischen ›Lyle Star‹ und Erde.

Die neue Antwort lag knapp unter einhundert Lichtjahren.

Ging er davon aus, daß er nicht einen glücklichen Zufalls-Sprung unternommen hatte, dann bedeutete das einen Fehler von nur einem Drittel Prozent der Gesamtdistanz.

Ein wenig zitternd, was für den Eroberer des Null-Raums ganz unpassend war, programmierte Tallon den nächsten Sprung und führte ihn aus. Als er diesmal das Sehgerät aufsetzte, funkelte vor ihm ein greller Stern. Der Computer sprach von unter einem halben Lichtjahr.

Tallon stieß einen Jubelschrei aus und quetschte das Plastikgefäß. Er wünschte sich, dem verständnislosen Insassen klarmachen zu können, daß das funkelnde Juwel vor ihnen die Sonne war, die für ihre beiden Vorfahren den Weg aus dem Meer beleuchtet hatte, daß sie alles darstellte, was in dem Wort ›Zuhause‹ auszudrücken war.

Er unternahm noch einen Sprung und war sich bewußt, daß es der letzte sein konnte, bevor er auf den Ionen-Antrieb umschalten mußte. Als der Sprung vollendet war, hob Tallon das Sehgerät ans Gesicht – und wußte, daß er mitten im Sonnensystem war, möglicherweise sogar schon in Sichtweite der Erde.

Bevor er das Gerät auf die Nase setzen konnte, drang das heisere Gebrüll eines Alarmhorns in den Kontrollraum.

»Identifizieren Sie sich augenblicklich«, fauchte eine Stimme aus dem Lautsprecher. »Antworten Sie sofort, sonst werden Sie von Raketen vernichtet, die bereits zu Ihnen unterwegs sind.« Die Stimme wiederholte die Botschaft in den anderen Hauptsprachen der Föderation.

Tallon seufzte. Er hatte die halbe Galaxis durchquert; und jetzt gab es keinen Zweifel mehr daran, daß er zu Hause war.

23

»Letzte Warnung. Identifizieren Sie sich augenblicklich.«

Tallon schaltete das Kommunikationssystem ein.

»Machen wir es doch zur Abwechslung einmal ganz anders«, sagte er. »Warum identifizieren Sie sich nicht?«

Es wurde still, und als die Stimme sich wieder meldete, verriet sie eine Spur von Empörung. »Ich wiederhole diese Warnung nur einmal: Raketen sind bereits zu Ihrer Position unterwegs.«

»Spart sie euch«, sagte Tallon beiläufig, die Finger auf dem Null-Raum-Sprung-Knopf. »Mir können sie nichts anhaben. Und *ich* wiederhole: Ich möchte Namen und Rang von Ihnen wissen.«

Wieder Stille. Tallon lehnte sich im Sessel zurück. Er wußte, daß er sich unnötig störrisch benahm, aber diese fünfunddreißigtausend Lichtjahre hatten ihm den letzten Rest von Toleranz gegenüber dem politisch-militärischen System geraubt, in dem er fast sein ganzes Leben verbracht hatte. Während er auf Antwort wartete, programmierte er die ›Lyle Star‹ zu einem Null-Raum-Sprung von nur einer halben Million Meilen und hielt den Sprung in Reserve. Er war gerade damit fertig, als Farbmuster durch die Luft vor ihm waberten und anzeigten, daß Nachrichtentechniker irgendwo auf der Erde sich bemühten, Sichtverbindung mit seinem Raumschiff herzustellen.

Die Farben wurden plötzlich hell und flossen zum dreidimensionalen Bild eines kantigen, grauhaarigen Mannes in der anthrazitfarbenen Uniform eines Marschalls zusammen. Er saß in einem Sessel, und die Übertragung war so gut, daß Tallon die winzigen roten Äderchen über seinen Backenknochen erkennen konnte. Der Marschall beugte sich ungläubig vor.

»Name, bitte«, sagte Tallon entschieden, ohne Rücksicht darauf zu nehmen, wie sein Erscheinen auf den Marschall wirken mußte.

»Ich weiß nicht, wer Sie sind«, sagte der Marschall langsam, »aber Sie haben eben Selbstmord begangen. Unsere Raketen sind kurz vor dem Kontakt. Es ist zu spät, sie noch zurückzuholen.«

Tallon lächelte freundlich und genoß einen Augenblick ein Gefühl des Größenwahns; als die Annäherungs-Melder kreischten, drückte er den Sprung-Knopf. Grelles Licht ergoß sich in seine Augen, aber das war nur der schon vertraute Null-Raum-Blitz. Als die ›Lyle Star‹ wieder im normalen Raum auftauchte, erglühte eine der Sichtplatten gleißend von den eine halbe Million Meilen entfernten Raketenexplosionen. Das Bild des Marschalls war verschwunden, aber wenige Sekunden später festigte es sich wieder. Der Marschall wirkte entgeistert.

»Wie haben Sie das gemacht?«

»Ihren Namen, bitte.«

»Ich bin Marschall James Jennings, Kommandeur der Dritten Staffel der Großflotte Erde.« Der Marschall rutschte unruhig auf seinem Sessel hin und her; er sah aus wie jemand, der eine sehr bittere Pille zu schlucken hat.

»Bitte, hören Sie genau zu, Marschall. Sie sollen folgendes tun.«

»Wie kommen Sie da –«

»Bitte, schweigen Sie, und hören Sie zu«, unterbrach ihn Tallon kalt. »Ich bin Sam Tallon, war früher bei den Vereinigten Geheimdienstbehörden und pilotiere jetzt die ›Lyle Star‹, die nach Emm Luther geschickt wurde, um mich abzuholen. Sie können das ohne Schwierigkeiten nachprüfen.«

Der Marschall beugte sich zur Seite und lauschte einer Mitteilung, die nicht mit zum Raumschiff übertragen wurde. Er nickte mehrmals und wandte sich Tallon wieder zu.

»Ich habe eben Erkundigungen eingezogen. Die ›Lyle Star‹ ist nach Emm Luther geschickt worden, geriet aber in Schwierigkeiten. Jemand im Schiff unternahm einen offenen Sprung, mit Tallon an Bord – also lügen Sie.«

»Ich habe einen weiten Weg hinter mir, Marschall«, fuhr Tallon zornig auf, »und ich bin –« Er verstummte, als Jennings plötzlich aufstand, für einige Sekunden verschwand und wieder zurückkam.

»In Ordnung, Tallon«, sagte der Marschall mit einem neuen Unterton von Respekt. »Wir haben eben Ihr Raumschiff einer Sichtprüfung unterziehen können. Es ist die ›Lyle Star‹.«

»Sind Sie sicher? Ich könnte ja den Namen selbst aufgemalt haben.«

Jennings nickte.

»Das ist wahr, aber wir richten uns nicht nach dem Namen. Wissen Sie nicht, daß Sie ein vollständiges Landegerüst und ein paar tausend Quadratmeter Flughafenbeton mitschleppen? Ein paar Tote in lutheranischen Uniformen schweben auch um Sie herum.«

Tallon hatte vergessen, daß die ›Lyle Star‹ in ihrem Zerr-Feld einen nicht unbeträchtlichen Teil von Emm Luther mit in den Null-Raum gerissen haben mußte. Das vom Abheben des Raumschiffs blitzartig erzeugte Vakuum mußte in diesem Teil des Raumflughafens Verwüstungen angerichtet haben. Und Helens Körper hatte in der Nähe gelegen. Seine Sehnsucht nach ihr, durch Gefahr und Verzweiflung betäubt, trat wieder ganz stark hervor und löschte alles andere in ihm aus . . .

»Ich muß mich bei Ihnen entschuldigen, Tallon«, sagte Jennings. »Seit drei Tagen herrscht zwischen Emm Luther und der Erde Krieg. Deshalb waren wir nervös, als Ihr Raumschiff so nah bei der Erde, so weit von einem Portal entfernt entdeckt wurde. Es sah nach einem heimtückischen Überfall aus.«

»Sie brauchen sich nicht zu entschuldigen, Marschall. Können Sie eine direkte Verbindung mit dem Block herstellen? Sofort?«

»Ich könnte, aber das wäre nicht sicher.«

»Darauf kommt es nicht an.«

»Wir freuen uns, Sie zurückzubekommen, Tallon, aber das hier verstößt gegen alle Regeln.« Der Vertreter des Blocks war ein

Mann, den Tallon noch nie gesehen hatte. Seine gesunde Haut, die breiten, braunen Hände und die legere Kleidung ließen ihn wie einen kleinen Gutsbesitzer erscheinen. Der Hintergrund seines Abbilds war ein bewußt anonymes Pastellgrün.

»Regelwidrig ja, aber auch wichtig«, meinte Tallon. »Sind Sie mit an der Spitze?«

Der Mann hob kurz die ausdruckslosen Augen, und Tallon wußte, daß er zur Spitze gehörte.

»Ich heiße Seely. Bevor Sie etwas sagen, Tallon, möchte ich Sie daran erinnern, daß wir belauchst werden können. Ich möchte ferner – «

»Reden wir nicht von Nebensächlichkeiten«, sagte Tallon ungeduldig. »Konzentrieren wir uns lieber auf meine Forderungen.«

»Tallon!« Seely erhob sich halb aus seinem Sessel und sank wieder hinein. Er lächelte. »Wir beenden dieses Gespräch auf der Stelle. Offensichtlich haben Sie große Strapazen hinter sich, und es besteht die Gefahr, daß Sie auf geheime Dinge zu sprechen kommen. Sie verstehen sicher, was ich meine.«

»Sie meinen, ich könnte zufällig von der Kapsel in meinem Gehirn sprechen? Von der Kapsel, die noch immer die genauen Informationen über den Weg zu dem neuen lutheranischen Planeten enthält?«

Seelys braunes Gesicht nahm eine lehmige Farbe an.

»Ich bedaure, daß Sie das getan haben, Tallon. Wir unterhalten uns hier im Block. Marschall Jennings hat die Anweisung, Sie ohne weitere Verzögerung hierherzubringen. Das wäre alles.«

»Das kann Marschall Jennings nicht«, sagte Tallon schnell und zuversichtlich. »Fragen Sie ihn, was passiert ist, als er vor einer halben Stunde ein paar von seinen Raketen auf mich abschoß.«

Seely drückte eine Taste an seinem Schreibtisch, unterbrach die Tonleitung und unterhielt sich lautlos mit einer Person außerhalb des Kamerabereichs. Er schaltete den Ton wieder ein und wandte sich mit wachsamem Blick Tallon wieder zu.

»Ich habe ungewöhnliche Berichte über Sie gehört, Tallon. Die ersten Anzeichen deuten daraufhin, daß Ihr Raumschiff mitten im Sonnensystem im Normal-Raum aufgetaucht ist. Haben Sie ein neues Portal entdeckt?«

»Portale sind Sache der Vergangenheit, Seely. Ich habe das Astrogations-Problem im Null-Raum gelöst. Ich kann fliegen, wohin ich will, ohne ein Portal zu benötigen.«

Seely verschränkte die kurzen Finger und starrte Tallon an. »In diesem Fall habe ich keine andere Wahl, als über alle Nachrichtenverbindungen im Sonnensystem eine Sperre zu verhängen, bis wir Sie zur Berichterstattung hergeholt haben.«

»Wenn Sie das tun, sehen Sie mich nie wieder«, erwiderte Tallon liebenswürdig. »Ich besuche sämtliche Welten der Föderation, beginnend mit Emm Luther, und verbreite die Methode über sämtliche Frequenzen, die es gibt.«

»Wie, glauben Sie, kommen Sie hier weg? Ich sperre jedes –« Seely zögerte.

»Portal, wollten Sie wohl sagen«, warf Tallon ein, von kaltem Zorn durchflutet. »Sie sind überholt, Seely, Sie, die Portale und der Block gehören der Geschichte an. Von jetzt an ist es vorbei mit dem Streit um eine Handvoll Welten, die durch Zufall entdeckt werden. Alle Planeten in der Galaxis stehen uns offen, und es wird Raum genug für alle geben. Sogar für Sie und Ihresgleichen, Seely – wenngleich ihr euch umstellen müßt. Niemand wird hierbleiben und in eurem Hinterhof Soldat spielen, wenn es hier draußen hunderttausend neue Planeten gibt, auf denen man leben kann.

So – hören Sie mich jetzt an, oder soll ich mich verabschieden? Ich habe schon zuviel Zeit vergeudet.« Tallon hob die Hand über den roten Null-Raum-Sprung-Knopf. Das Raumschiff war nicht auf einen gesteuerten Sprung aus seiner jetzigen Position programmiert, so daß ein Druck auf den Knopf die ›Lyle Star‹ an den Rand der Galaxis befördern mochte; aber – er spürte eine Welle wilder Freude – das spielte jetzt keine Rolle mehr.

Seely wirkte gehetzt.

»Also gut, Tallon. Was wollen Sie?«

»Dreierlei: Die sofortige Einstellung aller Feindseligkeiten gegenüber Emm Luther; die Genehmigung für mich, Einzelheiten der Null-Raum-Astrogationstechnik an alle weiterzugeben, die sie verwenden wollen; und schließlich möchte ich mir Marschall Jennings Flaggschiff für einen sofortigen Flug nach Emm Luther ausleihen.«

Seely öffnete den Mund, um zu antworten, aber eine neue Stimme fuhr dazwischen: »Einverstanden.«

Tallon erkannte die Stimme von Caldwell Dubois, dem gesetzlichen Repräsentanten der Erde und der vier anderen menschlichen Niederlassungen im Sonnensystem.

Der spiegelnde Tausend-Meter-Kiel der ›Wellington‹, des Flaggschiffes von Raum-Marschall Jennings, funkelte eisig in der dünnen Luft hoch über Neu-Wittenburg. Es war das zweite Raumschiff, das einen gesteuerten Null-Raumflug unternommen hatte, und das erste auf der Strecke Erde – Emm Luther. Seitdem die mächtigen Sender ihre Botschaft über das weite Antlitz des Planeten verbreitet hatten, war eine Stunde vergangen.

Die ›Wellington‹ war selbst für die größten Landegerüste im Raumflughafen Neu-Wittenburg zu mächtig und hatte es deshalb vorgezogen, mit einer grandiosen, aber friedlichen Machtdemonstration in der Luft, aber nicht in einer Umlaufbahn zu bleiben. Ein elliptischer Teil des Rumpfes löste sich vom Schiff und schwebte nach unten, ein Rettungsboot mit flachem Kiel.

Tallon stand am Haupt-Bildschirm des Rettungsbootes und verfolgte, wie sich der lange, einzelne Kontinent unter ihm ausbreitete. Er trug das Sehgerät noch immer, aber während der Annäherung an Emm Luther und der nachfolgenden Sendung hatten die unbegrenzten technischen Ressourcen der Elektronik-Werkstätten der ›Wellington‹ es mit einer erbsengroßen Fernsehkamera ausgerüstet und deren Leistung in Übereinstimmung mit Tallons ursprünglichen Plänen aufgeschaltet. Er besaß wieder seine eigenen Augen, die ihn mit guter, wenn auch eindimensionaler Sicht versorgten. Man hatte ihm aber versichert, daß man ihm später für jedes Auge eine Kamera geben und sie direkt in die Augenhöhlen einpflanzen könne.

Der im Zwielicht liegende Kontinent wölbte sich unter ihm, trübes Grün und Ocker überlappend, mit weißen Spitzen gesäumt, wo sie dem gezeitenlosen Ozean begegneten. Tallon konnte fast seinen ganzen Nachtmarsch auf einen Blick erfassen – jene lange, geschlängelte Linie, die durch unsichtbar winzige Details wie den vom Dunst verborgenen Pavillon und den Sumpf nach Norden führte; Sweetwell mit der ›Perserkatze‹; die Sondenfabrik, wo er verwundet worden war; Carl Justes Landsitz; und das Berg-Motel, wo er fünf Tage mit Helen verbracht hatte – bis hin zum Raumflughafen, wo Helen niedergeschossen worden war.

In diesem Augenblick war er einer der wichtigsten und gefeiertsten Männer in der Galaxis, sein Name wurde von Welt zu Welt getragen, und die Menschen würden sich daran erinnern, solange Geschichte geschrieben wurde, aber er hatte sich davor gefürchtet, nach der einen Information zu fragen, die am wichtigsten war. Wenn sie tot ist, will ich es nicht wissen, dachte er und blieb regungslos sitzen, wunderte sich über die Fluten der Erinnerung, die an die Wände seines Bewußtseins hämmerten, so, als habe er schon einmal in diesem Gefühlszustand existiert, vor langer Zeit, Helen in einem anderen Leben geliebt, sie in einem anderen Leben verloren . . .

»Wir landen in knapp einer Minute«, sagte Marschall Jennings. »Sind Sie auf die Strapaze vorbereitet?«

Tallon nickte. Der Raumflughafen wuchs in dem Bildschirm rasch empor. Tallon sah die Raumschiffreihen, das Netzwerk von Straßen und überfüllten Gleitwegen, die Fläche vor dem Empfangsbereich, die man für sie abgesperrt hatte. Wenige Sekunden später konnte er die schwarzgekleideten Gestalten des offiziellen Begrüßungskomitees erkennen, bei dem sich, wie er erfahren hatte, der Weltliche Moderator persönlich befand. Kameraleute standen bereit, seine Ankunft für die ganze Föderation festzuhalten.

Plötzlich erkannte er das blasse Oval von Helens nach oben gewandtem Gesicht zwischen den dunklen Figuren, und der Aufruhr in seinem Inneren legte sich und ließ ein Gefühl grenzenlosen Friedens zurück, machtvoller, als er es sich je hätte träumen lassen.

»Wir haben gerade Platz zum Landen und sonst nichts«, rief der Rettungsboot-Pilot über die Schulter. »Das Gedränge ist wirklich so groß, wie Sie behauptet haben.«

»Das geht vorbei«, versicherte ihm Tallon. »Das wird alles anders werden.«

Helens Gesicht war seinem Raumboot zugewandt. Sie mochte aber auch an ihm vorbeiblicken, dort hinaus, wo die Sterne sich am Abendhimmel zu versammeln begannen. Dorthin – er entsann sich der alten Zeilen –, wo der ruhige Sonntag nie mehr aufhört, wo auch die Liebenden den Frieden endlich finden. Die letzte Zeile lautete: ›Und die Erde ist nur ein Stern, der einst geleuchtet‹, aber das war etwas, worüber Helen und er und die ganze Menschheit noch nicht nachzudenken brauchten.

Die Mutterwelt würde eines Tages alt werden, alt und unfruchtbar; aber bis dahin würden ihre Kinder ringsumher aufgewachsen sein, groß und stark und schön. Und sie würden viele sein.

ENDE

Goldmanns WELTRAUM Taschenbücher

Lloyd Biggle
Verbrechen in der Zukunft
Utopisch-technische Erzählungen
192 Seiten. Band 098. DM 3.–

Die Polizei hat ein Gerät erfunden, mit dessen Hilfe man auf einem Fernsehschirm Ereignisse beobachten kann, die erst in einigen Wochen stattfinden werden. Aber kann man die Zukunft, die man vorhergesehen hat, manipulieren?

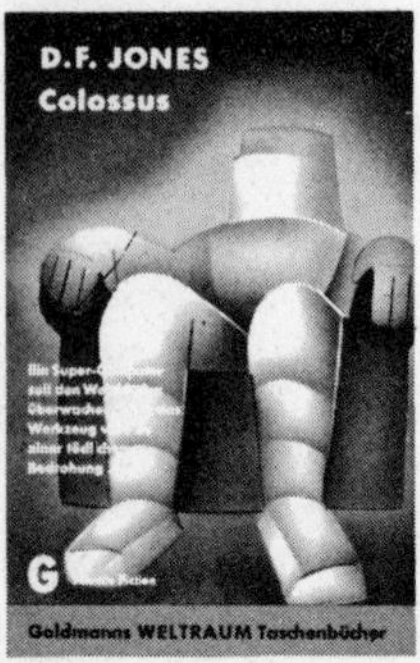

D. F. Jones
Colossus
Technischer Zukunftsroman
176 Seiten. Band 094. DM 3.–

Colossus – diesen Namen gab Professor Charles Forbin dem riesigen Computer, den er in langjähriger Arbeit entwickelte. Seine Aufgabe: Die Verteidigung des amerikanischen Kontinents. Als der Super-Computer in Betrieb genommen wird, muß man feststellen, daß er sich nicht mehr abschalten läßt. Der Menschheit droht die Gefahr, von Colossus regiert zu werden . . .

E. C. Tubb
Projekt Ming-Vase
Utopisch-technische Erzählungen
176 Seiten. Band 093. DM 3.–

Zehn Geschichten von morgen – in kühnem Gedankenflug entführen sie den Leser in eine ferne Zukunft, in die unendlichen Weiten des Universums. Eine Auswahl, in der die ganze Spannweite der Science Fiction aufgezeigt wird. Telepathie, Raumfahrt, Leben auf anderen Planeten, Abenteuer im Weltraum – das sind einige der Themen.

WILHELM GOLDMANN VERLAG MÜNCHEN

Goldmanns WELTRAUM Taschenbücher

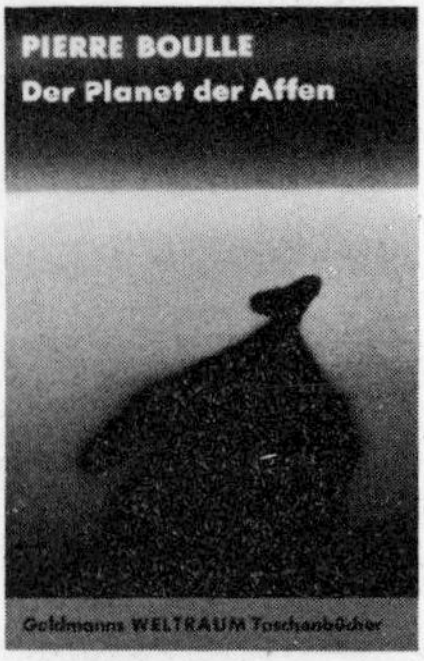

Pierre Boulle
Der Planet der Affen
Utopisch-technischer Roman
192 Seiten. Band 059. DM 3.–

Ein abenteuerlicher Gulliver namens Ulysse Mérou landet im Jahre 2502 mit seinem Raumschiff auf einem fernen Planeten und findet sich in einer getreuen Kopie der auf den Kopf gestellten Gesellschaft der Erde wieder. Die Menschen hausen als Wilde in den Wäldern; die Affen dagegen sind Träger der Zivilisation. Nach diesem Roman entstand einer der erfolgreichsten Filme der 20th Century Fox.

Leslie P. Davies
Der Mann aus der Zukunft
Utopisch-technischer Kriminalroman
176 Seiten. Band 090. DM 3.–

England im Jahre 2017. Das Land wird von einem allmächtigen Diktator beherrscht. Die Menschen leben in einem Polizeistaat, der ihnen jegliche persönliche Freiheit genommen hat.
Gegen diesen Zwang rebelliert eine Gruppe von Ärzten. Ein erbitterter Kampf um die Macht beginnt . . .

Raumfahrt wohin?
Der praktische Wert der Weltraumforschung
Herausgegeben von Eugen Sänger
192 Seiten. Band 061. DM 3.-

Aufgabe und Ziel amerikanischer Raumfahrtprojekte – Zweck und Sinn der Erforschung des Kosmos – Japans Hoffnung an der Schwelle eines neuen Zeitalters – Aspekte der unbemannten Raumfahrt – Hilfe für die Erde aus dem Kosmos?
Weltraumforscher aus acht Ländern schreiben über diese und ähnliche Themen.

WILHELM GOLDMANN VERLAG MÜNCHEN

Goldmann ABENTEUER Taschenbücher

William C. MacDonald
Der Skalp des Comanchen

Western aus der Pionierzeit in Texas
160 Seiten. Band A 14. DM 3.–

Mitten in der Wüste sitzt der alte Brose Randle in einem Ruderboot, steif, aufrecht – und tot. Nicht weit vom Boot liegt ein Indianerskalp, reich mit Perlen bestickt. Gregory Quist, der berühmte Eisenbahndetektiv, entdeckt den Toten und den Skalp – und wird vom Sheriff als Mörder des alten Randle festgenommen ...

Peter Norden
Fliegender Sand

Ein großer deutscher Abenteuerroman
165 Seiten. Band A 5. DM 3.–

Sie gingen immer nach Osten, auf die Küste zu. Pro Tag schafften sie zwanzig Kilometer – das bedeutet einen Marsch von vielen Wochen bis zur nächsten menschlichen Siedlung. Die Wüste lauerte auf ihre Opfer: Sechs Männer, vom Zufall zusammengewürfelt, im qualvollen Kampf um das nackte Leben ...

Ben Smith
Das Tal der Rache

Ein Western aus Montana
160 Seiten. Band A 6. DM 3.–

Als noch das Faustrecht galt im Westen der USA, als Banditen und Gesetzlose den Siedlern das Leben schwermachten, sorgten die Männer von den berühmten ›Texas-Rangers‹ für Recht und Gesetz. – Einen von ihnen führt der Hilferuf seines Freundes bis nach Montana ...

WILHELM GOLDMANN VERLAG MÜNCHEN

Richard T. Bickers
Futter für den Hai
192 Seiten. Band 3248. DM 3.–

Eigentlich wollte Flugkapitän Paul Torrence in Südafrika mit seiner Verlobten Ferien machen. Er startet – und gerät in einen Wirbel von Gefahren und Verbrechen . . . Mord, Diamantenschmuggel und Menschenraub auf einer Insel vor Südafrika.

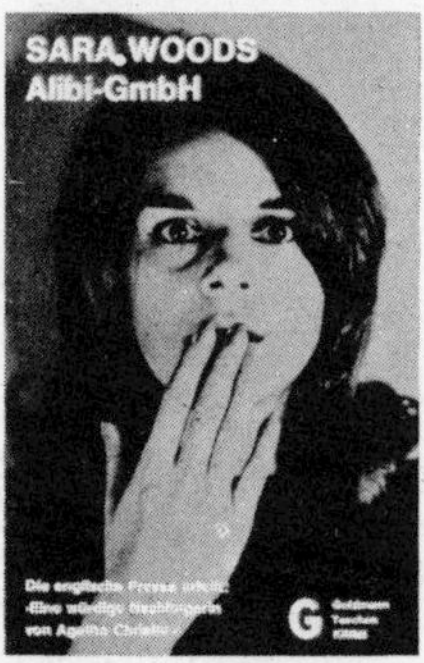

Sara Woods
Alibi-GmbH
192 Seiten. Band 3249. DM 3.–

Nur eine Zeugin konnte den Arzt Dr. Henry Langton entlasten: Molly Brown. Ihre Aussage rettete ihn vor einer Anklage wegen Mordes. Doch dann wurde Molly umgebracht. Rechtsanwalt Antony Maitland fällt es schwer, Pluspunkte für seinen Mandanten Dr. Langton zu sammeln.

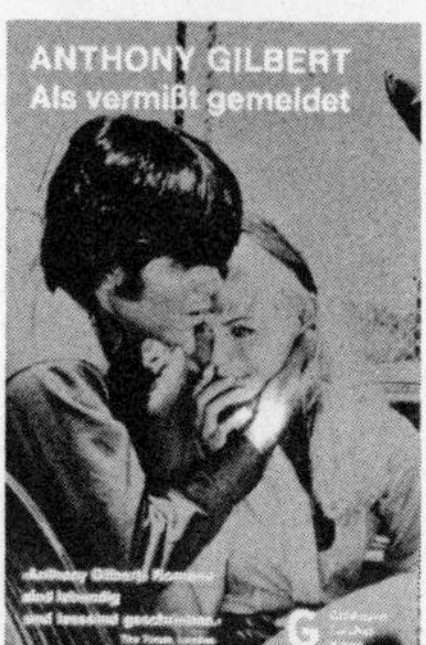

Anthony Gilbert
Als vermißt gemeldet
192 Seiten. Band 3250. DM 3.–

Mama Toni ist verzweifelt. Ihr Töchterchen Angela ist verschwunden. Die Umstände, unter denen das Kind abhanden kam, sind mehr als zweifelhaft. Der Londoner Rechtsanwalt Crook glaubt dem vermeintlichen Entführer mehr als einigen ›Augenzeugen‹. Crook ist in Höchstform.

Goldmann Taschen KRIMI

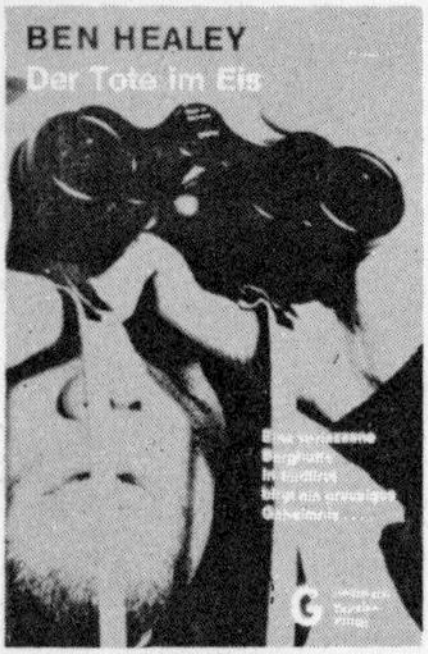

Ben Healey
Der Tote im Eis
160 Seiten. Band 3261. DM 3.–

Vorsichtig schleicht Paul Hedley die Stufen hinab, die zur Hauskapelle führen. Dann steht er wie erstarrt. In der Kapelle brennen riesige Wachskerzen. Sie beleuchten das Gesicht eines Toten. Das verlassene Berghaus in Südtirol umgibt ein Geheimnis.

Brett Halliday
Schnappschuß mit Schalldämpfer
160 Seiten. Band 3262. DM 3.–

Es gab beinahe ein totales Foto-Finish: Der grinsende Japaner zückte die Kamera, und statt des Vögelchens flogen Privatdetektiv Mike Shayne ein paar Kugeln um die Ohren. Shaynes Gegenspieler hält weitere Überraschungen bereit: Immerhin geht es um Goldschmuggel . . .

Victor Canning
Das verborgene Gesicht
160 Seiten. Band 3263. DM 3.–

Schauplatz: London und Umgebung
Peter Barlow kennt nur ein Ziel: Er will beweisen, daß er kein Mörder ist . . .
›Victor Canning steht an der Spitze der Thriller-Autoren.‹

The Sunday Times, London

WILHELM GOLDMANN VERLAG MÜNCHEN

Glynn Croudace
Der scharlachrote Bikini

192 Seiten. Band 4011. DM 3.–

Pascoe hat sich die Bergungsrechte an der gesunkenen ›Blushing Bride‹ gesichert. Kaum beginnt er an dem Wrack vor der Küste Südwestafrikas zu arbeiten, als sich bereits zwei Leute für ihn und das Schiff interessieren: ein Bikinimädchen – und ein Mörder . . .

Harry Carmichael
Geflohen aus Dartmoor

160 Seiten. Band 4012. DM 3.–

Terence Millward will prinzipiell keinen Menschen töten. Die gnadenlose Hetzjagd auf ihn und – seinen Mörder bringt es aber mit sich, daß er öfter seinem Prinzip untreu wird . . .
Die englische Presse stellt fest: ›Es ist immer ein Vergnügen, einen der spannenden Carmichael-Krimis zu lesen.‹

F. R. Lockridge
Schatten auf dem Weg

128 Seiten. Band 4013. DM 3.–

Allein in ihrem Wagen fährt die junge Carol Sanders von New York nach Florida. Sie will sich nach dem Alptraum der letzten Wochen, dem Tod ihres Mannes, ein wenig Entspannung gönnen.
Und dann entdeckt sie, daß ihr nicht nur die Schatten der Vergangenheit folgen: Irgendwer hetzt sie gnadenlos in Wahnsinn und Tod . . .

Goldmann Taschen KRIMI

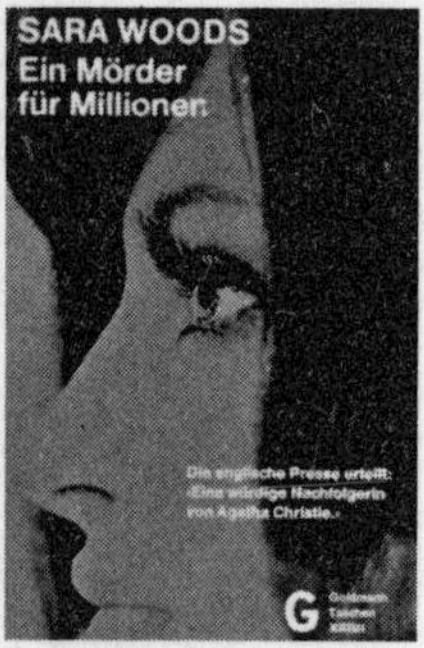

Sara Woods
Ein Mörder für Millionen

176 Seiten. Band 4029. DM 3.–

Es war eine Sensation! Lynn Edison benützte ihre TV-Sendung dazu, vor Millionen Zuschauern zu erklären, daß ihre Schwester ermordet wurde. Und sie servierte dem staunenden Publikum auch gleich den Mörder: ihren berühmten Fernsehkollegen Paul Granville.

The Gordons
Kater D. C. und der Geheimagent des FBI

160 Seiten. Band 4030. DM 3.–

Als ihr Kater mit einer wertvollen Armbanduhr um den Hals nach Hause kommt, ahnt noch keiner von den Randalls, daß sie schon mitten in einer aufsehenerregenden Bankraub-Affäre stecken. Aber das FBI erhält noch ein paar nützliche Tips von dem klugen Kater, ehe es endgültig zupacken kann ... Schauplatz: Los Angeles und Umgebung

Hillary Waugh
Zahltag

160 Seiten. Band 4031. DM 3.–

Es ist Zahltag ... Die Lohngelder liegen bereit. Eine ganz schöne Summe in der größten Fabrik einer US-Kleinstadt. Jedenfalls genug, daß eine Bande von Verbrechern einen risikolosen Plan ablaufen läßt. Aber auch Profi-Gangster sind nicht gefeit gegen menschliches Versagen ...

WILHELM GOLDMANN VERLAG MÜNCHEN

Verehrter Leser,
senden Sie bitte diese Karte ausgefüllt an den Verlag. Sie erhalten kostenlos unsere Verlagsverzeichnisse zugestellt.
WILHELM GOLDMANN VERLAG 8 MÜNCHEN 80

Bitte hier abschneiden

Diese Karte entnahm ich dem Buch ____________________

____

Kritik + Anregungen ____________________

____

____

____

____

____

____

____

____

Ich wünsche die kostenlose und unverbindliche Zusendung des Verlagskataloges und laufende Unterrichtung über die Neuerscheinungen des Wilhelm Goldmann Verlages.

Name ____________________

Beruf ____________________ Ort ____________________

Straße ____________________

Ich empfehle, den Katalog auch an die nachstehende Adresse zu senden:

Name ____________________

Beruf ____________________ Ort ____________________

Straße ____________________

Goldmann-Bücher erhalten Sie in allen Buchhandlungen, in vielen Kaufhäusern und an den meisten Bahnhofskiosken überall in der Welt, wo deutsche Bücher verkauft werden.

Aus dem WILHELM GOLDMANN VERLAG
8 München 80, Postfach 80 07 09 bestelle ich
durch die Buchhandlung

Anzahl	Titel bzw. Band-Nr.	Preis

Datum: Unterschrift:

2892 · 7017 · 3.000

Bitte mit Postkarten-Porto frankieren.

Wilhelm Goldmann Verlag

8000 MÜNCHEN 80

Postfach 80 07 09